野味读书

书人　书事　书论

孙犁 著

上海文艺出版社

目 录

编者序/黄德海　　　　　　　　　　001

书里书外

我的读书生活　　　　　　　　　　003
野味读书　　　　　　　　　　　　007
我和古书　　　　　　　　　　　　010
我中学时课外阅读的情况　　　　　013
第一个借给我《红楼梦》的人　　　015
书信　　　　　　　　　　　　　　018
书的梦　　　　　　　　　　　　　022
谈读书　　　　　　　　　　　　　028
谈爱书　　　　　　　　　　　　　030
爱书续谈　　　　　　　　　　　　035
与友人论传记　　　　　　　　　　038
与友人论学习古文　　　　　　　　044
题文集珍藏本　　　　　　　　　　049
听说书　　　　　　　　　　　　　051
报纸的故事　　　　　　　　　　　054
拉洋片　　　　　　　　　　　　　058
看电视　　　　　　　　　　　　　060

画的梦	063
读画论记	067
戏的梦	081
戏的续梦	090

书前书后

耕堂读书记（一）	097
耕堂读书记（二）	115
耕堂读书记（三）	122
耕堂读书记（四）	133
耕堂读书记（五）	160
读《吕氏春秋》	176
读《史记》记（上）	179
读《史记》记（中）	186
读《史记》记（下）	194
读《史记》记（跋）	200
读《前汉书卷六十四·朱买臣传》	202
读《前汉书卷五十七·司马相如传》	204
读《后汉书》小引	207
读《后汉书卷五十八·桓谭传》	210
（一个音乐家的悲剧）	
读《后汉书卷五十八·冯衍传》	213
（一个文过其实的人）	
读《后汉书卷七十·班固传》	216
（一个为政治服务的文人）	

读《后汉书卷五十四·马援传》　　220
　　（一篇好传记）
读《后汉书卷六十六·贾逵传》　　223
　　（关于经术）
读《后汉书卷七十三·朱穆传》　　226
　　（关于交友）
读《宋书·范晔传》　　229
读《旧唐书》记　　235
买《世说新语》记　　261
读《李卫公会昌一品集》　　266
读唐人传奇记　　269
谈笔记小说　　276
读《东坡先生谱》　　281
读《船山全书》　　285
读《清代文字狱档》记　　288
关于纪昀的通信　　293
读《求阙斋弟子记》　　298
读《义门读书记》　　308
读《胡适的日记》　　310
读《刘半农研究》　　312

书长书短

我的书目书　　317
我的经部书　　320
我的史部书　　324

我的子部书	328
我的集部书	334
我的《廿四史》	340
我的丛书零种	343
我的农桑畜牧花卉书	347
我的金石美术图画书	356
我的"珍贵二等"	363
谈读书记	365
买《太平广记》记	371
买章太炎遗书记	373
买《流沙坠简》记	378
买《宦海指南》记	381
买《汉魏六朝名家集》记	384

附 录

亡人轶事	399

编者序

　　还是在海边的一所学校里读书的时候，有那么一阵子，我大概得了"大书贪求症"，每天都规定自己读起码多少页数的"伟大的书"。就这样，每天早晨伴着咸腥的海风出发，晚上在隐约的涛声中归来。当时的想法是，等有一天我把这些"大书"读过一遍了，那么眼前这个纷繁复杂的世界一定会显露出她真实而美好的面目，跟我每天身处其中的这个并不相同。

　　但那些伟大的书并不因为一个少年的朦胧梦想就轻易地打开自己厚重的大门。终于在过了一段时间后，"大书贪求症"的副作用显现了，我不光没有读懂那些大书，甚至连阅读平常书籍的乐趣都失掉了。那时，我对自己产生了强烈的质疑，觉得自己肯定不是"那个"被选定的读书人，因此竟有段时间废书不观。但在一段时间的消沉之后，积习又从遗忘中渐渐抬起头来，于是我重新打开一些"小书"。

　　就是在这段时间，孙犁的一些集子进入了我的视野。等慢慢翻读了孙犁以及一些现当代作家的集子后，我渐渐明白了，进入那些大书是需要阶梯的，或许孙犁对当时的我来说，就是这个阶梯的一小段吧。而这个阶段之后的种种读书机缘也让我明白，我们只有这一个纷纭复杂又真实美好的世界。

因为以上的原因，当有机会编一本孙犁的集子时，我立刻兴致勃勃地投入进来。在用新的眼光阅读孙犁读书文字的时候，我有了一个更加有趣的发现，原来孙犁的读书也是有一个阶梯的。如果我们不把人的一生按平常的生活顺序罗列，而是观察人一生精神的起伏变化，那么，孙犁的读书就呈现出一种非常有趣的序列。在编选过程中，我们将试着呈现这个有趣的序列。

一

我称这个集子的第一辑为"书里书外"。收在这辑的文章分两个部分，一部分是孙犁自述的读书经过，这是"书里"；一部分是可能影响孙犁精神成长的文化生活，这是"书外"。如果我们把文化生活的内容也算作一种"读书"，则"书外"的部分也该算是孙犁读书生活的一部分。在这一辑中，我们能大略看到对孙犁壮年期的写作起支配作用的精神资源。这部分我们不妨称作孙犁读书的前期。孙犁这一期的读书，主要是文学作品，古典类如《西厢记》、《牡丹亭》、《封神演义》、《红楼梦》等，现代作品则是新文学作品和新杂志。

在这一辑中，孙犁表现出的对书的爱最让人动情。"我喜爱书，珍惜书"，"我的一生……与书结下了不解之缘"，"爱书之情，至死不渝"。这样的自述情怀，在这部分文字中经常出现。孙犁手书的《书箴》大概最能说明他的爱书之情："我之于书，爱护备至，污者净之，折者平之。阅前沐手，阅后安置。温公惜书，不过如斯。"箴中"温公"一句用司马光典故。宋费衮《梁溪漫志》卷三"司马温公读书法"谓：司马温公……尝谓其子公休曰:"贾竖藏货贝,儒家惟此耳。然当知宝惜。吾每岁以上伏及重阳间,视天气晴明日,即设几案于当日,所侧群书其上以曝其脑,所以年月虽深,终不损动。至于启卷,必先视几案洁净,以茵褥,然后端坐看之。或欲行看,即承以方版,未尝敢空手捧之,非惟手汗渍及,亦虑触动其脑。每至看竟一版,即侧右手大指面衬其沿而覆,以次指面捻而挟过,故得不至揉熟其纸。每见汝辈多以指爪撮起,甚非吾意。"从中我们可以看到他们对书的共同的爱。

正是因为这种对书的爱,让孙犁即使在动荡和战火中也没有真正离开书。"土地革命期间,我在小区工作,负责管理各村抄送来的图籍,其中有一部胡刻《文选》(按:胡克家刻本)的石印本,我非常爱好,但是不敢拿,在书堆旁边,读了不少日子。""抗战八年间,读古书的机会很少,但是,偶尔得到一本,我也不轻易放过,总是带在身上,看它几天。"也是因为爱,孙犁的写作也没有在特殊的时代完全荒废。"一九七〇年十月起,至一九七二年四月,经人介绍,我与远在江西的一位女同志通信。""自从'文化大革命'开始,断绝了写作的机会,从与她通讯,才又开始了我的文字生活。"这就是孙犁热爱读书、热爱写作而得到的特殊机缘。

当对书的热爱及于日常生活,孙犁相关的文化生活就无一不与读书相关了。在家庭困难的情况下终于订到一份报纸后,孙犁"坐在柴草上,读着报纸……一字不漏地读过以后,才珍重地把报纸叠好,放到屋里去。"报纸糊了墙之后,"在天气晴朗,或是下雨刮风不能出门的日子里,我就可以脱去鞋子,上到炕上,或仰或卧,或立或坐,重新阅读我所喜爱的文章了。"一斑知豹,我们大约从孙犁对报纸的喜爱中获知他对待其他文化生活的态度了。

也正是因为这种热爱，在一个时代结束之后，当大部分作家或陷入回忆或彷徨无所事事的时候，孙犁开始了一段更为让人动心的读书生活。这段令人心动的读书生活的收获，我们选在第二辑"书前书后"中了。如果我们把第一辑中孙犁的读书和文化生活作为他读书生活的第一段成长史，那么，接下来第二辑，我们不妨看做是孙犁的第二段成长史。

二

"书前书后"部分是孙犁的读书笔记。孙犁爱书，常在书上施以封皮，而因书衣多在书前书后，我们就为本辑取了这个名字。"书前书后"里的文章乍看之下有些杂乱，但除去不多的孙犁对文学作品及其作者——这些在古代大都列入集部——的评论，这部分文字的大宗是古代分类中的史部。

文学是孙犁的"本行"，但晚年孙犁的读书爱好发生了变化，"我的读书，从新文艺，转入旧文艺；从新理论转到旧理论；从文学转到历史。""我现在喜欢读一些字大行稀，赏心悦目的历史古书，不喜欢看文字密密麻麻，情节复杂奇幻的爱情小说。"因了这种爱好的变化，孙犁写出了很多读史文字。其中，"前四史"孙犁均有涉及。此外，孙犁还写有读《魏书》、《北齐书》、《宋书》、《旧唐书》的文字。辑中读《哭庙纪略》、《丁酉北闱大狱纪略》、《清代文字狱档》等文章，也应该是读历史的一部分。古今读史者多矣，孙犁留给了我们什么较为独特的东西？

孙犁读历史书最让人感兴趣的地方，是他把自身体验融入对历史的阅读中，发为持平之论，而在读史书时对史家文笔的检讨、对历史事件的复述性重写的妙处,乃其余事。如读《史记·叔孙通列传》,孙犁写道:"汉武帝时,听信董仲舒的话,独尊儒术,罢黜百家,并不是儒家学说的胜利,是因为这些儒生,逐渐适应了政治的需要。就是都知道了'当世之要务'。"读《旧唐书·魏徵传》,孙犁评论魏徵的直谏说:"魏徵之进谏,唐太宗之纳谏,是有一定时机的。太宗初年,励精图治,正需要有一个魏徵这样的人。这就是宋代人所说的:赶上了好时候。但魏徵说话,也是要看势头的。"孙犁的这些评论,后来进一步发展为乱辞,即结尾的"耕堂曰"。如读《后汉书·马援传》末尾,"耕堂曰:马援口辩,有纵横家之才,齐家修身,仍为儒家之道。好大喜功,实为佼佼者。然仍不免晚年悲剧。……功名之际,如处江河漩涡中。即远据边缘,无志竞逐者,尚难免波及,不能自主沉浮。况处于中心,声誉日隆,易招疑忌者乎?虽智者不能免矣。"孙犁读史书时此类精辟言论甚多,但从不游谈无根,而是观古知今,在言辞背后有着对自身经历的深刻体验。

从孙犁读史的范围来看,他的注意力主要放在列传上,从文字来看,发现他已能观今知古,部分体认到了作用于当下的"古",虽然其"观""知"的范围和程度还都有局限。

从这个方面看,孙犁读文学作品及其作者的文字,也是用了读史的方法的。如读《刘半农研究》中的"耕堂曰","安史乱后,而大写杨贵妃;明亡,而大写李香君;吴三桂降清,而大写陈圆圆;八国联军入京,而大写赛金花。此中国文人之一种发明乎?抑文学史之一种传统乎?"诸如此类的言论,足见孙犁观世之深,判断问题之犀利,部分达到了"不知言,无以知人也"的程度。

但孙犁的藏书中不光有史、集,除了"农桑畜牧花卉书"和"金石美术图画书"等"杂书",还有相当重要的经、子,那么,孙犁怎么认识经、子呢?如果天假以年,孙犁的读书会向着一个怎样的方向发展?我们选入第三辑的文章或者可当对这一问题的揣测。

三

我们常见街巷间的老太太对人说起自己喜欢的东西,长长短短,事无巨细。而对爱书人来说,大概能向人说起的,只有自己那些书的长长短短吧。正因为这个,我们把这一部分命名为"书长书短"。

大约爱书人要持续购置图书,总会先从书目入手。孙犁购书,正是依靠了书目,"解放初期,我是按照鲁迅先生开给许世瑛的书目,先买了一部木版《四库全书简明目录》……后来又买了《四库全书总目》。""比较实用的,则是《四库简明目录标注》……它的好处是在各书的后面,都注明近代的版本。张之洞的《书目答问》,也有这个好处,且更简明。"不管四库还是《书目答问》,都依经、史、子、集分类,孙犁对自己藏书的分类,也不免受此影响。

谈论第二辑的时已经说过,孙犁晚年读书用力在史、集两部。而对于经和子,孙犁也有自己的看法。对经,孙犁说:"我实在没有能从经书中,得到什么修养。"又说:"我对经书,肯定是无所成就了。"对子,孙犁说:"读子书的要点:一是文字;二是道理。"但对子书中的"玄虚深奥之作,常常不得要领"。对子部中或许最重要的几种,孙犁说:"《老子》一书,我虽知喜爱,但总是读不好。""《庄子》一书,因中学老师,曾有讲授,稍能通解。"但"老实说,对于这部书,我直到现在也没有真正读懂。"对列于子部的释家书,孙犁说:"对于佛经,我总是领略不到它的妙处,读不进去。"从以上的"夫子自道",我们大略可以知道第二辑中孙犁为什么读的多为史、集之书了。然而,史、集真的跟经、子有那么遥远的距离?

从第二辑的说明中,我们看到,孙犁读史、集两部的文章已能部分观今知古。从这里出发,如果天假以年,孙犁由史部的列传而至世家,而至本纪,而至书、表,更进而读《春秋》,则可由史至经,见到"历史发展的本来趋势",更进一步认识自身在历史及当下的位置,从而找到纷纭史实中那股虎虎的生气。而自读集的"知人"进而认识《诗经》,体会"不同时代、不同地位、不同人物之间的种种情感",从而丰富自身的情感认知范围,找到《蒹葭》中所谓水中央的"伊人",由丰富而达致单纯。至此,孙犁或许可以摆脱晚年冷峻的印象,再现生命的勃勃生机。

其实,孙犁如此延伸的契机已经有了,"读中国历史,有时是令人心情沉重,很不愉快的。倒不如读圣贤的经书,虽然都是一些空洞的话,有时却是开人心胸,引导向上的。古人有此经验,所以劝人读史读经,两相结合。这是很有道理的。"虽然孙犁的话里还有对经书的讽喻,但如果不是"年老精衰"、"边读边忘",而是由读而爱,另辟蹊径,那么,孙犁是不是会有机会找到经、子中那股向上的力量、那种丰富的单纯呢?

当然,上面的说法只是基于读书的一种推测,未必得通过读书。附录《亡人逸事》,是我读过的白话文中极好的一篇,简劲从容，一往而情深，也差不多可以看成孙犁找到的适合自己的上出方式。

　　长者已矣。我们能做的，大概只是编出这么一本小册子，作为自己读书路上的一个小小的路标。另外，在这本小书的编选和序言的写作过程中，汪广松兄提了长长的意见，这是需要特别感谢的。同时，我们要一起再次感谢那些背后滋养我们的力量。

　　需要说明的是，孙犁文章中很多字词和标点的用法已跟现在有了一定的差距，为了保持文字在历史中的样貌，除改动明显的误植或错字，一仍其旧。

黄德海
2007 年 11 月 16 日
2019 年 1 月改写

书里书外

我的读书生活

最近,北京一位朋友,独创新论,把我的创作生活,划为四个阶段。我觉得他的分期,很是新颖有意思。现在回忆我的读书生活,也按照他的框架,分四期叙述:

一、中学六年,为第一期

当然,读课外书,从小学就开始了。在村中上初小,我读了《封神演义》和《红楼梦》。在安国县上高小,我开始读新文学作品和新杂志,但集中读书,还是在保定育德中学的六年。

那时中学,确是一个读书环境。学校收费,为的是叫人家子弟多读些书;学生上学,父母供给不易,不努力读书,也觉得于心有愧。另外,离家很远,半年才得回去一次。整天吃住在学校,不读书,确实也难打发时光。特别是在高中二年,功课不那么紧,自己的学识,有了些基础,读书眼界也开阔了一些,于是就把大部分时间,用在读书上。读书的方式,一是到阅览室看报、看杂志。二是在图书馆借阅书籍。三是少量购买。读书兴趣,初中时为文艺作品,高中时为哲学、政治经济学和新的文艺理论。

中学时期，记忆力好，读过的书，能够记得大概，对后来有用处。

二、毕业后流浪和做事，为第二期

在北平流浪、做事，断断续续，有三年时间，主要也是读书。逛市场，逛冷摊，也算是读书的机会。有时买本杂志，买本心爱的书，带回公寓看，那是很专心的。后来到安新县同口镇小学教书一年，教务很忙，当一个班的级任，教三个班的课，看两个班的作文，夜晚还得要读些书，并做笔记。挣钱虽少，买书算是第一用项。

三、抗日战争和解放战争，为第三期

这合起来是十一个年头。读书，也只能说是游击式的，逮住什么就看点什么，说什么时候集合，就放下不读。书也多是房东家的，自己也不愿多带书，那很累人。

在延安一年多，生活比较安定，"鲁艺"有个图书室，借读了一些书。

这十一年中，当然谈不上买书。

四、进城四十多年，为第四期

进城后，大量买书，已时常记在文字，不细说。其间又分几个小阶段：

初期，还买一些新的文艺书，后遂转为购置旧书。购旧书，先是买新印的；后又转为买石印的，木版的。

先是买笔记小说，后买正史、野史。以后又买碑帖、汉画像、砖、铜镜拓片。还买出土文物画册,汉简汇编一类书册。总之是越买离本行越远,越读不懂,只是消磨时间,安定心神而已。

石印书、木版书,一般字体较大,书也轻便,对老年人来说,已是难得之物,所以我还是很爱惜它们。这些书,没有标点,注释也很简单,读时费力一些,但记得准确。现在,有些古书,经专家注释,本来很薄的一本,一下涨成了很厚的一册。正文夹在注释中间,如沉入大海,寻觅都难。我觉得这是喧宾夺主。古人注书,主张简要,且夹注在正文之间,读起来方便。另外,什么都注个详细,对读者也不一定就好。应该留些地方,叫读者自己去查考,渐渐养成治学的本领。我这种想法,不知当否?

我的读书,从新文艺,转入旧文艺,从新理论转到旧理论,从文学转到历史。这一转化,也不知道是怎么形成的。这只是个人经历,不足为法。

我近年已很少买书,原因是,能买到的,不一定想看;想看的,又买不起。大部头的书,没地方安置,也搬拿不动了。

虽然买了那么多旧书,中国古典散文、诗歌,读得多些。词、曲,读得并不多。特别是宋词,中学时买过一些,现存的《全宋词》、《六十名家词》,都捆放在那里,未能细读。元曲也是这样,《六十种曲》、《元曲选》,买来都未细读。只是在中学时,迷恋过一阵《西厢记》和《牡丹亭》。这两种剧本,经我手,不知买过多少次。赋也不大喜欢读。近年在读《汉书》时,才连带读上一遍,也记不住了。

人的一生,虽是爱书的人,书也实在读不了多少,所以我劝人读选本。老年,对书的感情,也渐渐淡了,远了。

平生读书是为了增加知识，探求文采。不读浅薄无聊之书，不看下流黄色小说，不在这上面浪费时光。一经发见，便不屑再顾。这绝非欺人之谈。

总之，青年读书，是想有所作为，是为人生的，是顺时代潮流而动的。老年读书，则有点像经过长途跋涉之后，身心都有些疲劳，想停下桨橹，靠在河边柳岸，凉爽凉爽，休息一下了。

野味读书

我一生买书的经验是:
一、进大书店,不如进小书铺。进小书铺,不如逛书摊。逛书摊,不如偶然遇上。
二、青年店员,不如老年店员。女店员,不如男店员。
我曾寒酸地买过书:节省几个铜板,买一本旧书,少吃一碗烩饼。也曾阔气地买过书:面对书架,只看书名,不看价目,随手抽出,交给店员,然后结账。经验是:寒酸时买的书,都记得住。阔气时买的书,读得不认真。读书必须在寒窗前,坐冷板凳。
解放战争时期,我在河间工作,每逢集日,在大街的尽头,有一片小树林,卖旧纸的小贩,把推着的独轮车,停靠在一棵大柳树上,坐在地上吸烟。纸堆里有些破旧书。有一次,我买到两本《孽海花》,是原版书,只花很少钱。也坐在树下读起来,直到现在,还感到其味无穷。
另外,冀中邮局,不知为什么代存着一些土改时收来的旧书,我去翻了一下,找到好几种亚东图书馆印的白话小说,书都是新的,可惜配不上套,有的只有上册,有的只有下册。我也读了很久。

我在大官亭做土改，有一天，到一家扫地出门的地主家里，在正房的满是灰尘的方桌上面，放着一本竹纸印的《金瓶梅》，我翻了翻，又放回原处。那时纪律很严，是不能随便动胜利果实的。现在想来，可能是明版书。贫农团也不知注意，一定糟蹋了。

冀中导报社地上，堆着一些从纪晓岚老家弄来的旧书，其中有内府刻本《全唐诗》。我从里面拆出乐府部分，装订成四册。那时，我对民间文艺有兴趣，因此也喜欢古代乐府。这好像不能说是窃取，只能说是游击作风。那时也没有别的人爱好这些老古董。

至于更早年代的回忆，例如在北平流浪时，在地摊上买一些旧杂志，在保定紫河套买一些旧书，也都有过记述，就不再多说了。

前代学者，不知有多少人，记述在琉璃厂、海王村、隆福寺买书的盛事。其实，那也都是文章，真正的闲情、乐趣，也不见得就有那么多。只是文人无聊生活的一种点缀，自我陶醉而已。不过，读书与穷愁，总是有些相关的。书到难得时，也才对人有大用处。"文革"以后，我除红宝书外，一无所有，向一位朋友的孩子，借了两册大学语文课本，逐一抄录，用功甚勤。现在笔记本还在手下。计有：《论语》、《庄子》、《诗品》、《韩非子》、《扬子法言》、《汉书》、《文心雕龙》、《宋书》、《史通》等书的断片以及一些著名文章的全文。自拥书城时，是不肯下这种功夫的。读书也是穷而后工的。

所以，我对野味的读书，印象特深，乐趣也最大。文化生活和物质生活一样，大富大贵，说穿了，意思并不大。山林高卧，一卷在手，只要惠风和畅，没有雷阵雨，那滋味倒是不错的。

可怀念的游击年代！

读书究竟有用无用，这是很难说清楚的。要看时势和时机。汉高祖在攻打天下的时候，主张读书无用论。他侮辱书生，在他们的帽子里撒尿。这是做给那些乌合之众，文盲战士们看的，讨得他们的欢心，帮他打天下。等到做了皇帝，又说"过去为非"，自己也读书也做文章了。这也是为了讨好那些儒生，帮他安定天下，才这样做的。

总之，读书一直被看做一种功利手段，因此，读书人也就只能碰运气了。

我和古书

我的读书过程,可以分成几个阶段。从小学到初中,可以说是启蒙阶段,接受师长教育。高中到教书,可以说是追求探索阶段。抗日战争到解放战争,可以说是学以致用阶段。进城以后,可以说是广事购求,多方涉猎,想当藏书家的阶段。

可以从第三阶段说起。抗日战争时期,在冀中区,我们油印出版过一些小册子,其中包括苏联十月革命以后的文艺创作和新的文学理论。这些书,都是我在三十年代研究和学习过的。我所写的文艺方面的论文和初期的创作,明显地受这些理论和作品的影响。例如我的第一篇小说《一天的工作》和第一篇论文《现实主义文学论》。所以说,这是"学以致用"的阶段,我们在这一时期的工作,虽然幼稚,但今天看起来,它在根据地的影响,还是很深远的。

我在三十年代初,所学习的文艺方面以及社会科学方面的知识,都尽量应用在抗日工作中去,献出了我微薄的力量。另外,在实际工作中,又得以充实自己,发展所学,增长了工作的能力。

为什么进城以后,我又爱好起古书来呢?

我小的时候，上的是"国民小学"，没有读过"四书五经"。不知为什么，总觉得是一个缺陷。中学时，我想自学补课，跑到商务印书馆，买了一部《四书》，没有能读下去，就转向新兴的社会科学去了。直到现在，很多古籍，如不看注，还是读不好，就是因为没有打下基础。初进城时，薪俸微薄，我还是在冷摊上买些破旧书，也包括古籍，但是很零碎，没有系统。以后，收入多了一些，我才慢慢收集经、史、子、集四方面的书，但也很不完备。直到目前，我的二十四史，还缺《宋书》和《南齐书》两种，没有配全。认真读过的，也只有《史》、《汉》、《三国志》和《新五代史》几种。《资治通鉴》，读过一部分，《纲鉴易知录》通读过了。近人的历史著作，如夏曾佑的《中国古代史》，吕思勉的《隋唐五代史》、《清史纲要》等，也粗略读过。我还买一些非正史，即所谓载记一类的书：《十六国春秋》、《十国春秋》、《吴越备史》、《七家后汉书》等等。但对我来说，程度最适合的，莫过于司马光的《稽古录》。我买了不少的明末野史、宋人笔记、宋人轶事、明清笔记，都与历史有关。

《世说新语》一类的书，买得很多，直至近人的《新世说》。我喜爱买书，不只买一种版本，而是多方购求。《世说新语》，我有四种本子，除去明刊影印本两种，还有唐写本的影印本，后来的思贤讲舍的刻本。《太平广记》也有四种版本：石印、小木版、明刊影印、近年排印。《红楼梦》、《水浒》，版本种类也有数种，包括有正本、贯华堂本。还有《续水浒》、《荡寇志》。

各代文学总集，著名作家的文集，从汉魏到宋元，经过多年的搜集，可以说是略备。明清的总集别集，我没有多留心去买。我对这两朝的文章，抱有一点轻视的成见。但一些重要思想家、学术家和著名作家的书，还是买了几种。如黄梨洲、崔东璧、钱大昕、俞正燮、俞樾等。一些政治家，如徐光启、林则徐的文集，我也买了。钱谦益的两部集子也买了。

近代学者梁启超、章太炎，我买了他们的全集。王国维，我买了他的主要著作。近人邓之诚、岑仲勉的关于历史和地理的书，我也买了几种。黄侃、陈垣、余嘉锡的著作，也有几种。

我的藏书中，以小说类为最多，因为这有关本行。除去总集如《太平广记》、《说郛》、顾氏文房小说以外，张之洞的《书目答问》、小说家类，共开列三十六种，我差不多买齐了。其次是杂史类掌故之属，《书目答问》共开列二十一种，我买了一半多。再其次是儒家考订之属，我有二十六种。

刚进城时，新旧交替，书市上旧书很多，也很便宜。我们刚进来，两手空空，大部头的书，还是不敢问津。《四部丛刊》，我只是在小摊上，买一些零散的，陆续买了很多。以后手里有些钱，也就不便再买全部。因此，我的《四部丛刊》，无论初、二、三编，都是不全的，有黑纸的，也有白纸的，很不整齐。《廿四史》也同样，是先后零买的，木版、石印、铅印；大字、小字、方字、扁字，什么本子都有。其中以《四部备要》的本子为多。《四部备要》中其他方面的书，也占我所藏线装书的大部分。

谱录方面的书，也有一些，特别是书目。

我买书很杂，例如有一捆书(我的书自从抄家时捆上，就一直沿用这个办法)的书目为：《黄帝内经·素问》、《桑蚕粹编》、《司牧安骥集》、《考工记图》、《郑和航海图》、《营造法式》、《花镜》……这并非证明我无书不读，只是说有一个时期，我是无书不买的。

我中学时课外阅读的情况

从一九二六年起,我在保定育德中学读书六年(初中四年,高中二年)。回忆在那一时期的课外阅读,印象较深的,有以下几个方面:

一、读报纸:每天下午课毕,我到阅览室读报。所读报纸,主要为天津的《大公报》和上海的《申报》,也读天津《益世报》和北平的《世界日报》,主要是看副刊。《大公报》副刊有《文艺》,《申报》有《自由谈》,前者多登创作,沈从文主编;后者多登杂文,黎烈文主编。当时以鲁迅作品为主。

二、读杂志:当时所读杂志有《小说月报》、《现代》、《北斗》、《文学月报》等,为文艺刊物,多左翼作家作品。《东方杂志》、《新中华》杂志、《读书杂志》、《中学生》杂志等,为综合杂志。当时《读书杂志》正讨论中国社会史问题,我很有兴趣。也读《申报月刊》和《国闻周报》(《大公报》出版)。

三、读社会科学:读了《政治经济学批判》、《费尔巴赫论》、《唯物论与经验批判论》等经典著作以及当时翻译过来的苏联及日本学者所著经济学教程。如布哈林和河上肇等人的著作。

四、读自然科学：读《科学概论》、《生物学精义》，还读了一本通俗的人类发展史，书名叫《两条腿》，北新书局出版。

五、读旧书：读《四书集注》、庄子、孟子选本，楚辞、宋词选本。以及近代人著文言小说如《浮生六记》、《断鸿零雁记》等。

六、读文化史：先读赵景深《中国文学小史》、王冶秋《新文学小史》（载于《育德月刊》）、杨东莼《中国文化史》、胡适《白话文学史》、冯友兰《中国哲学史》。《欧洲文艺思潮》、《欧洲文学史》，日人盐谷温、青木正儿等人的有关中国文学著作。

七、读小说散文：《独秀文存》、《胡适文存》，鲁迅、周作人等译作，冰心、朱自清、老舍、废名作品，英法小说、泰戈尔作品。后来即专读左翼作家及苏联作家小说。

八、读文艺理论：读《文学概论》及当时文坛论战的文章，如鲁迅与创造社一些人的论战，后来的《文艺自由论辩》，及中外人写的唯物史观艺术论著。日本厨川白村、藏原惟人、秋田雨雀的著作，柯根《伟大的十年间文学》等。

九、读文字语言学：陈望道《修辞学发凡》、杨树达《词诠》、穆勒《名学纲要》，即逻辑学。

十、读人生观、宇宙观方面的书：记有吴稚晖、梁漱溟著作，忘记书名。

以上所记，主要是课外读物，多由教师介绍指导。中学生既无力多买书，也不大知道应该买哪些书，所以应该利用学校中的图书馆，并请教师指导。向同学师长借阅书籍，要按期归还，保持清洁。

第一个借给我《红楼梦》的人

我第一次读《红楼梦》,是十岁左右还在村里上小学的时候。我先在西头刘家,借到一部《封神演义》,读完了,又到东头刘家借了这部书。东西头刘家都是以屠宰为业,是一姓一家。刘姓在我们村里是仅次于我们姓的大户,其实也不过七八家,因为这是一个很小的村庄。

从我能记忆起,我们村里有书的人家,几乎没有。刘家能有一些书,是因为他们所经营的近似一种商业。农民读书的很少,更不愿花钱去买这些"闲书"。那时,我只能在庙会上看到书,书摊小贩支架上几块木板,摆上一些石印的,花纸或花布套的,字体非常细小,纸张非常粗黑的《三字经》、《玉匣记》,唱本、小说。这些书可以说是最普及的廉价本子,但要买一部小说,恐怕也要花费一两天的食用之需。因此,我的家境虽然富裕一些,也不能随便购买。我那时上学念的课本,有的还是母亲求人抄写的。

东头刘家有兄弟四人,三个在少年时期就被生活所迫,下了关东。其中老二一直没有回过家,生死存亡不知。老三回过一次家,还是不能生活,只在家过了一个年,就又走了。听说他在关东,从事的是一种非常危险的勾当。

家里只留下老大,他娶了一房童养媳妇,算是成了家。他的女人,个儿不高,但长得颇为端正俊俏,又喜欢说笑,人缘很好,家里常年设着一个小牌局,抽些油头,补助家用。男的还是从事屠宰,但已经买不起大牲口,只能剥个山羊什么的。

老四在将近中年时,从关东回来了,但什么也没有带回来。这人长得高高的个子,穿着黑布长衫,走起路来,"蛇摇担晃"。他这种走路的姿势,常常引起家长们对孩子的告诫,说这种走法没有根柢,所以他会吃不上饭。

他叫四喜,论乡亲辈,我叫他四喜叔。我对他的印象很好。他从东头到西头,扬长地走在大街上,说句笑话儿,惹得他那些嫂子辈的人,骂他"贼兔子",他就越发高兴起来。他对孩子们尤其和气。有时,坐在他家那旷荡的院子里,拉着板胡,唱一段清扬悦耳的梆子,我们听起来很是入迷。他知道我好看书,就把他的一部《金玉缘》借给了我。

哥哥嫂子,当然对他并不欢迎,在家里,他已经无事可为,每逢集市,他就挟上他那把锋利明亮的切肉刀,去帮人家卖肉。他站在肉车子旁边,那把刀,在他手中熟练而敏捷地摇动着,那煮熟的牛肉、马肉或是驴肉,切出来是那样薄,就像木匠手下的刨花一样,飞起来并且有规律地落在那圆形的厚而又大的肉案边缘,这样,他在给顾客装进烧饼的时候,既出色又非常方便。他是远近知名的"飞刀刘四"。现在是英雄落魄,暂时又有用武之地。在他从事这种工作的时候,你可以看到,他高大的身材,在一层层顾客的包围下,顾盼神飞,谈笑自若。可以想到,如果一个人,能永远在这样一种状态中存在,岂不是很有意义,也很光荣?

等到集市散了,天也渐渐晚了,主人请他到饭铺吃一顿饱饭,还喝了一些酒。他就又挟着他那把刀回家去。集市离我们村只有三里路。在路上,他有些醉了,走起来,摇晃得更厉害了。

对面来了一辆自行车。他忽然对着人家喊:

"下来!"

"下来干什么?"骑自行车的人,认得他。

"把车子给我!"

"给你干什么?"

"不给,我砍了你!"他把刀一扬。

骑车子的人回头就走,绕了一个圈子,到集市上的派出所报了案。

他若无其事地回到家里,也许把路上的事忘记了。当晚睡得很香甜。第二天早晨,就被捉到县城里去了。

那时正是冬季,农村很动乱,每天夜里,绑票的枪声,就像大年五更的鞭炮。专员正责成县长加强治安,县长不分青红皂白,就把他枪毙,作为成绩向上级报告了。他家里的人没有去营救,也不去收尸。一个人就这样完结了。

他那部《金玉缘》,当然也就没有了下落。看起来,是生活决定着他的命运,而不是书。而在我的童年时代,是和小小的书本同时,痛苦地看到了严酷的生活本身。

书　信

　　自古以来书信作为一种文体，常常编入作家们的文集之中。书与信字相连，可知这一文体的严肃性。它的主要特点，是传达一种真实的信息。

　　古代的历史著作，也常常把一个人物的重要信件，编入他的传记之内。

　　古代，书信的名号很多，有上书，有启，有笺，有书……各有讲究。《昭明文选》用了几卷的篇幅收录了这些文章。历代文学总集，也无不如此。

　　如此说来，书信一体，实在是不可玩忽的一种文学读物了。过去书市中也有供人学习应酬文字的尺牍大观，那当然不在此列。

　　在中学读书时，我读过一本高语罕编的《白话书信》，内容已经记不清。还读过一本《八贤手札》，则是清朝咸同时期，镇压太平天国的那些大人物的往来信札，内容也记不清了。只记得那些信的称呼，很复杂也很难懂。

　　书信这一文体，我可以说是幼而习之的。在外面读书做事，总是要给家中写信的。所用的文字当然是解放了的白话。

这些家信无非是报告平安,没有什么特殊的内容。经过几次变乱,可以说是只字不存了。

在保定读书时,我认识了本城一个女孩子,她家住在白衣庵一个大杂院里。我每星期总要给她写一封信,用的都是时兴的粉色布纹纸信封。我的信写得都很长,不知道从哪里来的那么多热情的话。她家生活很困难,我有时还在信里给她附一些寄回信的邮票。但她常常接不到我寄给她的信,却常常听到邮递员对她说的一些不三不四的话。我并不了解她的家庭,我曾几次在那个大杂院的门口徘徊,终于没有进去。我也曾到邮政局的无法投递的信柜里去寻找,也见不到失落的信件。我估计一定是邮递员搞的鬼。我忘记我给她写了多少封信,信里尽倾诉了什么感情。她也不会保存这些信。至于她的命运,她的生存,已经过去五十年,就更难推测了。

在晋察冀边区工作,我曾给通讯员和文学爱好者写过不少信,文字很长,数量很大,但现在一封也找不到了。

一九四四年秋天,我在延安窑洞里,用从笔记本撕下的一片纸,写了一封万金家书。我离家已经六七年了,听人说父亲健康情况不好,长子不幸夭折,我心里很沉重。家乡还被敌人占据着,寄信很危险。但我实在控制不住对家庭的思念,我在这片白纸的正面,给父亲写了一封短信;在背面,给妻子写了几句话。她不认识字,父亲会念给她听。

这封信我先寄给在晋察冀工作的周小舟同志,烦他转交我的家中。一九四六年,我回到家里,妻子告诉我,收到了这封信。在一家人正要吃午饭的时候收到的这封信,父亲站在屋门口念了,一家人都哭了。我很感谢我们的交通站和周小舟同志,我不知道千里迢迢,关山阻隔,敌人封锁得那么紧,他们是怎样把这封信送到了我的家。

这封信的内容，我是记得的，它的每句话都是有用的，有千斤重量的，也没保存下来。

一九七〇年十月起，至一九七二年四月，经人介绍，我与远在江西的一位女同志通信。发信频繁，一天一封，或两天一封或一天两封。查记录：一九七一年八月，我寄出去的信，已达一百一十二封。信，本来保存得很好，并由我装订成册，共为五册。后因变故，我都用来升火炉了。

这些信件，真实地记录了我那几年动荡不安的生活，无法倾诉的悲愤，以及只能向尚未见面的近似虚无缥缈的异性表露的内心。一旦毁弃了是很可惜的，但当时也只有这样付之一炬，心里才觉得干净。潮水一样的感情，几乎是无目的地倾泻而去，现在已经无法解释了。

自从"文化大革命"开始，断绝了写作的机会，从与她通信，才又开始了我的文字生活，这是可以纪念的。这些信，训练了我久已放下了的笔，使我后来能够写文章时，手和脑并没有完全生疏、迟钝。这也可以说是失之东隅，收之桑榆吧。至于新中国成立前后，我写给朋友们的信件，经过"文化大革命"，已所剩无几。这很难怪，我向来也不大保存朋友们的来信，但在"文化大革命"以前，曾在书柜里保存康濯同志的来信，有两大捆，约二百余封。"文化大革命"期间，接连不断地抄家，小女儿竟把这些信件烧毁了。太平以后，我很觉得对不起康濯同志，把详情告诉了他。而我写给他的信，被抄走，又送了回来，虽略有损失，听说还有一百多封。这可以说是迄今保存的我的书信的大宗了。他怎样处理这些信件，因为上述原因，我一直不好意思去过问。

先哲有言，信件较文章更能传达人的真实感情，更能表现本来面目。看来，信件的能否保存，远不及文章可靠。文章如能发表，即使是油印、石印，也是此失彼存，有希望找到的。而信件寄出，保存与否，已非作者所能处置。遇有变故，最易遭灾，求其幸存，已经不易，况时过境迁，交游萍水，难以求其究竟乎！

书的梦

到市场买东西,也不容易。一要身强体壮,二要心胸宽阔。因为种种原因,我足不入市,已经有很多年了。这当然是因为有人帮忙,去购置那些生活用品。夜晚多梦,在梦里却常常进入市场。在喧嚣拥挤的人群中,我无视一切,直奔那卖书的地方。

远远望去,破旧的书床上好像放着几种旧杂志或旧字帖。顾客稀少,主人态度也很和蔼。但到那里定睛一看,却往往令人失望,毫无所得。

按照弗洛伊德的学说,这种梦境,实际上是幼年或青年时代,残存在大脑皮质上的一种印象的再现。

是的,我梦到的常常是农村的集市景象:在小镇的长街上,有很多卖农具的,卖吃食的,其中偶尔有卖旧书的摊贩。或者,在杂乱放在地下的旧货中间,有几本旧书,它们对我最富有诱惑的力量。

这是因为,在童年时代,常常在集市或庙会上,去光顾那些出售小书的摊贩。他们出卖各种石印的小说、唱本。有时,在戏台附近,还会遇到陈列在地下的,可以白白拿走的,宣传耶稣教义的各种圣徒的小传。

在保定上学的时候，天华市场有两家小书铺，出卖一些新书。在大街上，有一种当时叫做"一折八扣"的廉价书，那是新旧内容的书都有的，印刷当然很劣。

有一回，在紫河套的地摊上，买到一部姚鼐编的《古文辞类纂》，是商务印书馆的铅印大字本，花了一圆大洋。这在我是破天荒的慷慨之举，又买了二尺花布，拿到一家裱画铺去做了一个书套。但保定大街上，就有商务印书馆的分馆，到里面买一部这种新书，所费也不过如此，才知道上了当。

后来又在紫河套买了一本大字的夏曾佑撰写的《中国历史教科书》（就是后来的《中国古代史》），也是商务排印的大字本，共两册。

最后一次逛紫河套，是一九五三年。我路过保定，远千里同志陪我到"马号"吃了一顿童年时爱吃的小馆，又看了"列国"古迹，然后到紫河套。在一家收旧纸的店铺里，远买了一部石印的《李太白集》。这部书，在远去世后，我在他的夫人于雁军同志那里还看见过。

中学毕业以后，我在北平流浪着。后来，在北平市政府当了一名书记。这个书记，是当时公务人员中最低的职位，专事抄写，是一种雇员，随时可以解职的，每月有二十元薪金。在那里，我第一次见到了旧官场、旧衙门的景象。那地方倒很好，后门正好对着北平图书馆。我正在青年，富于幻想，很不习惯这种职业。我常常到图书馆去看书，到北新桥、西单商场、西四牌楼、宣武门外去逛旧书摊。那时买书，是节衣缩食，所购完全是革命的书。我记得买过六期《文学月报》，五期《北斗》杂志，还有其他一些革命文艺期刊，如《奔流》、

《萌芽》、《拓荒者》、《世界文化》等。有时就带上这些刊物去"上衙门"。我住在石驸马大街附近,东太平街天仙庵公寓。那里的一位老工友,见我出门,就如此恭维。好在科里都是一些混饭吃、不读书的人,也没人过问。

我们办公的地方,是在一个小偏院的西房。这个屋子里最高的职位,是一名办事员,姓贺。他的办公桌摆在靠窗的地方,而且也只有他的桌子上有块玻璃板。他的对面也是一位办事员,姓李,好像和市长有些瓜葛,人比较文雅。家就住在府右街,他结婚的时候,我随礼去过。

我的办公桌放在西墙的角落里,其实那只是一张破旧的板桌,根本不是办公用的,桌子上也没有任何文具,只堆放着一些杂物。桌子两旁,放了两条破板凳,我对面坐着一位姓方的青年,是破落户子弟。他写得一手好字,只是染上了严重的嗜好。整天坐在那里打盹,睡醒了就和我开句玩笑。

那位贺办事员,好像是南方人,一上班嘴里的话是不断的。他装出众人领袖的模样,对谁也不冷淡。他见我好看小说,就说他认识张恨水的内弟。

很久我没有事干,也没人分配给我工作。同屋有位姓石的山东人,为人诚实,他告诉我,这种情况并不好,等科长来考勤,对我很不利。他比较老于官场,他说,这是因为朝中无人的缘故。我那时不知此中的利害,还是把书本摆在那里看。

我们这个科是管市民建筑的。市民要修房建房,必须请这里的技术员,去丈量地基,绘制蓝图,看有没有侵占房基线。然后在窗口那里领照。

我们科的一位股长,是一个胖子,穿着蓝绸长衫,和下僚谈话的时候,老是把一只手托在长衫的前襟下面,作撩袍端带的姿态。他当然不会和我说话的。

有一次，我写了一个请假条寄给他。我虽然看过《酬世大观》，在中学也读过陈子展的《应用文》，高中时的国文老师，还常常把他替要人们拟的公文，发给我们当作教材，但我终于在应用时把"等因奉此"的程式用错了。听姓石的说，股长曾拿到我们屋里，朗诵取笑。股长有一个干儿，并不在我们屋里上班，却常常到我们屋里瞎串。这是一个典型的京华恶少，政界小人。他也好把一只手托在长衫下面，不过他的长衫，不是绸的，而是蓝布，并且旧了。有一天，他又拿那件事开我的玩笑，激怒了我，我当场把他痛骂一顿，他就满脸赔笑地走了。

当时我血气方刚，正是一语不合拔剑而起的年纪，更何况初入社会，就到了这样一处地方，满腹怨气，无处发作，就对他来了。

我是由志成中学的体育教师介绍到那里工作的。他是当时北方的体育明星，娶了一位宦门小姐。他的外兄是工务局的局长。所以说，我官职虽小，来头还算可以。不到一年，这位局长下台，再加上其他原因，我也就"另候任用"了。

我被免职以后，同事们照例是在"东来顺"吃一次火锅，然后到娱乐场所玩玩。和我一同免职的，还有一位家在北平附近的人，脸上有些麻子，忘记了他的姓。他是做外勤的，他的为人和他的破旧自行车上的装备，给人一种商人小贩的印象，失业对他是沉重的打击。走在街上，他悄悄地对我说：

"孙兄，你是公子哥儿吧，怎么你一点也不在乎呀！"

我没有回答。我想说：我的精神支柱是书本，他当然是不能领会的。其实，精神支柱也不可靠，我所以不在意，是因为这个职位，实在不值得留恋。另外，我只身一人，这里没有家口,实在不行,我还可以回老家喝粥去。

和同事们告别以后,我又一个人去逛西单商场的书摊。渴望已久的,鲁迅先生翻译的《死魂灵》一书,已经陈列在那里了。用同事们带来的最后一次薪金,购置了这本名著,高高兴兴回到公寓去了。

第二天清晨,挟着这本书,出西直门,路经海淀,到离北平有五六十里路的黑龙潭,去看望在那里山村小学教书的一个朋友。他是我的同乡,又是中学同学。这人为人热情,对于比他年纪小的同乡同学,情谊很深。到他那里,正是深秋时节,黄叶飘落,潭水清冷,我不断想起曹雪芹在这一带著书的情景。住了两天,我又回到了北平。

我在朝阳大学同学处住几天,又到中国大学同学处住几天。后来,感到肚子有些饿,就写了一首诗,投寄《大公报》的《小公园》副刊,内容是:我要离开这个大城市,回到农村去了。因为我看到:在这里,是一部分人正在输血给另一部分人!

诗被采用,给了五角钱。

整理了一下,在北平一年所得的新书旧书,不过一柳条箱,就回到农村,去教小学了。

我的书籍,一损失于抗日战争之时,已在别一篇文章中略记,一损失于土地改革之时。

我的家庭成分是富农。按照当时党的政策,凡是有人在外参加革命,在政治上稍有照顾。关于书,是属于经济,还是属于政治,这是不好分的。贫农团以为书是钱买来的,这当然也是属于财产,他们就先后拿去了。其实也不看。当时,我们那里的农民,已普遍从八路军那里学会裁纸卷烟。在乡下,纸张较之布片还难得,他们是拿去卷烟了。

这时，我在饶阳县一个小区参加土改工作。大概是冀中区党委所在之地吧，发了一个通知，要各村贫农团，把斗争果实中的书籍，全部上缴小区，由专人负责清查保存。大概因为我是知识分子吧，我们的小区区长，把这个责任交给了我。

书籍也并不太多，堆在一间屋子的地下，而且多是一些古旧破书，可以用来卷烟的已经不多。我因家庭成分不好，又由于"客里空"问题，正在《冀中导报》受到公开批判，谨小慎微，对这些书籍，丝毫不敢染指，全部上缴县委了。

我的受批判，是因为那一篇《新安游记》。是个黄昏，我从端村到新安城墙附近绕了绕，那里地势很洼，有些雾气，我把大街的方向弄错了。回去仓促写了一篇抗日英雄故事，在《冀中导报》发表了。土改时被作为"客里空"典型。

在家乡工作期间，已经没有购买书籍的机会，携带也不方便。如果能遇到书本的话，只是用打游击的方式，走到哪里，就看到哪里。

但也有时得到书。我在蠡县工作时，有一次在县城大集上，从一个地摊上，买到一本商务印书馆出版的、铅印精装的《西厢记》。我带着看了一程子，后来送给蠡县一位书记了。

《冀中导报》在饶阳大张岗设立了一处造纸厂。他们收买一些旧书，用牲口拉的大碾，轧成纸浆。有一间棚子，堆放着旧书。我那时常到这家纸厂吃住。从棚子里，我捡到一本石印的《王圣教》和一本石印的《书谱》。

在河间工作的时候，每逢集日，在一处小树林里，有推着小车贩卖烂纸书本的。有一次，我从车上买到一部初版的《孽海花》，一直保存着，进城后，送给一位新婚燕尔、出国当参赞的同志了。

谈读书

　　读书，主要靠自学。记得上中学时，精力旺盛，读书最多，也最专心。我们的国文老师，除去选些课文，在课堂给我们讲解外，就是介绍一些参考书，叫我们自己在课外去选择、去阅览。

　　文学非同科学，有时是可以无师自通的，只要个人努力。读书也没有准则，只有摸索着前进。读书和自己的志趣有关，一个人的志趣，常常因为时代、环境的变化，而有所改变。所以，就是师长给你介绍的书，也不一定就正中你的心意，正合你当时的爱好。

　　例如鲁迅先生给许世瑛开的十部书，是很有名的。但仔细一想，许世瑛那时年纪还小，他能读《全上古……文》或《四库全书总目》那类的古书吗？会有兴趣吗？但开这样一个书目，对他还是有好处的。使他知道：人世间有这样几部书，鲁迅先生是推重这些作品的。

　　现在，也常常有人叫我给他开个书目之类的单子，我是从来不开的。迫不得已，我就给他开些唐诗古文之类的书，这是书林中的菽粟，对谁也不会有害处的。我想：我读过的，你不一定去读,也不一定爱好。我没有读过的好书多得很。而我读书,是从来没有计划,是遇到什么就读什么的。其中,有些书读了,确实有好处,有些书却读不懂,有些书虽然读过了,却毫无所得。

根据以上这个经验,我后来读书,就知道有所选择了。先看前人的读书提要,了解一下书的作者及其内容。而古人的读书笔记,多是藏书记,只记他这本书,如何得来,如何珍贵,对内容含义,缺少正确的评价,这就只好又去碰了。

开卷有益,我常常这样安慰自己。

我的习惯,选择了一本书,我就要认真把它读完。半途而废的情况很少。其中我认为好的地方,就把它摘录在本子上。我爱惜书,不忍在书上涂写,或作什么记号,其实这是因小失大。读书,应该把随时的感想记在书眉上,读完一本,或读完一章,都应该把内容要点以及你的读后意见,记在章尾书后,供日后查考。读古书,这样做方便一些,因为所留天地很大,前后并有闲纸,现在印书,为了节省纸张,空白很少,只好写在纸条上,夹在书里面。不然年深日久,你读过的书就会遗忘,等于没有读。古人读书,都作提要,对作者身世,著作内容,作简要地叙述和评价,这个办法,很值得我们读书时取法。

青年人读书,常常和政治要求、文坛现状、时代思潮有关;也常常和个人遭遇、思想情绪有关。然而,总的趋势,是向前发展的,不是一成不变的。老年人的爱好,常常和青年人的爱好不大一样,这是很自然的,也不要相互勉强。

比如,我现在喜欢读一些字大行稀、赏心悦目的历史古书,不喜欢看文字密密麻麻、情节复杂奇幻的爱情小说,但这却是不能强求于青年人的。反过来说,青年人喜欢看乐意写的这样的小说,我也是宁可闲坐一会儿,不大喜欢去读的。

谈爱书

上

那天，有一位客人来闲谈。他问："听说，你写的稿子，编辑不能改动一个字。另外，到你这里来，千万不要提借书的事。都是真的吗？"

我回答说：

关于稿子的事，这里先不谈。关于借书的事，传说的也不尽属实。我喜爱书，珍惜书。要用的书，即是所谓藏书，我确是不愿意借出去的。但是，对我用处不大，我也不大喜欢的书，我是宁可送给别人，不要他归还的。我有一种洁癖，看书有自己的习惯。别人借去，总是要有些污损。例如，这个书架上的杂志和书，院里院外的孩子们要看，我都是装上封套，送给他们。他们拿回去怎样看，我就管不了许多。

即使是我喜爱的书，在一种特殊的时机，我也是可以慷慨送人的。例如抗日战争爆发以后，许多同志都到我家拿过书。大敌当前，身家性命都不保，同志们把书拿出去，增加知识，为抗日增加一分力量，何乐而不为？王林、路一、陈乔，都曾打开我的书箱，挑拣过书籍。有的自己看，有的选择有用的材料，油印流传。这些书，都是我从中学求学、北平流浪、同口教书、节衣缩食买下来，平日惜如性命的。

十年动乱开始，我的书共十书柜，全部被抄。我的老伴，知道书是我的性命，非常难过。看看我的面色，却很冷漠，她奇怪了。还以为我能临事不惊、心胸宽阔呢。当时，我只对她说：

"书是小事。"

有些书，我确是不轻易外借的。比如《金瓶梅》这部书，我买的是建国后国家影印的本子。二十四册，两布函，价五十元。动乱之前，就常常有同志想看，知道我的毛病，又不好意思说。有的人拐弯抹角：

"我想借你部书看。"

我说：

"什么书？新出版的诗集、小说，都在这个书架上，你随便挑吧！"

"不。"他说，"我想借一部旧书看看。"

"那也好。"我心里已经明白七分，"这里有一部新印的《聊斋》。"

他好像也明白了，不再说话。

抄去的书籍还能够发还，正如人能从这场灾难中活过来，原是我意想不到的。但终于说是要落实政策了，但就是不发还这一部。我心里已经有底，知道有人想借机扣下，就是不放弃。过了半年，还是有权者给说了话，才答应给我。这一天，报社的"革委会"主任，把我叫到政工组的内间。我以为他有什么公事，要和我谈。坐下来后，他说：

"听说要发还你那部书了，我想借去看看。"

"可以。"他是"革委会"主任，我不便拒绝，说，"最好快一些，另外，请不要外传。"

政工组到查抄办公室，把书领回来，就直接交到他手里去了。那是我未曾触手的一部新书，还好，他还给我时，污损不大。时间也不太长。我想他不一定通读，而是选读。

过去，《金瓶梅词话》的洁本出版以后，北平书摊上，忽然出现一本小书，封面上画着一只金色的瓶子，上面插着一枝梅花，写着"补遗"二字。定价高昂，对于只想看"那一部分"的读者，大敲竹杠。我很后悔没有买下一本，应付来借这部书的人们。

客人又问：

"从你写的一些文章看，你的家庭，并不是书香门第，那你为什么从幼年就爱上了书呢？"

我答：我幼年时，我家里，可以说是一本书也没有。我的父亲，只念过二年私塾，然后经招赘在本村的一个山西人，介绍到祁州（后来改称安国县）一家店铺去学徒。家境很不好，祖父一直盼望父亲能吃上一点股份，没有等到就去世了。祖父的死，甚至难以为葬，同事们劝父亲"打秋风"，父亲不愿，借贷了一些钱，才出了殡。这是母亲告诉我的。父亲没有多读书，但看到我的兄弟们都已夭殇，我又多病，既不能务农，又因娇惯也不能低声下气去侍候人——学徒。眼下家境好些了，所以决定让我读书。我记得从我上学起，父亲给我买过一部《曾文正公家书》，从别人要来一本《京剧大观》，还交给过我一本他亲手抄录的、本县一位姓阎的翰林，放学政时在路途上写的诗。父亲好写字，家里还有一些破旧的字帖。

我的书都是后来我做事，慢慢买起来的，父亲也从不干预。但父亲很早就看出我是个无能之辈，不会有多大出息，暗暗有些失望了。

下

我喜爱书，在乡里也小有名声。我十七岁，与黄城王姓结婚。结婚后的年节，要去住丈人家。这在旧社会，被看做是人生一大快事，与金榜题名、作品获奖相等。因为到那里，不只被称作娇客，吃得很好，而且有她的姐妹兄弟，陪着玩。在正月，就是大家在一起摸纸牌。围在一起，说说笑笑，打打闹闹，其乐可以说是无穷的。但我对这些事没有兴趣。她家外院有一间闲屋，里面有几部旧书，也不知是哪一辈流传下来的，满是灰尘。我把书抱回屋里，埋头去看。别人来叫，她催我去，我也不动。这样，在她们村里，就有两种传说：老年人说我到底是个念书人；姑娘们说我是个书呆子，不合群。

我的一生，虽说是与书结下了不解之缘，中间也有间断。一九五六年秋末，我得了严重的神经衰弱症。经过长期失眠，我的心神好像失落了，我觉得马上就要死，天地间突然暗了一色。我非常悲观，对什么也没有了兴趣，平日喜爱的书，再也无心去看。在北京的一家医院医治时，一位大夫曾把他的唐诗宋词拿来，试图恢复我的爱好，我连动都没动。三个月后，我到小汤山疗养院。附近有一家新华书店，里面有一些书，是城里不好买到的，我到那里买了一部《拍案惊奇》和一本《唐才子传》，这证明我的病，经过大自然的陶泄，已经好了许多。

半年以后，我又转到青岛疗养。住在正阳关路十号。路两旁是一色的紫薇花树。每星期，有车进市里，我不买别的东西，专逛书店。我买了不少丛书集成的零本，看完后还有心思包扎好，寄回家中。吹过海风，我的身体更进一步好转了。

十年动乱，我的书没有了，后来领到一小本四合一的"红宝书"。第一次开批判会，我忘记带上，被罚站两个小时，从此就一直带在身上，随时念诵。一是对领袖尊敬，二是爱护书籍的习惯没改，这本小书，用了几年，还是很干净整齐。别人的，都摸成黑色了。

客："可不可以这样说：你的有生之年，就是爱书之日呢？"

我说：这也很难说。我的书，经过几次沧桑，已如上述。书籍发还以后，我对它们还是有一种久别重逢的感情的。从今年起，我对书的感情渐渐淡漠了，不愿再去整理。这恐怕是和年岁有关，是大限将临的一种征兆。也很少买书了。前些天，托人买了一部《文苑英华》，一看字缩印得那样小，本子装订得又那样厚，实在兴趣索然。本来还想买一部《册府元龟》的，也作罢了。

我的生平，没有什么其他爱好。不用说声色犬马，就是打扑克、下象棋，我也不会。对于衣食器用，你都看见了，我一向是随随便便，得过且过的。但进城以后，有些稿费，既对别的事物无多需求，旧习不改，就想多买书。其实也看不了许多，想当一个藏书家。"文化大革命"期间，有人说我是聚浮财，有人说我是玩书。玩人丧德，玩物丧志，玩书又将如何呢？这就很难说清楚了。黄丕烈、陆心源都是藏书家，也可以说都是玩书的人。不过人家钱多，玩得大方一些，我钱少，玩得小气一些。人无他好，又无他能，有些余力，就只好爱爱书吧。

我死以后，是打算把一些有用的书，捐献给国家的，虽然并没有什么珍本。不过包书皮上，我多有胡涂乱写，想在近期清理一下，以免遗笑后世。

爱书续谈

客：读书首先要知道爱书。不过，请原谅，像你这样爱书，体贴入微，一尘不染，是否也有些过火，别人不好做到呢？

答：是这样，不能强求于人，我也觉得有些好笑。年轻时在家里读书，书放在妻子陪嫁的红柜里。妻子对我爱书的嘲笑，有八个字："轻拿轻放，拿拿放放。"书籍是求知的工具，而且只是求知的手段之一，主在利用。清朝一部笔记里说：到有藏书的人家去，看到谁家的书崭新，插架整齐，他家的子弟，一定是不读书，没有学问的。看到谁家的书零乱破败，散放各处，这家的子弟，才是真正读书的人。这恐怕也是经验之谈。我的书，我喜爱的书，我的孩子们是不能乱动的。我有时看到别人家，床上、地下、窗台、厕所，到处堆放着书，好像主人走到哪里，坐在何处，随时随地，都可以拿起来阅读，也确实感到方便，认为是读书的一种好方法。但就是改不了自己的老习惯。我的书，看过以后，总是要归还原处，放进书柜的。中国旧医书上说有一种疾病，叫做"书痴"，我的行为，庶几近之。

客：这也难说。我看你在日常生活中，不只对书，对什么东西，也是珍惜，不肯抛废。这是否和长期过艰苦生活有关呢？

答：我们已经谈过，我自幼家境并不好，看到母亲、妻子终日织纺，一粒粮食，得来不易，我很早就养成了一种俭朴的生活习惯，有时颇近于农民的吝惜。直到现在，还是如此，我已经描写在一篇小说之中，作为自嘲。

抗日战争和解放战争期间，我离乡背井，可以说是穷到一无所有。行军时，只有一根六道木棍子和一个用破裤子缝成的所谓书包，是我惟一的私有财产。我对它们也是爱护备至，惟恐丢掉。特别是那根棍子，就像是孙悟空手里那根金箍棒一样，时刻不离手，从晋察冀拿到延安，又从延安拿到华北。你看，人总是有一点私有观念，根深蒂固，即使只剩下一点破烂，也像叫化子，不肯放下那根破枣木棍儿。但是，就在这种情况下，我的破书包里，还总是带着一本书，准备休息时阅读。我带过《毁灭》、《呐喊》、《彷徨》，也带过《楚辞》和线装的《孟子》。那时行军，书带多了，是走不动的，我就选择轻便的书带上。

客：你读书，有没有目的性？或者说，从什么时候开始，你的读书，才是自觉的，有所追求的呢？

答：幼年读书，可以说是没有目的的，上小学是为了识字，看小说，是叫做看闲书。《红楼梦》、《封神演义》，是我在本村借来看的。如果说读书，是为了追求什么，那应该从我读高中说起。这时，我已经十九岁，东北九一八事变，上海一·二八战事，接连发生，这是国家民族的处境。我个人的处境是初中毕业，没有生活出路，父亲又勉强叫我再上两年高中。高中毕业以后，又将如何，实在茫然。人在青年，对国家，对家庭，对周围环境，对个人，总是有很多幻想，很多希望与失望，感慨和不平的。但我并没有斗争的勇气，也没有参加过什么实际的革命活动。我处在一种隐隐的忧闷之中彷徨不定，想从书本上，得到一些启示，一些安慰，一些陶醉。

读书是一种文化活动，文化活动总是带有时代特点。青年读书，总是顺应时代思想的潮流的。这一时期，我读了大量的新兴社会科学和新兴革命文学的书籍，这对于我后来参加抗日战争，无疑是一种起主导作用的推动力。所以说，二十岁上下时的读书，虽然目的性并不明确，但对国家民族的解放和进步，对自身生活、思想的解放和进步的向往和追求，还是有意识的，而且是很强烈的。

我应该感谢书籍，它对我有很大的救助力量。它使我在青春期，没有陷入苦恼的深渊，一沉不起。对现实生活，没有失去信心。它时常给我以憧憬、以希望、以启示。在我流浪北平街头，衣食不继时，它躺在街头小摊上，蓬头垢面与我邂逅。风尘之中，成为莫逆。当我在荒村教书时，一盏孤灯，一卷行李，它陪我度过了无数孤独的夜晚，直到雄鸡晓啼。在阜平草棚、延安窑洞，它都伴我枯寂，给我营养，使我奋发。此情此景，直到目前，并无改变。一往情深，矢志不移，白头偕老，可谓此矣。我对它珍惜一点，溺爱一点，也是情理之常，不足为怪了。

与友人论传记

前承问写传记的方法，这固然不是我所能说得完全的。但在阅读了一些中国历史书籍以后，对于中国历史传记写作的道理及其传统，却有一些领会。现略加整理分析，供你参考。我国在历史上，很重视传记，断代史中，人物传记占绝大部分。作为很重要的一种文体，在作家专集中，分量也很大。《春秋》《左传》，自古以来，就与经书同列。可见"传"在中国文化遗产中，所占的位置。

但这主要是就历史而言，在文学创作上，传记的成就，是不能和历史著作相比的。历史与文学，虽有共同的根源，即现实、环境、人物，但历史并不等于文学。文才并不等于史才。有些大作家写的传记，常常不如历史学家。把文史熔为一炉，并铸出不朽的人物群像的，只有司马迁、班固。此外，陈寿、范晔，已经史重于文。至于欧阳修，在文学上，虽享大名，所撰《新唐书》及《新五代史》，其中传记，已经不能同班、马并论，常常遭到他人的非议。

史学的方法和文学的方法，并非一回事，而且有时很矛盾。史学重事实，文人好渲染；史学重客观，文人好表现自我。只就这两点而言，作家所写的传记，就常常使人不能相信了。

班、马固然也是文学家，但是他们的做法，是从历史着眼，是尊重历史，尊重客观。在他们写历史作品的时候，也表现了文学的才能。这种才能，只是为历史服务，个人爱好，退居到第二位。越是采取客观态度，他们的作品完成以后，他们的文学才能，越是显得突出。有些人，在写作历史传记时，大显其文学方面的身手，越是这样，当他们的作品写成时，他那些文学方面的才华，却成了史学方面的负担、堆砌臃肿和污染。文学的脂粉涂得过多，反倒把人物弄丑了。晚清有个王定安，是曾国藩的得意弟子，他撰写的《湘军记》，不能说用力不勤，材料也不能说是单薄无据，就因为存心卖弄才华，文字写得扭捏作态，颇不大方，就被别人耻笑，以为不如王闿运的《湘军志》。其实，王的书，也是文学家的历史著作，并无突出优异之处，不过他稍稍知道写历史的道理，能略加收敛文学天才而已。

人物传记，自古以来，看做是历史范畴。它的写作特点，归纳起来，有以下几个方面：

一、记言记行并重。《史记》、《汉书》都是如此。记述人物一生重要行为，即决定性的关键性的行动，记述其与此种行动相辅相成的语言。《三国志》裴松之的注，特别注意记一个人的语言。深刻隽永的语言，颇能表现一个人物的风格面貌。这种用语言表现人物的写法，以后演变为多种多样的《世说新语》一类的书，本身也是一种历史。语言，不只反映人物的思想作风，也是人物行为的基础，所以很被史学家重视。

二、大节细节并重。古代史家，写一个人物，并不只记述他的成败两方面的大节，也记述他日常生活的细节。司马迁首先注意及此，效果甚佳。就像刘邦、项羽这些大人物，他也从记述其日常的言行着眼。而在写一些微末之士的时候，则多着眼其言行两方面的荦荦大端，显露其非凡之一面。

三、优点缺点并重。历史传记，首先注重真实，而真实是从全面、整体中提炼出来的。因此，历史所表现的人物，很少是神化的完人。《三国志》写关羽，写其功劳战绩，也暴露其秽德失行。把关羽神化，是后来小说和剧本干的事。优缺点并重，功过并举，才是现实生活中的"完人"，抽象的完人，是不存在的。

四、客观主观并重。历史，整个地说来，是客观存在。人物的言行，看来是主观的，但必然受历史的制约。古代传记，所写的人物，从历史环境、历史事件中表现，如曹操之于汉末，诸葛亮之于三分。客观环境与主观意志，紧密结合，历史与人物，才能互相辉映，相得益彰。在传记中，人物主观成分的表现，不能过多，主要是表现其与时代相触发、相关联的契机。

传记能否写得成功，作者的识见及态度，甚关重要。当然，作者要有学，掌握的材料要多。但材料的取舍、剪裁，要靠识。识不高则学无所用。识不高也难于超脱，难于客观，难于实事求是。写传记，有如下数忌：

一、忌恩怨、忌感情用事。传记所写是历史，只求存实。是为了后人鉴戒，所以也求达理。不真实则理不能通，并能悖理，于后世有害。写传记，对成功者，不能预先存恐惧之念，对失败者不能预先存轻侮之心。对己有恩者不过誉，对己有怨者不贬低。个人恩怨，排除净尽，头脑冷静，然后下笔。如不能做到，就可以不写。

二、忌用无根材料。写传记，都知看重第一手材料。即个人观察所得，眼见是实的材料。这种材料，是不易得到的。即使调查来的材料，也还有个剪裁取舍的问题，不一定完全可靠。至于文献记载，就更应该有所鉴别。过去，人物传记，有所谓家乘，即本人家族保存的材料；有所谓弟子记，即他的门人记录的材料；有所谓碑传，即死后刻在墓碑上的文字。这些材料，还都不能叫做传记，其中有很多不实之处。历史家把这些材料，都看做第二手材料，加以取舍。作者还要实地考察。直接观察以求更可靠的印象和材料。司马迁世为史官，掌握着不少文字材料，但他在写作《史记》之先，还是要出去旅行，访问故老，收集传闻。

三、忌轻易给活人立传。一部《廿四史》，大多数都是写在改朝换代之后。人物都已死去很多年。时过境迁，淘汰沉淀，对他们已经有了一个比较固定的评价。这样写来，容易客观。即本朝国史馆立传，也在盖棺论定之后。排除人事纷扰，再为一个人立传。这是历史传记写作的一个优长之处。当然，年代久远，也容易传闻异词，毁誉失度，有时几十年的事情，就弄不清楚，何况年代更久？这就要看史家的眼光，即识力。

给活着的人立传，材料看来易得，实际存在很多困难。干扰太多，不容易客观。他自己写的自传，也只能看做后人为他立传的材料，何况他人所为？

四、忌作者直接表态。中国历史传记，很少夹叙夹议，直接评价人物的写法。它的传统作法是"春秋笔法"，寓褒贬于行文用字之中，实际上是叫事实说话，即用所排比的事件本身，使读者得到对人物的印象、评价，因之引出历史的经验教训。大的史学家只是写事实，很少议论。司马迁在写过一个人物之后，有"太史公曰"一小段文字，谈他对这一人物的印象和评价，也是在若即若离之间，游刃于褒贬爱憎之外。又有时谈一些与评价无关的逸闻琐事，给文字增加无穷余韵，真是高妙极了。班固以后，这种文字，称"赞"或称"史臣曰"，渐渐有所褒贬，但也绝不把这种文字滥入正文。

外国有一种所谓评传，一边叙述人物的历史，一边发挥作者对人物的见解，中国史书上是少见的。

五、忌用文学手法。外国还有一些传记作品，出自大文豪的手笔，如罗曼·罗兰和巴比塞所写的名人传记。这种传记，是作家的创作，是以作家的意志见解，去和人物的心理思想交融。这是一种非常带有灵感的写法，作为文学作品，当然是无可非议的，但作为传记，就令人有些玄妙之感。这是天才的传记，平凡的笔墨不能追步后尘。

现在，为活着的人写的传记，有时称做"报告文学"。作者凭主观意志、功利观念，对人物表示了充分的爱憎。还有很多想当然的描写，甚至有一大段一大段的作者抒怀，这已经不是传记，而近于小说或叙事诗了。

历史、人物传记，都可以转化为小说、戏曲。《三国演义》是最著名的了。开了"七分史实，三分演义"的先河。《三国演义》能在同类小说中领先，是因为它得天独厚：一、三国的历史形势，济济人材，鼎足与纷争，都有利于结构小说；二、裴松之的注，材料丰富，人物方面，不只有行，而且有言有貌，易于摹画。《三国演义》产生之前，社会上已经有三国故事和三国戏曲，人物的形象、性格已初步具备。其他历史演义，就因为没有这样好的基础，所以写不好。如《隋唐演义》,还有些人物形象,如《五代史平话》,则太显粗糙,没能从历史脱胎出来。

传记是属于历史范畴,它可以成为文学作品,但不能当作文学作品来写。可以说有传记文学,但不能说有文学传记。史笔和文学之笔,应该分别开。

舞台上,赵云的戏有好多出,《三国志·赵云传》,不过几行,我们要认识赵云,就要根据这几行文字,而不能根据舞台上那么多的戏曲。人物一旦变为文学艺术中的形象,几乎就与历史无关了。

历代大作家,如韩愈、柳宗元所写的,名为传而实际是寓言的作品,唐宋传奇中的,名为传实际是小说的作品,都是文学作品,作者主观成分多,都不能当作历史传记来看。

古人著书立说,有时称做"删定"或"笔削"。就是凭作者识见,在庞杂丛芜的材料中,做大量的去伪存真的工作。文学家不适宜修史,因为卖弄文才,添枝加叶,有悖于删削之道,能使历史失实。

与友人论学习古文

承问我学习古代文字的经验,实在惭愧,我在这方面的根底很薄,不能冒充高深。

我上小学的时候,是一九一九年,已经是国民小学。在农村,小学校的设备很简陋,不过是借一家闲院,两间泥房做教室,复式教学,一个先生教四班学生。虽然这样,学校的门口,还是左右挂了两面虎头牌:"学校重地"及"闲人免进"。

你看未进校门之先,我们接触的,已经是这样带有浓厚封建国粹色彩的文字了。但进校后所学的,还是新学制的课本,并不是过去的五经四书了。

所以,我在小学四年,并没有读过什么古文。不过,在农村所接触的文字,例如政府告示、春节门联、婚丧应酬文字,还都是文言,很少白话。

我读的第一篇"古文",是我家的私乘。我的父亲,在经营了多年商业以后,立志要为我的祖父立碑。他求人——一位前清进士撰写了一篇碑文,并把这篇碑文交给小学的先生,要他教我读,以备在立碑的仪式上,叫我在碑前朗诵。父亲把这件事看得很重,不只有光宗耀祖的虔诚,还有教子成材的希望。

我记得先生每天在课后教我念，完全是生吞活剥，我也背得很熟，在我们家庭的那次大典上，据反映我读得还不错。那时我只有十岁，这篇碑文的内容，已经完全不记得，经过几十年战争动乱，那碑也不知道到哪里去了。但是，那些之乎者也，那些抑扬顿挫，那些起承转合，那些空洞的颂扬之词，好像给我留下了深刻的印象。

然后我进了高等小学。在这两年中，我读的完全是新书和新的文学作品，父亲请了一位老秀才，教我古文，没有给我留下任何印象。因为我看到他走在街头的那种潦倒状态，以为古文是和这种人物紧密相连的，实在鼓不起学习的兴趣。这位老先生教给我的是一部《古文释义》。

在育德中学，初中的国文讲义中，有一些古文，如《孟子》、《庄子》、《墨子》的节录，没有引起我多少兴趣。但对一些词，如《南唐二主词》、李清照《漱玉词》和《苏辛词》，发生了兴趣，一样买了一本，都是商务印书馆印的学生国学丛书的选注本。

为什么首先爱好起词来？是因为在读小说的时候，接触到了一些诗词歌赋。例如《红楼梦》里的《葬花词》、《芙蓉诔》，鲁智深唱的《寄生草》，以及什么祖师的偈语之类，青年时不知为什么对这种文字，这样倾倒，以为是人间天上，再好没有了，背诵抄录，爱不释手。

现在想来，青少年时代，确是一个神秘莫测的时代。那时的感情，确像一江春水，一树桃花，一朵早霞，一声云雀。它的感情是无私的，放射的，是无所不想拥抱，无所不想窥探的。它的胸怀，向一切事物都敞开着，但谁也不知道，是哪一件事物或哪一个人，首先闯进来，与它接触。

接着，我读了《西厢记》，苏曼殊的《断鸿零雁记》，沈复《浮生六记》。一个时期，我很爱好那种凄冷缠绵、红袖罗衫的文字。

无论是桃花也好，早霞也好，它都要迎接四面八方袭来的风雨。个人的爱好，都要受时代的影响与推动。我初中毕业的那一年，九一八事变发生；第二年，一·二八事变发生。在这几年中，我们的民族危机，严重到了一触即发的程度。保定地处北方，首先经受时代风云的冲击。报纸杂志、书店陈列的书籍，都反映着这种风云。我在高中二年，读了很多政治经济学方面的书籍。我在一本一本练习簿上，用蝇头小楷，孜孜矻矻做读《费尔巴哈论》和其他哲学著作的笔记。也是生吞活剥，但渐渐觉得它们确能给我解决一些当前现实使我苦恼的问题。我也读当时关于社会史和关于文艺的论战文章。

这样很快就把我先前爱好的那些后主词、《西厢记》，冲扫得干干净净。

高中二年，在课堂上，我读了一本《韩非子》，我很喜好这部书。读了一部《八贤手札》，没有印象。高中二年的课堂作文，我都是做的文言文，因为那时的老师，是一位举人，他要求这样。

因为功课中，有修辞学，有名学（就是逻辑学），有文化史、伦理学史、哲学史，所以我还是断断续续接触了一些古文，严复、林纾翻译的书，我也读了一些。

高中毕业以后，我没有能进入大学，所以我的古文，并没有得到过大学文科的科班训练，只能说是中学的程度。

以上，算是我在学校期间，学习古文的总结。

抗战八年间，读古书的机会很少，但是，偶尔得到一本，我也不轻易放过，总是带在身上，看它几天。记得，我背过

《孟子》、《楚辞》。

你说，已经借到一部大学用的《古代汉语》，选目很好，并有名家注释。这太好了。"文化大革命"后期，我没有书读，也是借了两本这样的书，每天晚上读，并抄录下来不少。

我们只能读些选本。鲁迅反对读选本，是就他那种学力，并按照研究的要求提出的。我们是处在学习阶段，只能读些有可靠注释的选本。我从来也不敢轻视像《古文观止》、《唐诗三百首》这样的选本。像这样的选家，这样的选本，造福于后人的，实在太大了。进一步，我们也可以读《昭明文选》，这就比较深奥一些。不能因为鲁迅反对过读文选，我们就避而远之。土地改革期间，我在小区工作，负责管理各村抄送来的图籍，其中有一部胡刻《文选》的石印本，我非常爱好，但是不敢拿，在书堆旁边，读了不少日子。

至于什么《全上古汉……文》、《全汉三国晋南北朝诗》，对我们来说，买不起又搬不动，用处不大。民国初年，上海有一家医学书局，主持人是丁福保，他编了一部《汉魏六朝名家集》，初集共四十家，白纸铅印线装，轻便而醒目，我买了一部，很实用。从中，我们可以看到，很多大作家，留给我们的文集，只是薄薄的一本，这是因为当时不能印刷广为流传，年代久远，以至如此。唐宋以后，作家保存文章的条件就好多了。对于保存自己的作品，传于身后，白居易是最用了脑筋的，他把自己的作品，抄写五部，分存于几大名山寺院之中，他的文集，得以完整无缺。

唐宋大作家文集，现在都容易得到，可以置备一些。这样，可以知道他一生写了哪些文章，有哪些文体，文集中又都附有关于他的评论和碑传，也可以增加对作家的理解。宋以后的文集，如你没有特殊兴趣，暂时可以不买。

　　读古文，可以和读历史相结合。《左传》、《战国策》，文章写得很好，都有选本。《史记》、《三国志》、《汉书》、《新五代史》，文章好，史、汉有选本。此外断代史，暂时不读也可以。可买一部《纲鉴易知录》，这算是明以前的历史纲要，是简化了的《资治通鉴》，文字很好。

　　另有一条道路，进入古文领域，就是历代笔记小说，石印的《笔记小说大观》，商务印的《清代笔记小说选》，部头都大些。买些零种看看也可以。至于像《世说新语》、《唐语林》、《摭言》、《梦溪笔谈》、《容斋随笔》等，则应列为必读的书。

　　如果从小说进入，就可读《太平广记》、《唐宋传奇》、《聊斋志异》和《阅微草堂笔记》。这些书，大概你都读过了。

　　至少要读一本文学史，谢无量的《中国大文学史》，鲁迅常引用。文论方面，可读一本《文心雕龙》。

　　学习古文，主要是靠读，不能像看白话小说，看一遍就算了。要读若干遍，有一些要背过。文读百遍，其义自明，好文章是越读越有味道的。最好有几种自己喜欢的选本，放在身边，经常拿起来朗读。

　　总之，学习古文的途径很多。以文为主，诗、词、歌、赋并进，收效会大些。

　　手边要有一本适宜读古文的字典，遇到一些生字，随时查看。直到现在，我手边用的还是一本过去商务印的《学生字典》，对我的读书写作，帮助很大。

　　学习古文，除去读，还要做，做可以帮助读。遇有机会，可做些文言小文，这也算不得复古，也算不得遗老遗少所为，对写白话文，也是有好处的。

题文集珍藏本

一九九二年十二月四日,我刚吃完早饭,走出独单,百花文艺出版社的社长,还有一位女编辑,抱着一个纸盒子,从楼下走上来,他们把《孙犁文集》这一部书,放在我的书桌上,神情非常严肃,连那位平日好说好笑的女编辑,也一言不发,坐在沙发上。

这是一部印刷精美绝伦的书,装饰富丽堂皇的书。我非常兴奋,称赞出版社为我办了一件大事,一件实事。女编辑郑重地说:"你今天用了'很好'、'太满意了'这些你从来很少用的词儿。"

我告诉她:我走上战场,腰带上系着一个墨水瓶。我的作品,曾用白灰写在岩石上,用土纸抄写,贴在墙壁上,油印、石印和土法铅印,已经感到光荣和不易。我第一次见到印得这样华贵的书。

有好几天,我站在书柜前,观看这一部书。

我的文学的路,是风雨、饥寒,泥泞、坎坷的路。是漫长的路,是曙光在前、希望的路。

这是一部争战的书,号召的书,呼唤的书。也是一部血泪的书，忧伤的书。

　　争战中也含有血泪，呼唤中也含有忧伤，这并不奇怪，使人难过的是：后半部的血泪中，已经失去了进取；忧伤中已经听不见呼唤。

　　渐渐，我的兴奋过去了。忽然有一种满足感，也是一种幻灭感。我甚至想到，那位女编辑抱书上楼的肃穆情景：她怀中抱的那不是一部书，而是我的骨灰盒。

　　我所有的，我的一生，都在这个不大的盒子里。

听说书

　　我的故乡的原始住户，据说是山西的移民，我幼小的时候，曾在去过山西的人家，见过那个移民旧址的照片，上面有一株老槐树，这就是我们祖先最早的住处。

　　我的家乡离山西省是很远的，但在我们那一条街上，就有好几户人家，以长年去山西做小生意，维持一家人的生活，而且一直传下好几辈。他们多是挑货郎担，春节也不回家，因为那正是生意兴隆的季节。他们回到家来，我记得常常是在夏秋忙季。他们到家以后，就到地里干活，总是叫他们的女人，挨户送一些小玩艺或是蚕豆给孩子们，所以我的印象很深。

　　其中有一个人，我叫他德胜大伯，那时他有四十岁上下。每年回来，如果是夏秋之间农活稍闲的时候，我们一条街上的人，吃过晚饭，坐在碾盘旁边去乘凉。一家大梢门两旁，有两个柳木门墩，德胜大伯常常被人们推请坐在一个门墩上面，给人们讲说评书，另一个门墩上，照例是坐一位年纪大辈数高的人，和他对称。我记得他在这里讲过《七侠五义》等故事。他讲得真好，就像一个专业艺人一样。

　　他并不识字，这我是记得很清楚的。他常年在外，他家的大娘，因为身材高，我们都叫她"大个儿大妈"。她每天挎着一个大柳条篮子，敲着小铜锣卖烧饼果子。德胜大伯回来，有时帮她记记账，他把高粱的茎秆，截成笔帽那么长，用绳穿结起来，横挂在炕头的墙壁上，这就叫"账码"，谁赊多少谁还多少，他就站在炕上，用手推拨那些茎秆儿，很有些结绳而治的味道。

他对评书记得很清楚，讲得也很熟练，我想他也不是花钱到娱乐场所听来的。他在山西做生意，长年住在小旅店里，同住的人，干什么的人都有，夜晚没事，也许就请会说评书的人，免费说两段，为常年旅行在外的人们消愁解闷，日子长了，他就记住了全部。

他可能也说过一些山西人的风俗习惯，因为我年岁小，对这些没兴趣，都忘记了。

德胜大伯在做小买卖途中，遇到瘟疫，死在外地的荒村小店里。他留下一个独生子叫铁锤。前几年，我回家乡，见到铁锤，一家人住在高爽的新房里，屋里陈设，在全村也是最讲究的。他心灵手巧，能做木工，并且能在玻璃片上画花鸟和山水，大受远近要结婚的青年农民的欢迎。他在公社担任会计，算法精通。

德胜大伯说的是评书，也叫平话，就是只凭演说，不加伴奏。在乡村，麦秋过后，还常有职业性的说书人，来到街头。其实，他们也多半是业余的，或是半职业性的。他们说唱完了以后，有的由经管人给他们敛些新打下的粮食；有的是自己兼做小买卖，比如卖针，在他说唱中间，由一个管事人，在妇女群中，给他卖完那一部分针就是了。这一种人，多是说快书，即不用弦子，只用鼓板。骑着一辆自行车，车后座作鼓架。他们不说整本，只说小段。卖完针，就又到别的村庄去了。

一年秋后，村里来了弟兄三个人，推着一车羊毛，说是会说书，兼有擀毡条的手艺。第一天晚上，就在街头说了起来，老大弹弦，老二说《呼家将》，真正的西河大鼓，韵调很好。村里一些老年的书迷，大为赞赏。第二天就去给他们张罗生意，挨家挨户去动员：擀毡条。

他们在村里住了三四个月，每天夜晚说《呼家将》。冬天天冷，就把书场移到一家茶馆的大房子里。有时老二回老家运羊毛，就由老三代说，但人们对他的评价不高，另外，他也不会说《呼家将》。

眼看就要过年了，呼延庆的擂还没打成。每天晚上预告，明天就可以打擂了，第二天晚上，书中又出了岔子，还是打不成。人们盼呀，盼呀，大人孩子都在盼。村里娶儿聘妇要擀毡条的主，也差不多都擀了，几个老书迷，还在四处动员：

"擀一条吧，冬天铺在炕上多暖和呀！再说，你不擀毡条，呼延庆也打不了擂呀！"

直到腊月二十老几，弟兄三个看着这村里实在也没有生意可做了，才结束了《呼家将》。他们这部长篇，如果整理出版，我想一定也有两块大砖头那么厚吧。

报纸的故事

一九三五年的春季，我失业家居。在外面读书看报惯了，忽然想订一份报纸看看。这在当时确实近于一种幻想，因为我的村庄，非常小又非常偏僻，文化教育也很落后。例如村里虽然有一所小学校，历来就没有想到订一份报纸。村公所就更谈不上了。而且，我想要订的还不是一种小报，是想要订一份大报，当时有名的《大公报》。这种报纸，我们的县城，是否有人订阅，我不敢断言，但我敢说，我们这个区，即子文镇上是没人订阅过的。

我在北京住过，在保定学习过，都是看的《大公报》。现在我失业了，住在一个小村庄，我还想看这份报纸。我认为这是一份严肃的报纸，是一些有学问的、有事业心的、有责任感的人编辑的报纸。至于当时也是北方出版的报纸例如《益世报》、《庸报》，都是不学无术的失意政客们办的，我是不屑一顾的。

我认为《大公报》上的文章好，它的社论是有名的，我在中学时，老师经常选来给我们当课文讲。通讯也好，有长江等人写的地方通讯，还有赵望云的风俗画。最吸引我的还是它的副刊，它有一个文艺副刊，是沈从文编辑的，经常登载青年作家的小说和散文。还有"小公园"，还有艺术副刊。

说实在的，我是想在失业之时，给《大公报》投投稿，而投了稿子去，又看不到报纸，这是使人苦恼的。因此，我异想天开地想订一份《大公报》。

首先，我把这个意图和我结婚不久的妻子说了说。以下是我们的对话实录：

"我想订份报纸。"

"订那个干什么？"

"我在家里闲着很闷，想看看报。"

"你去订吧。"

"我没有钱。"

"要多少钱？"

"订一月，要三块钱。"

"啊！"

"你能不能借给我三块钱？"

"你花钱应该向咱爹去要，我哪里来的钱？"

谈话就这样中断了。这很难说是愉快，还是不愉快，但是我不能再往下说了。因为我的自尊心，确实受了一点损伤。是啊，我失业在家里呆着，这证明书就是已经白念了。白念了，就安心在家里种地过日子吧，还要订报。特别是最后这一句："我哪里来的钱？"这对于作为男子汉大丈夫的我，确实是千钧之重的责难之词！

其实，我知道她还是有些钱的，作个最保守的估计，她可能有十五元钱。当然她这十五元钱，也是来之不易的，是在我们结婚的大喜之日，她的"拜钱"。每个长辈，赏给她一元钱，或者几毛钱，她都要拜三拜，叩三叩。你计算一下，十五元钱，她一共要起来跪下，跪下起来多少次啊。

她把这些钱，包在一个红布小包里，放在立柜顶上的陪嫁大箱里，箱子落了锁。每年春节闲暇的时候，她就取出来，在手里数一数，然后再包好放进去。

在妻子面前碰了钉子，我只好硬着头皮去向父亲要，父亲沉吟了一下说：

"订一份《小实报》不行吗？"

我对书籍、报章，欣赏的起点很高，向来是取法乎上的。《小实报》是北平出版的一种低级市民小报，属于我不屑一顾之类。我没有说话，就退出来了。

父亲还是爱子心切，晚上看见我，就说：

"愿意订就订一个月看看吧，集晌多粜一斗麦子也就是了。长了可订不起。"

在镇上集日那天，父亲给了我三块钱，我转手交给邮政代办所，汇到天津去。同时还寄去两篇稿子。我原以为报纸也像取信一样，要走三里路来自取的，过了不久，居然有一个专人，骑着自行车来给我送报了，这三块钱花得真是气派。他每隔三天，就骑着车子，从县城来到这个小村，然后又通过弯弯曲曲的，两旁都是黄土围墙的小胡同，送到我家那个堆满柴草农具的小院，把报纸交到我的手里。上下打量我两眼，就转身骑上车走了。

我坐在柴草上，读着报纸。先读社论，然后是通讯、地方版、国际版、副刊，甚至广告、行情，都一字不漏地读过以后，才珍重地把报纸叠好，放到屋里去。

我的妻子，好像是因为没有借给我钱，有些过意不去，对于报纸一事，从来也不闻不问。只有一次，带着略有嘲弄的神情，问道：

"有了吗？"

"有了什么？"

"你写的那个。"

"还没有。"我说。其实我知道，她从心里是断定不会有的。

直到一个月的报纸看完，我的稿子也没有登出来，证实了她的想法。

这一年夏天雨水大，我们住的屋子，结婚时裱糊过的顶棚、壁纸，都脱落了。别人家，都是到集上去买旧报纸，重新糊一下。那时日本侵略中国，无孔不入，他们的旧报，如《朝日新闻》、《读卖新闻》，都倾销到这偏僻的乡村来了。妻子和我商议，我们是不是也把屋子糊一下，就用我那些报纸，她说：

"你已经看过好多遍了，老看还有什么意思？这样我们就可以省下块数来钱，你订报的钱，也算没有白花。"

我听她讲得很有道理，我们就开始裱糊房屋了，因为这是我们的幸福的窝巢呀。妻刷浆糊我糊墙。我把报纸按日期排列起来，把有社论和副刊的一面，糊在外面，把广告部分糊在顶棚上。

这样，在天气晴朗，或是下雨刮风不能出门的日子里，我就可以脱去鞋子，上到炕上，或仰或卧，或立或坐，重新阅读我所喜爱的文章了。

拉洋片

　　劳动、休息、娱乐，构成了生活的整体。人总是要求有点娱乐的。

　　我幼年的时候，每逢庙会，喜欢看拉洋片。艺人支架起一个用蓝布围绕的镜箱，留几个眼孔，放一条板凳，招徕观众。他自己站在高凳上，手打锣鼓，口唱影片的内容情节，给观众助兴。同时上下拉动着影片。

　　也就是五六张画片，都是彩画，无非是一些戏曲故事，有一张惊险一些，例如人头落地之类。最后一张是色情的，我记得题目叫《大闹瓜园》。

　　每逢演到这一张的时候，艺人总是眉飞色舞，唱词也特别朦胧神秘，到了热闹中间，他喊一声："上眼！"然后在上面狠狠盖上一块木板，影箱内顿时漆黑，什么也看不见了。

　　他下来——收钱，并做鬼脸对我们说：
　　"怎么样小兄弟，好看吧？"

　　这种玩意，是中国固有，可能在南宋时就有了。

　　以后，有了新的洋片。这已经不是拉，而是推。影架有一面影壁墙那么大，有两个艺人，各站一头，一个人把一张张的照片推过去，那一个人接住，放在下一格里推回。镜眼增多了，可容十个观众。

他们也唱，但没有锣鼓。照片的内容，都是现实的，例如天津卫的时装美人，杭州的风景等等。

可惜我没有坐下来看过，只看见过展露的部分。

后来我在北平，还在天桥拉洋片的摊前停留，差一点叫小偷把钱包掏去。

其实，称得起洋字的，只是后一种。不只它用的照片与洋字有关，照片的内容，也多见于十里洋场的大城市。它更能吸引观众，敲锣打鼓的那一种，确是相形见绌了。

有了电影以后，洋片也就没有生意了。

影视二字，包罗万象，妙不可言。如果说是窗口，则窗口越大，看得越远，越新奇越好。

有一个村镇，村民这些年收破烂，炼铝锭、铜锭，发了大财，盖起新房，修了马路，立集市，建庙会，请了两台大戏来演唱，热闹非凡。一天夜里，一个外地人，带了一台放像机来，要放录像。消息传开，戏台下的青年人，一哄而散，都看录像去了。台下只剩几个老头老婆，台上只好停演。

一部不声不响进村的录像，立刻夺走了两台紧锣密鼓的大戏，就因为它是外来的、新奇的、神秘的。

我想，那几个老头老婆，如果不是观念还没有更新，碍于情面，一定也跟着去开眼了。

理论界从此再也不争论现代派和民族派，究竟谁能战胜谁的问题了。

看电视

从去年八月间，迁入新居以后，我有了一台电视机。

搬入新居，不同旧地，要有一个人做伴，小孙子来了。他在我身边，很拘束，也很闷，不大安心，我的女儿就把她家换下来的，一台黑白十二吋电视，搬来放在小孙子的房间。

后来，小孙子终于走了，我搬到他的房间睡觉，就享有了这台电视机。

多少年来，我一直没有购置这种玩意，也没有正式看过。现在，一个人坐在屋里，暖气烧得很旺，太阳照满全屋，窗明几净，粉壁无瑕，抚今思昔，顿时有一种苦尽甘来，晚景如春之感。这正是需要锦上添花之时，按照小孙子教给我的做法，随手就拉开了电视。

有一个大圆球显示在我的眼前，里面在放送音乐。音乐我也听。这两年，我每天晚上听流行音乐；每天早上听西洋名曲。时间长了，还真是听出了一些味道。

听完音乐，不久就是电大的植物学课程，我接着看。这位教授很有学者风度，讲得也好。我在中学就喜欢植物学，考试成绩不错。现在一听这个科，那个目，还是很有兴趣。听着这种课程，我的心情总是非常平静，走进忘我的境界。它不同于看报纸、读文件、听广播。这里没有经济问题，也没有政治问题。没有历史，也没有现实。它不会引起思想波动，思想斗争。它只是说明自然界的进化现象，花和叶的生长规律。没有新观念和旧观念的冲突，意识形态的混乱，以及修辞造句的胡说八道。

植物学，今天就讲到这里。下面是动物世界。以前很多朋友劝我买电视机，都说：别的不看，新闻联播和动物世界，还是可以看看的。先是海底世界，大鱼吃小鱼；陆上，弱肉强食，有的生角才能保护自己，有的生刺才能得安生。寻食、追逐、交配，赤裸裸的一种凶残、贪婪之象，充满画面。讲解员说：大鱼吃小鱼，是为了自然界的生态平衡，不然小鱼就会臭在海底，对人类不利。既是动物世界，看着看着，就不能不联想到人类：战争、饥荒、洪水、蝗虫，加上地震、人为的灾难，是否也是大自然在冥冥之中，为了生态平衡，而不得不采取的措施？

这是哲学，不愿想，电视也不愿看了。刚要关上，荧光屏上出现了一个白胡子老头。在童年，每逢听故事遇到难题时，就会出现一个白胡子老头。

这是名人名言节目，泰戈尔说：把友谊献给别人，是本身的一种快乐。

我上中学时，就不喜欢动物学，但对文学家的话，还是相信的。

下面是英语教学，这位外国女教师，教得多么好。我从十二岁学习英文，学了整整八年，经历的英文老师，男的女的，有十几位，谁也没有这位女士教得好。我聚精会神地听着，看着。我没有别的野心，不想出国留学，也不想交外国朋友。我只是想证实一下，当初废寝忘食学了那么多年的英文，我现在还记得多少。

各地风光，我也爱看。现在正介绍五台山和尚们的生活。五台山，和尚们，久违了。抗日战争期间，我曾在北台顶一家大寺院，和僧人们睡在一条烧得很暖的炕上，和他们交了朋友，至今念念不忘。

一位故去的女作家曾说：看破红尘的人，是世界上最自私的人。但在逝世前，她又说：她要去成仙成佛了。这使我迷惑不解。据我想：在家出家，做官为民，都要吃饭。庙宇成为旅游胜地之后，香火虽多，却已不是静修之处。

在南北朝时出家，是最阔气的了，那时，不管南方北方，都崇尚佛教，寺庙盖得最讲究，皇帝皇太后都支持。僧尼吃的穿的，实非现在所能比拟。古今僧尼的心态，恐怕也有些不同吧。

当前有一种新口号，叫"迎接挑战"。有的人喊着这种口号，官品越来越高，待遇越来越丰厚，叫的劲头也就越大。他养尊处优，一点战斗的气息也没有，一点危险也没有。这只能看做是时代英雄的"口头禅"，远没有僧尼的呢喃可信。

孩子们看见我这样入迷，都很高兴，说："早就劝你买一台，你就是不买，你看多好，回头换一台彩色的吧！"

画的梦

在绘画一事上，我想，没有比我更笨拙的了。和纸墨打了一辈子交道，也常常在纸上涂抹，直到晚年，所画的小兔、老鼠等等小动物，还是不成样子，更不用说人体了。这是我屡屡思考，不能得到解答的一个谜。

我从小就喜欢画。在农村，多么贫苦的人家，在屋里也总有一点点美术。人天生就是喜欢美的。你走遍多少人家，便可以欣赏到多少形式不同的、零零碎碎、甚至残缺不全的画。那或者是窗户上的一片红纸花，或者是墙壁上的几张连续的故事画，或者是贴在柜上的香烟盒纸片，或者是人已经老了，在青年结婚时，亲朋们所送的《麒麟送子》中堂。

这里没有画廊，没有陈列馆，没有画展。要得到这种大规模的，能饱眼福的欣赏机会，就只有年集。年集就是新年之前的集市。赶年集和赶庙会，是童年时代最令人兴奋的事。在年集上，买完了鞭炮，就可以去看画了。那些小贩，把他们的画张挂在人家的闲院里，或是停放大车的门洞里。看画的人多，买画的人少，他并不见怪，小孩们他也不撵，很有点开展览会的风度。他同时卖神像，例如"天地"、"老爷"、"灶马"之类。神画销路最大，因为这是每家每户都要悬挂供奉的。

我在童年时，所见的画，还都是木版水印，有单张的，有联四的。稍大时，则有了石印画，多是戏剧，把梅兰芳印上去，还有娃娃京戏，精彩多了。等我离开家乡，到了城市，见到的多是所谓月份牌画，印刷技术就更先进了，都是时装大美人儿。

在年集上，一位年岁大的同学曾经告诉我：你如果去捅一下卖画人的屁股，他就会给你拿出一种叫做"手卷"的秘画，也叫"山西灶马"，好看极了。

我听来，他这些说法，有些不经，也就没有去尝试。

我没有机会欣赏更多的、更高级的美术作品，我所接触的，只能说是民间的、低级的。但是，千家万户的年画，给了我很多知识，使我知道了很多故事，特别是戏曲方面的故事。

后来，我学习文学，从书上，从杂志上，看到一些美术作品。就在我生活最不安定、最困难的时候，我的书箱里，我的案头，我的住室墙壁上，也总有一些画片。它们大多是我从杂志上裁下的。

对于我钦佩的人物，比如托尔斯泰、契诃夫、高尔基，比如鲁迅，比如丁玲同志，比如阮玲玉，我都保存了他们的很多照片或是画像。

进城以后，本来有机会去欣赏一些名画，甚至可以收集一些名人的画了。但是，因为我外行，有些吝啬，又怕和那些古董商人打交道，所以没有做到。有时花很少的钱，在早市买一两张并非名人的画，回家挂两天，厌烦了，就卖给收破烂的，于是这些画就又回到了早市去。

一九六一年，黄胄同志送给我一张画，我托人拿去裱好了，挂在房间里。上面是一个维吾尔少女牵着一匹毛驴，下面还有一头大些的驴，和一头驴驹。一九六二年，我又转请吴作人同志给我画了三头骆驼，一头是近景，两头是远景，题曰大漠。也托人裱好，珍藏起来。

一九六六年，运动一开始，黄胄同志就受到批判。因为他的作品，家喻户晓，他的"罪名"，也就妇孺皆知。家里人把画摘下来了。一天，我出去参加学习，机关的造反人员来抄家，一见黄胄的毛驴不在墙上了，就大怒，到处搜索。搜到一张画，展开不到半截，就摔在地下，喊："黑画有了！"其实，那不是毛驴，而是骆驼，真是驴唇不对马嘴。就这样把吴作人同志画的三头骆驼牵走了，三匹小毛驴仍留在家中。

运动渐渐平息了。我想念过去的一些友人。我写信给好多年不通音讯的彦涵同志，问候他的起居，并请他寄给我一张画。老朋友富于感情，他很快就寄给我那幅有名的木刻《老羊倌》，并题字用章。

我求人为这幅木刻做了一个镜框，悬挂在我的住房的正墙当中。

不久，"四人帮"在北京举办了别有用心的"黑画展览"，这是他们继小靳庄之后发动的全国性展览。

机关的一些领导人要去参观，也通知我去看看，说有车，当天可以回来。

我有十二年没有到北京去了，很长时间也看不到美术作品，就答应了。

在路上停车休息时，同去的我的组长，轻声对我说："听说彦涵的画展出的不少哩！"我没有答话。他这是知道我房间里挂有彦涵的木刻,对我提出的善意警告。

到了北京美术馆门前,真是和当年的小靳庄一样,车水马龙,人山人海。"四人帮"别无所长,但善于巧立名目,用"示众"的方式蛊惑人心。人们像一窝蜂一样往里面拥挤。这种场合,这种气氛,我都不能适应。我进去了五分钟,只是看了看彦涵同志那些作品,就声称头痛,钻到车里去休息了。

夜晚,我们从北京赶回来,车外一片黑暗。我默默地想:彦涵同志以其天赋之才,在政治上受压抑多年,这次是应国家需要,出来画些画。他这样努力、认真、精心地工作,是为了对人民有所贡献,有所表现。"四人帮"如此对待艺术家的良心,就是直接侮辱了人民之心。回到家来,我面对着那幅木刻,更觉得它可珍贵了。上面刻的是陕北一带的牧羊老人,他手里抱着一只羊羔,身边站立着一只老山羊。牧羊人的呼吸,与塞外高原的风云相通。

这幅木刻,一直悬挂着,并没有摘下。这也是接受了多年的经验教训:过去,我们太怯弱了,太驯服了,这样就助长了那些政治骗子的野心,他们以为人民都是阿斗,可以玩弄于他们的股掌之上,几乎把艺术整个毁灭,也几乎把我们全部葬送。

我是好做梦的,好梦很少,经常是噩梦。有一天夜晚,我梦见我把自己画的一幅画,交给中学时代的美术老师,老师称赞了我,并说要留作成绩,准备展览。

那是一幅很简单的水墨画:秋风败柳,寒蝉附枝。

我很高兴,叹道:我的美术,一直不及格,现在,我也有希望当个画家了。随后又有些害怕,就醒来了。

其实,按照弗洛伊德学说,这不过是一连串零碎意识、印象的偶然的组合,就像万花筒里出现的景象一样。

读画论记

一、引

六十年代中期,我买了一些美术方面的书。其中包括《画论丛刊》上下两册,《历代名画记》、《图画见闻志》、《宣和画谱》、《石涛画语录》、《画鉴》等。以上,都是人民美术出版社整理出版的,有的还加了译注。

另外,我从外地邮购一部余绍宋编的《画法要录》,系中华书局建国前聚珍版,线装两函,书印得很大方。上函讲山水,下函讲人物及其他。

大病之后,身体虚弱,找出一些论画的书来读,既不费脑筋,又像鉴赏字画一样,怡乐心神,我以为是最合适不过的了。

二、《画法要录》

最先读的是余绍宋的《画法要录》。第一函,共四册,居然逐字逐句地读完了。他是辑录前人论画的言论,依次叙列,上函所引书目,近八十种,多切实可信之说。余氏自撰序例三十四则,冠于书首,非常精辟,说明其撰述宗旨。

余绍宋不是空头理论家,他参加过陈师曾等人组织的画社。他还著有《书画书录解题》一书,对中国美术遗产,研究颇深。

此人不尚新奇,不务空谈。如其序例第六所言。

> 吾国画学,固以不落迹象为高,然必先从规矩入手,而循至于不落迹象,乃为可贵。王安节云:有法之极,归于无法,斯言得之。

艺术规律相通,绘画如此,文学亦如此,未有文字不讲规矩,而可能成为"作家",甚至成为"名家"者。世界上如有这等人出现,一定是自欺欺人之辈。

书前有林志钧序,写得也不错,是余氏的友人。写序时,正值国家多难垂危之期,尤可感慨。

书上旧有蕉鹿轩藏书印,不知系何人藏书。书为粉连纸印,颇新,当时定价仅四元。此书,民国十九年二月初版,二十年八月再版,亦可谓畅销之书矣。

余见真迹甚少,尤不习绘事,然读此书,津津有味者,以其所论,多与文学创作有关。张彦远《法书要录》,历代以为切实可信。余对此书,亦如此观。

艺术不能不创新,亦不能不借鉴新。不然墨守成规,谈何创造。但创新非务新奇,以新奇为招徕,为冠冕。

清方薰《山静居画论》称:东坡常谓好奇务新,乃诗之病,画岂不然。

东坡的诗,难道没有创新?何以又反对新奇?原因在于,这是有成就的大家,在多方借鉴、勤苦实践之余,对一些避难就易、哗众取宠之徒的一种婉言劝告。而新潮戏弄者，反以此反击老一辈为顽固，为嫉妒，则对先辈之谆谆善意大为误解。

此书序例十一曰：

> 画学衰微，至今日而极矣。以狂怪狞恶为有气魄，以涂脂抹粉为美观。市井喜之，上海派提倡之，日本之浅识者附合之。动开画会，自标声价，耳食者震之，辄为所惑。于是后生小子，羡其易致富裕而博浮名也，竞趋而师事之。习俗如斯，谁复肯细研画理之精微？谁复肯推究古人之绪论？甚且以为历来巨迹亦不足师，就易舍难，急于自表，而画道遂不可问矣！

真是开卷有益。今日报刊之热题：文学为何走入低谷？作家为何不值一文？阅读这段六十年前的精彩之词，细而思之，所有困惑，不是都迎刃而解，拨开云雾，得见一片蓝天了吗？

人要自趋下流，别人是挽救不了的。艺术家亦然。有些人是"作法自毙"，也值不得同情。

三、《画论丛刊》

余绍宋的书，还没有读完，就想起了于安澜所辑《画论丛刊》。于是，把人民美术出版社出版的几本书找出来，好在它们都捆在一起。

于先生这部书，分为上下两集。前有余绍宋和郑午昌手书制版的序。

这部书，据例略所言，专收画法画理之作；不收叙述源流，品第鉴别之著。所收又分为总论及专论二类。编前冠以作者事略,并辑录有关资料,如《四库全书总目提要》及《书画书录解题》等。

此书于新中国成立前,曾由中华书局印行一次。一九五八年,由作者重校再印。此丛书,选书精当,眉目清楚,校印审慎,颇便阅读,余甚喜之。

夫画论一题,甚难言矣。余绍宋称:

> 昔人论画,每不屑作明显之语,最喜高谈神妙。不曰艺进于道,即曰妙入化机,甚且有涉于禅理及太极阴阳者,几使读者忘其为论画之书。非唯不适于实用,亦与画家萧散之旨有违。

> 又多偏重文章,往往有极浅显之理,数语即可了澈者,因重词华,反成艰涩。

论画很少平实讲解,因之亦少发明。此不必远求,即如本书郑午昌先生序,所谈法理一段,就很像佛经一样,即便"静参",也难明了。理论家之这一习惯,不分绘画、文学,根深蒂固,没有大智大勇,很难逃出这个圈子。

近年文论,只有两途,一为吹捧,肉麻不以为耻;一为制造文词,制造主义,牵强附会,不知究竟。余一生读书,颇受此等文字之苦,故晚年宁听村妇村夫之直言,不愿读文艺理论家之呓语。

玄奥无稽之谈,多出自著录题跋者之手,至于画家本身文字,则较为切实。因其从实践经验出发,不会有以上凭空设想之病。丛刊所收,多画家自述。

例如意在笔先一语,这本是画家经验之谈,无关玄理,且为一切艺术实践之普遍规律，可施之于文学、音乐、舞蹈、戏剧。然一经理论家玄化，则使人不易理解。

再例如远山无皴、远水无波、远人无目之说，也是画家经验的积累，很可宝贵，而有些人以其言语通俗，好懂好记，贬之为工匠口诀。其实古代名家，多出自工匠。他们为使人易记易解，常把文字口诀化。

其实，有些真正的画家，对一些玄禅之谈，颇有微词。清恽寿平说：

> 宋人谓能到古人不用心处；又曰写意画，两语最微，而又最能误人。不知如何用心，方到古人不用心处？不知如何用意，乃为写意？

又说：

> 今之号为画者伙矣，营营焉，攘攘焉，屑屑焉，如蚕氓贸丝，视以前古法物，目眩五色，拚舌而不能下矣。矧可与知古人称心所在也耶！

此亦可为当前投机下海者写照矣。

《画论丛刊》，共收书五十余种，长短不一，玄浅各异，作家以逝去者为限。

于安澜先生，博学多艺，中华书局早年即为其出版《韵谱》一书。后在北平，七七事变，南返原籍。其家似在河南，抗战期间，乡居杜门者六载。当时，日寇铁蹄所至，知识分子生存甚难，如在河北，则并乡居杜门，亦不可能。

书为一九六二年八月版,时国家困难已过,纸质较好,印刷装订均佳,校对亦细,于先生对此书出版,颇为负责,后附校勘记,甚精审。

四、《画鉴》

建国以后,人美刊印古籍,名目繁多:除画论丛刊,尚印行过中国画论类编,惜我未见。我手头有的,如《历代名画记》与《图画见闻志》,则称中国美术论著丛刊,有点校而无注,书前有简介,点校者亦为名家。《宣和画谱》、《画鉴》、《石涛画语录》,则称中国画论丛书,标点之外,尚有注译。其实美术古籍内容,很难分得清楚,名目多,反而易混。

古籍今译,今日大行。然细考之,有利有弊:太艰深者,难以译准;稍浅近者,又可不译。如中国画论丛书,既已加注,即可不译。《画鉴》有一则:

道士牛戬,信笔作寒鹊野雉,甚佳。

译为:

道士牛戬,信笔作寒鸦野雉等禽鸟,都是画得极好。

译与不译,差不了多少。如稍不注意,还会走失原文精神。这是为求统一,名家也只好硬着头皮去译。目前,白话译古文,成为风气,而译者学识多不逮,这就更成问题。古籍能不译,最好不译;欲读古书者,最好硬着头皮去读原文,不借助当前白话译本。

《画鉴》，元汤垕撰，书很短小，薄薄一本。讲历代的画，从吴（三国）到金。叙述简洁，颇有韵味，读一则，就像读一篇小品文。并且绘声绘色，读介绍文字，就如同见到了那张画一样，实在传神。

近日习字，我就把喜爱的段子，写在条幅上，算作读书笔记，很是有趣。

书写途中，又发现有的译文和原文只差一字：

金人杨秘监，画山水图，专师李成。（原文）
金人杨秘监画山水，专师李成。（译文）

又如：

金人任询，字君谟，草书入能品，画山水亦佳，在王子端之下者。（原文）
任询金人，字君谟，草书入能品，画山水亦佳，在王子端之下。（译文）

怎样也想不通，为什么这样做，这不是多此一举吗？再一想，这不能怪译者，只能怪领导。他只能这样译。这也是一种形式主义，费力不讨好。

我读书，有违传统的"不求甚解"之义，遇到问题，常常耿耿于怀，说三道四。不久以前，还有人责怪我"横挑鼻子竖挑眼"，现在又犯了老毛病，不觉哑然失笑。

此书后附画论，《画论丛刊》摘收。

五、《宣和画谱》

《宣和画谱》叙目载：各门画家人数及内府所藏卷轴数。其中，道释门四十九人，一千一百七十九轴；人物门三十三人，五百五轴；山水门四十一人，一千一百八轴。

此数字，从一种角度，反映宋代及其以前，绘画的内容，及各门从业画家的多少，即当时这一意识形态的趋势。

我们读《洛阳伽蓝记》等书，知道南北朝时期，佛教大行于南北，寺庙的修建，极其奢侈，其中的壁画，无比辉煌。

这些壁画，多以佛教故事为主题，然神仙之形象，不过是人间形象的扩大；神仙的生活背景，也不过是人间生活的翻版。

因此，《宣和画谱》中的道释门，其实还是人物画。它又另列人物门，所画当系历史人物。我们知道，从汉到唐，朝廷尊奉功臣，多肖像于台阁，我们看画家阎立本的故事，即可知道，当时画家，主要是从现实生活取材，为政治服务。

宗教画和政治画，逐渐发展，因此也就有了官家或私人的卷轴收藏。宗教画的发展，使更多方面的人间现实生活进入画面。因此，庙宇里的绘画，就已经不只是佛教之义的宣传，也加入了山水、楼台、禽兽、花鸟的描绘。这些描绘，各自培养了自己的画家，单列出来，就有了专长于一种形式的画家。

可以说，中国绘画，从人物画开始。这种优势，一直持续到五代。宗教和政治，是它发展的基础。从事人物画的画家，从政治和宗教中，可以得到更大的好处。他们的画作，影响也大。例如顾恺之为寺院画一新的佛像，开放以后，三天之内，寺院从如潮涌的信徒的施舍中，竟能得到一百万的收入。如此可观的经济效益，使画家身价倍增。

群众蜂拥而来，一来是为了瞻仰佛像，出于宗教感情；二来也是一种美术享受。壁画这种艺术，一直到我记事时，民间还有，艺人被称做"画庙的"。幼年进庙观光，也多徘徊于粉壁之下，是一次欣赏美术的机会。

五代以后，随着宗教的式微和政治的动乱，工作条件大为降低，艺人也逐渐减少。绘画从粉壁转到绢素上。山水画上升到主位，人物画却逐渐成为小小的陪衬。所以明朝的唐志契在《绘事微言》中说：佛道人物，今不如古；山水林木花石，古不如今。画家趋赴之不同，引起绘画题材的变化，进一步，又改变了人们的欣赏爱好。

自宋以后，"画尊山水"。唐志契曰：画中推山水最高。

画论丛刊，所收论著，绝大多数，谈的是山水画。作者大都是宋元以后的人，明清为多。

山水画走上主导地位，原因很多，其中主要的一个，是画家由职业性变为副业性，由工匠变为文人。

文人画的兴起，适应了官宦、商贾、知识阶层的趣味和爱好，山林高致的思想，成了他们室内装饰的主题。

这些人身在庙堂，向往林野；身在繁华，想慕山水；智者、仁者，各有所爱；显贵者以此自高；没落者以此自况。凡是能画的，能收藏的，都把山水看成是一个永久的主题，普遍性的艺术。

最后，西画东来，中国固有的人物及其他写生之术，都有时相形见绌。唯有山水，与中国的纸、墨、笔，结为一体，相得益彰。效果突出，并变化无穷，使西洋技术，几乎无隙可乘，故能长久不衰，前途无量。

六、《画史》

我购书滥,美术书籍,除画谱、画册外,还买了一些文字书:《佩文斋书画谱》,内府刻本,共六十四册,实系工具书,平日阅读不便。张丑《清河书画舫》,有竹人家刻本,共十二册,实系书画著录,理论较少。此外,如《庚子消夏记》,亦为真迹鉴定。至于《桐荫清话》、《国朝画识》等书,以其记述简略空泛,读之无味,多已送给搞美术的朋友。只留《国朝书画家笔录》一部八册,系铜活字印本,抄家时被定为"珍贵二等"。

我有一本米芾的《画史》,系湖北先正遗书本,书很薄,没有几页。我读后,印象很深,以为这才是有血有肉之作。因此悟出,无论什么著作,凡是有实践经验的人写的,如果他是一个诚挚的人,不存自欺欺人之心,这书一定有价值,可借鉴,能流传。反之,那就很难说了,大抵是空泛得多,枯燥得多。

这次,我读画论,更印证了我这个想法。凡是鉴赏家、收藏家的话,都不及画家本身的活动听感人。但人世间,实践者留下的话少,理论家的话多,这真是令人无可奈何。

例如《画论丛刊》,开卷所收:画学秘诀,画山水赋,笔法记,山水诀等篇,都是古代画人,集一生的经验,甚至是众人的经验,形成文字记录,还得伪托王维、荆浩等人的名字,才得流传下来,并被视为伪书,斥为粗俗,不知"文格"。画家何必知文格?

七、《文人画之价值》

因读鲁迅书,得知陈师曾。余心慕其人,曾购其画作三幅:一山水,二梧桐及老来少,三小幅月季。并得其遗诗一册，为其女弟子手写石印本。印谱二册，已赠韩大星。他这篇《文人画之价值》，美术书多引之，今始拜读，收在《画论丛刊》下册。

此文甚简要，其主旨为阐明文人画之特点。然所谓文人，系一笼统名词；正如所谓工匠，亦笼统名词也。陈氏谓：

何谓文人画？即画中带有文人之性质，含有文人之趣味。

这又是笼统话。文人的性质与趣味，能统一吗？能一致吗？亦如人心之不同，各如其面。陈氏谓："而文人又其个性优美，感想高尚者也。"这也难说。因为有了"文人高人一等"这个前提，所以通篇文章，就常常发生矛盾。"任意涂抹，以丑怪为能"，既是文人画的一种通病，又说这是"阳春白雪，曲高和寡"。既说"文人画首重精神，不贵形式"。又说苏东坡的诗，"论画贵形似，见与儿童邻，乃玄妙之谈"。把工匠与文人对立起来立论，必有偏失。

中国美术遗产，无论壁画，石画，皆系古代工匠所留，形成宝库。而历代文人画，则以各种原因，损失殆尽。贵文人而轻工匠，于美术史难以圆通。

然其有些见解，的确不凡。其所发挥，真有些像王国维之于文学，盖西学对他们的影响是相同的。当时从西方吹来的文艺清风，确使中华艺坛，耳目一新。

例如他说的：

人心之思想，无不求进。进于实质，而无可回旋，无宁求于空虚，以揭揭乎实质之为愈也。

这对于理解现实与艺术的关系，可以说是很新颖很精辟的。

至于他说的，文人画之四要素：人品、学问、才情、思想，现在听起来是老生常谈。但在当时，能把思想与才情并列，证明陈先生还是进步的，是先驱。

从此，文人画在中国画界成为主导，原为工匠者，也努力进入文人行列。同时，写意画多于工笔，人人标榜个性，然"能感人而能自感"者，并不多见。

陈先生英年早逝，遗著寥寥。此文虽短，精辟之论尚多。如论工笔与写意之关系：

人意之求工，亦自然之趋势。而求工之一转，则必有草草数笔而摄全神者。

他生前，是一个典型的文人画家，并不以画谋生，作品流传亦少，且在商店，被列在吴、齐之下。四十八岁即逝去。人云，画家多长寿，殆不尽然矣；或长寿者，必专业之画家欤？

八、《石涛画语录》

中国古代画论的基础，是画理和画法。画理就是：画者，"以通天地之德，以类万物之情"。画者，"成教化，助人伦，穷神变，测幽微，与六籍同功，四时并运。发于天然，非由述作。"以上均见于韩拙《山水纯全集序》。所谈非常玄妙。画法，就是六法。第一法是"气韵生动"。但董其昌劈头就说：

"气韵不可学,此生而知之,自然天授。"见《画旨》。实际上等于无法可依,白说一句。

所以历代画家,都谈实践,谈作品,很少有人在这两个玄虚问题上纠缠。甚至有人对"六法"持讥讽态度:"名师高谈最迂拙,先讲雅俗费口舌。又以书卷气为说,又将气韵为要诀。"见戴以恒《醉苏斋画诀》。

虽然如此,但要进一步谈中国美术,还是不能离开这两条经典。前面提到过郑午昌先生为《画论丛刊》写的序言,其中谈到画理画法,原文为:

  盖画有法无法,有理无理。无法而有法,是为至法;无理而有理,是为至理。至法似无法,而法在有法之外;至理似无理,而理在有理之奥。

以上,虽不易理解,然究竟是研究者理论的升华,可以说是客观的,静止状态的理法论。石涛的一首题画诗,则是进入创作状态的,即主观的能动的理法论了。

石涛说:

  书画非小道,世人形似耳。出笔混沌开,入拙聪明死。理尽法无尽,法尽理生矣。理法本无传,古人不得已。吾写此纸时,心入春江水。江花随我开,江水随我起。把卷望江楼,高呼曰子美。一笑水云低,开图幻神髓。

这一首诗,说明一个创作过程。画家深受理法的熏陶,并对理法深有领悟和体会，面对眼前的景物，他的创作欲望非常强烈。他进入自然景象之中，并有推动和支配这些景物的愿望。他终于与自然景物结为一体，成为大自然的一个组成部分。人景合一，天人合一。他创作的画，活了起来，也成为自然的一部分，并影响着自然，赋予眼前景物新的光彩，增加了大自然的美的内涵，美的力量。

这样，石涛的画，就有了气韵，就完成了六法，也表现了个性。

每一次创作，都是画家一次神游的过程。他能把体验到的、虚无缥缈的东西，捕捉到绢素上来。

石涛的这首题画诗，是他的一次创作体验。我想，只有石涛式的创作论，才能阐释中国传统的、玄妙的、难以理解的画法画理。

戏的梦

　　大概是一九七二年春天吧,我"解放"已经很久了,但处境还很困难,心情也十分抑郁。于是决心向领导打一报告,要求回故乡"体验生活,准备写作"。幸蒙允准。一担行囊,回到久别的故乡,寄食在一个堂侄家里。乡亲们庆幸我经过这么大的"运动",安然生还,亲戚间也携篮提壶来问。最初一些日子,心里得到不少安慰。

　　这次回老家,实际上是像鲁迅说的,有一种动物,受了伤,并不嚎叫,挣扎着回到林子里,倒下来,慢慢自己去舔那伤口,求得痊愈和平复。

　　老家并没有什么亲人,只有叔父,也八十多岁了。又因为青年时就远离乡土,村子里四十岁以下的人,对我都视若陌生。

　　这个小村庄,以林木著称,四周大道两旁,都是钻天杨,已长成材。此外是大片大片柳杆子地,以经营农具和编织为副业。靠近村边,还有一些果木园。

　　侄子喂着两只山羊,需要青草。烧柴也缺。我每天背上一个柳条大筐,在道旁砍些青草,或是拣些柴棒。有时到滹沱河的大堤上去望望,有时到附近村庄的亲戚家走走。

又听到了那些小鸟叫;又听到了那些秋虫叫;又在柳林里拣到了鸡腿蘑菇;又看到了那些黄色紫色的野花。

一天中午,我从野外回来,侄子告诉我,镇上传来天津电话,要我赶紧回去,电话听不清,说是为了什么剧本的事。

侄子很紧张,他不知大伯又出了什么事。我一听是剧本的事,心里就安定下来,对他说:

"安心吃饭吧,不会有什么变故。剧本,我又没发表过剧本,不会再受批判的。"

"打个电话去问问吗?"侄子问。

"不必了。"我说。

隔了一天,我正送亲戚出来,街上开来一辆吉普车,迎面停住了。车上跳下一个人,是我的组长。他说,来接我回天津,参加创作一个京剧剧本。各地都有"样板戏"了,天津领导也很着急。京剧团原有一个写抗日时期白洋淀的剧本,上不去。因我写过白洋淀,有人推荐了我。

组长在谈话的时候,流露着一种神色,好像是为我庆幸:领导终于想起你来了。老实讲,我没有注意去听这些。剧本上不去找我,我能叫它上去?我能叫它成了样板戏?

但这是命令,按目前形势,它带有半强制的性质。第二天我们就回天津了。

回到机关,当天政工组就通知我,下午市里有首长要来,你不要出门。这一通知,不到半天,向我传达三次。我只好在办公室呆呆坐着。首长没有来。

第二天,工作人员普遍检查身体。内、外科,脑系科,耳鼻喉科，楼上楼下，很费时间。我正在检查内科的时候，组里来人说：市文教组负责同志来了，在办公室等你。我去检查外科，又来说一次，我说还没检查牙。他说快点吧，不能叫负责同志久等。我说，快慢在医生那里，我不能不排队呀。

医生对我的牙齿很夸奖了一番，虽然有一颗已经叫虫子吃断了。医生向旁边几个等着检查的人说：

"你看，这么大的年岁，牙齿还这样整齐，卫生工作一定做得好。运动期间，受冲击也不太大吧？"

"唔。"我不知道牙齿整齐不整齐，和受冲击大小，有何关联，难道都要打落两颗门牙，才称得上脱胎换骨吗？我正惦着楼上有负责同志，另外，嘴在张着，也说不清楚。

回到办公室，组长已经很着急了。我一看，来人有四五位。其中有一个熟人老王，向一位正在翻阅报纸的年轻人那里呶呶嘴，暗示那就是负责同志。

他们来，也是告诉我参加剧本创作的事。我说，知道了。

过了两天，市里的女文教书记，真的要找我谈话了，只是改了地点，叫我到市委机关去。这当然是隆重大典，我们的主任不放心，亲自陪我去。

在一间不大不小的会议室里，我坐了下来。先进来一位穿军装的，不久女书记进来了。我和她在延安做过邻居，过去很熟，现在地位如此悬殊，我既不便放肆，也不便巴结。她好像也有点矛盾，架子拿得太大，固然不好意思，如果一点架子也不拿，则对于旁观者，起码有失威信。

总之，谈话很简单，希望我帮忙搞搞这个剧本。我说，我没有写过剧本。

"那些样板戏，都看了吗？"她问。

"唔。"我回答。其实，罪该万死，虽然在这些年，样板戏以独霸中夏的势焰，充斥在文、音、美、剧各个方面，但直到目前，我还没有正式看过一出、一次。因为我已经有十几年不到剧场去了，我有一个收音机，也常常不开。这些年，我特别节电。

一天晚上，去看那个剧本的试演。见到几位老熟人，也没有谈什么，就进了剧场。剧场灯光暗淡，有人扶持了我。

这是一本写白洋淀抗日斗争的京剧。过去，我是很爱好京剧的，在北京当小职员时，经常节衣缩食，去听富连成小班。有些年，也很喜欢唱。

今晚的印象是：两个多小时，在舞台上，我既没有能见到白洋淀当年抗日的情景，也没有听到我所熟悉的京戏。

这是"京剧革命"的产物。它追求的，好像不是真实地再现历史，也不是忠实地继承京剧的传统，包括唱腔和音乐。它所追求的，是要和样板戏"形似"，即模仿"样板"。它的表现特点为：追求电影场面，采取电影手法，追求大的、五光十色的、大轰大闹、大哭大叫的群众场面。它变单纯的音乐为交响乐队，瓦釜雷鸣。它的唱腔，高亢而凄厉，冗长而无味，缺乏真正的感情。演员完全变成了政治口号的传声筒，因此，主角完全是被动的，矫揉造作的，是非常吃力，也非常痛苦的。繁重的唱段，连续的武打，使主角声嘶力竭，假如不是青年，她会不终曲而当场晕倒。

戏剧演完，我记不住整个故事的情节，因为它的情节非常支离；也唤不起我有关抗日战争的回忆，因为它所写的抗日战争，完全不是那么回事，甚至可以说是不着边际。整个戏锣鼓喧天，枪炮齐鸣，人出人进，乱乱哄哄。不知其何以开始，也不知其何以告终。

第二天，在中国大戏院休息室，开座谈会，我准备了一个发言提纲。参加会的人很不少，除去原有创作组，主要演员，剧团负责人，还有文化局负责人，文化口军管负责人。天津日报还派去了一位记者。

我坐在那里，斟酌我的发言提纲。忽然，坐在我旁边的文化局负责人，推了我一下。我抬头一看，女书记进来了，全场的人都站了起来，我也跟着站了起来。女书记在我身边坐下，会议开始。

在会上，我谈了对这个戏的印象，说得很缓和，也很真诚。并谈了对修改的意见，详细说明当时冀中区和白洋淀一带，抗日战争的形势，人民斗争的特点，以及敌人对这一地区残酷扫荡的情况。

大概是因为我讲的时间长了一些，别的人没有再讲什么，女书记作了一些指示，就散会了。

后来我才知道，昨天没有人讲话，并不是同意了我的意见。在以后只有创作组人员参加的讨论会上，旧有成员，开始提出了反对意见，并使我感到，这些反对意见，并不纯粹属于创作方面，而是暗示：一、他们为这个剧本，已经付出了很长的时间和很大的精力，如果按照我的主张，他们的剧本就要从根本上推翻。二、不要夺取他们创作样板戏可能得到的功劳。三、我是刚刚受过批判的人物，能算老几。

我从事文艺工作，已经有几十年。所谓名誉，所谓出风头，也算够了。这些年，所遭凌辱，正好与它们抵消。至于把我拉来写唱本，我也认为是修废利旧，并不感到委屈。因此，我对这些富于暗示性的意见，并不感到伤心，也不感到气愤。它使我明白了文艺创作的现状。使我奇怪的是，这个创作组，曾不只一次到白洋淀一带体验生活，进行访问，并从那里弄来一位当年的游击队长，长期参与他们的创作活动。为什么如此无视抗日战争的历史和现实呢？这位游击队长，战斗英雄，为什么也尸位素餐，不把当年的历史情况和自己的亲身经历告诉他们呢？

后来我才明白，一些年轻人，一些"文艺革命"战士，只是一心要"革命"，一心创造样板，已经迷了心窍，是任何意见也听不进去的。

不知为了什么，军管人员在会上支持我的工作，因此，剧本讨论仍在进行。

这就是目前大为风行的集体创作：每天大家坐在一处开会，今天你提一个方案，明天他提一个方案，互相抵消，一事无成。积年累月，写不出什么东西，就不足为怪了。

夏季的时候，我们到白洋淀去。整个剧团也去，演出现在的剧本。

我们先到新安，后到王家寨，这是淀边上一个比较大的村庄。我住在村南头（也许不准确，因为我到了白洋淀，总是转向，过去就发生过方向错误）一间新盖的、随时可以放眼水淀的、非常干净的小房里。

房东是个老实的庄稼人。他的爱人，比他年轻好多，非常精明。他家有几个女儿，都长得秀丽，又都是编席快手，一家人生活很好。但是，大姑娘已经年近三十，还没有订婚，原因是母亲不愿失去她这一双织席赚钱的巧手。大姑娘终日默默不语。她的处境，我想会慢慢影响下面那几个逐年长大的妹妹。母亲固然精明，这个决策，未免残酷了一点。

在这个村庄，我还认识了一位姓魏的干部。他是专门被派来招呼剧团的,在这一带是有名的"瞎架"。起先,我不知道这个词儿,后来才体会到,就是好摊事管事的人。凡是大些的村庄,要见世面,总离不开这种人。因为村子里的猪到处跑,苍蝇到处飞,我很快就拉起痢来,他对我照顾得很周到。

住了一阵子,我们又到了郭里口。这是淀里边的一个村庄,当时在生产上,好像很有点名气,经常有人参观。

在大队部,村干部为我们举行了招待会,主持会的是村支部宣传委员刘双库。这个小伙子,听说在新华书店工作过几年,很有口才,还有些派头。

当介绍到我,我说要向他学习时,他大声说:"我们现在写的白洋淀,都是从你的书上抄来的。"使我大吃一惊。后来一想,他的话恐怕有所指吧。

当天下午,我们坐船去参观了他们的"围堤造田"。现在,白洋淀的水,已经很浅了,湖面越来越小,芦苇的面积,也有很大缩减,荷花淀的规模,也大不如从前了。正是荷花开放的季节,我们的船从荷丛中穿过去。淀里的水,不像过去那样清澈,水草依然在水里浮荡,水禽不多,鱼也很少了。

确是用大堤围起了一片农场。据说,原是同口陈调元家的苇荡。

实际上是苇荡遭到了破坏。粮食的收成,不一定抵得上苇的收成,围堤造田,不过是个新鲜名词。所费劳力很大,肯定是得不偿失的。

随后,又组织了访问。因为剧本是女主角,所以访问了抗日战争时期的几位妇救会员,其中一位名叫曹真。她已经四十多岁了。她的穿着打扮,还是三十年代式:白夏布短衫,长发用一只卡子束拢,搭在背后。抗日时,她是一位十八九岁的姑娘,在芦苇淀中的救护船上，她曾多次用嘴哺养那些伤员。她的相貌，现在看来，也可以说是冀中平原的漂亮人物，当年可想而知。

她在二十岁时，和一个区干部完婚，家里常常掩护抗日人员。就在这年冬季，敌人抓住了她的丈夫，在冰封的白洋淀上，砍去了他的头颅。她，哭喊着跑去，收回丈夫的尸首掩埋了。她还是做抗日工作。

全国胜利以后，她进入中年，才和这村的一个人结了婚。她和我谈过往事，又说：胜利以后，村里的宗派斗争，一直很厉害。前些年，有二十六名老党员被开除党籍，包括她在内。现在，她最关心的，是什么时候才能解决他们的组织问题。她知道，我是无能为力的，她是知道这些年来老干部的处境的。但是，她愿意和我谈谈，因为她知道我曾经是抗日战士，并写过这一带的抗日妇女。

在她面前，我深感惭愧。自从我写过几篇关于白洋淀的文章，各地读者都以为我是白洋淀人，其实不是，我的家离这里还很远。

另外，很多读者，都希望我再写一些那样的小说。读者同志们，我向你们抱歉，我实在写不出那样的小说来了。这是为什么？我自己也说不出。我只能说句良心话，我没有了当年写作那些小说时的感情，我不愿用虚假的感情，去欺骗读者。那样，我就对不起坐在对面的曹真同志。她和她的亲人，在抗日战争时期，是流过真正的血和泪的。

这些年来，我见到和听到的，亲身体验到的，甚至刻骨镂心的，是另一种现实，另一种生活。它与抗日战争时期的现实生活大不一样，甚至相反。抗日战争，是中国共产党领导的一种神圣的战争。人民作出了重大的牺牲。他们的思想、行动升到无比崇高的境界。生活中极其细致的部分，也充满了可歌可泣的高尚情操。

这些年来，林彪等人，这些政治骗子，把我们的党，我们的国家，我们的干部和人民，践踏成了什么样子！他们的所作所为，反映到我脑子里，是虚伪和罪恶。这种东西太多了，它们排挤、压抑，直至销毁我头脑中固有的、真善美的思想和感情。这就像风沙摧毁了花树，粪便污染了河流，鹰枭吞噬了飞鸟。善良的人们，不要再责怪花儿不开、鸟儿不叫吧！它受的伤太重了，它要休养生息，它要重新思考，它要观察气候，它要审视周围。

我重游白洋淀，当然想到了抗日战争。但是这一战争，在我心里好像是很久很久以前的事了。它好像是在前一生经历的，也好像是在昨夜梦中经历的。许多兄弟，在战争中死去了，他们或者要渐渐被人遗忘。另有一部分兄弟，是在前几年含恨死去的，他们临死之前，一定也想到过抗日战争。

世事的变化，常常是出于人们意料之外的。每个时代，有每个时代的血和泪。

坐在我面前的女战士，她的鬓发已经白了，她的脸上，有很深的皱纹，她的心灵之上，有很重的创伤。

假如我把这些感受写成小说，那将是另一种面貌，另一种风格。我不愿意改变我原来的风格，因此，我暂时决定不写小说。

但是现在，我身不由己，我不得不参加这个京剧脚本的讨论。我们回到天津，又讨论了很久，还是没有结果。我想出一个金蝉脱壳之计：自己写一个简单脚本，交上去，声明此外已无能为力。

我对京剧是外行，又从不礼拜甚至从不理睬那企图支配整个民族文化的"样板戏"，剧团当然一字一句也没有采用我的剧本。

戏的续梦

过去，我写过一篇《戏的梦》，现在写《戏的续梦》。

俗话儿说，"隔行如隔山"；又说，"这行看着那行高"。的确不错。比如说，我是写文章的，却很羡慕演员，认为他们的生活、他们的艺术，神秘无比。对话剧、电影演员，倒没有什么，特别羡慕京剧演员，尤其是女演员。在我童年的时候，乡下的戏班，已经有了坤角儿，她们的演出，确实是引人入迷的。在庙会大戏棚里，当坤角儿一上场，特别是当演《小放牛》这类载歌载舞的戏剧时，那真称得起万头攒动，如醉如狂。从这个印象出发，后来我就特别喜欢看花旦和武旦的戏，女扮男装的戏，比如《辛安驿》呀、《铁弓缘》呀、《虹霓关》呀等等。

三十年代初，我在北京当小职员，每月十八元钱，还要交六元钱的伙食费。但到了北京，如果不看戏，那不是大煞风景吗？因此，我每星期必定看一次京戏。那时北京名角很多，我不常去看，主要是看富连成和中华戏剧学校小科班的"日场戏"，每次花三四角钱，就可以了。

中华戏剧学校演出的地点，是东安市场的吉祥剧场。在这里，我看过无数次的戏，这个科班的"德和金玉"四班学生，我都看过。直到现在，还记得他们的名字。

每次散戏出场，我还恋恋不舍，余音缭绕在我的脑际。看到停放在市场大门一侧的、专为接送戏校演员的、那时还很少见到的、华贵排场的大轿车，对于演员这一行，就尤其感到羡慕不已了。

后来回到老家参加游击队打日本，就再也看不到京戏。庙会没有了，有时开会演些节目，都是外行强登台，文场没有文场，武场没有武场，实在引不起我这看过真正京戏的人的兴趣。

地方上原来也有几个京剧演员，其中也有女演员，凡有些名声的，这时都躲到大城市混饭吃去了。有一年春节，我们驻扎在保定附近一个村庄，听说这村里有一个唱花旦的女演员，从保定回来过节，我们曾想把她动员过来，给我们演几段戏。还没有计议好，人家就听到了风声，连夜逃回保定去了。

一九七二年春天，在一种特殊的情况下，我认识了一位演花旦和能反串小生的青年女演员。说是认识，也没有说过多少话。只是在去白洋淀体验生活时，我和她同坐一辆车。这可能是剧团对我们的优待，因为她是这个剧团的主要演员，我是新被任命的顾问，并被人称做首席顾问。虽然当了顾问，比过去当"牛鬼蛇神"稍微好听了一点，实际处境还是很糟。比如出发的这天早晨，家里有人还对我表示了极端的不尊重，我带着一肚子闷气上了车，我右边座位上就是这位女演员。

我上车来，她几乎没有任何表示，头一直望着窗外。我也没有说话，车就开动了。这是一辆北京牌吉普车，开车的是一位原来演武生，跌伤了腿，改学司机的青年。一路上，车开得很快，我不知道多么快，反正是风驰电掣、腾云驾雾一般。我想：不是改行，他满可以成为一名骆连翔式的"勇猛武生"。如果是现在，我一定要求他开慢一点，但在那个年月，我的经验是处处少开口为妙。另外，经过几年的摔打，什么危险，我也有些不在乎了。

路经保定，车辆到齐，要吃午饭，我提出开到一个好些的饭店门口，我请客。我觉得这是责无旁贷的事，却也没有人对我表示感谢。其实好些的饭店，也不过是卖炒饼，而饼又烙得厚，切得块大，炒得没滋味。饭后每人又喝了一碗所谓木樨汤。

然后又上路。到了安新县，天还早，在招待所休息一下，我们编剧组又一同绕着城墙，散步一番。我不记得当时这位女演员说过什么话。她穿得很普通，不上台，谁也看不出她是个演员来，这也是"文化革命"的结果。

听说，她刚刚休完产假。把孩子放在家里，有些不放心吧。她担任的那个主角，又不好演，唱段、武打很多，很是吃力。她虽然是主角，但她在台上，我看不到过去的花旦、武旦的可爱形象。她那一头短发，一身短袄裤，一顶戴在头上的破军帽，一支身上背的木制盒子枪，一举一动，都使旧有的京剧之美、女角之动人，在我的头脑里破灭了。可惜新的京剧之美、英雄之美，并没有在旧的基础上滋生出来。

在那些时候，我惊魂不定，终日迷迷惘惘，什么也不愿去多想，沉默寡言、应付着过日子。周围的人，安分守己的人，也都是这样过日子。不久，我得了痢疾，她和另外两位女演员，到我的住处看望我，这可能是奉领导之命，还提出要为我洗衣服，我当然不肯，向她们表示了谢意。

我们常常到外村体验生活，都是坐船去。有一次回来时天晚了，烟雾笼罩着水淀，我和这位演员坐在船头上，我穿着单衣，身上有些冷，从书包里取出一件棉背心，套在外面，然后又没精打采地蜷缩在那里。可能是这种奇怪的穿衣法，引起了她的兴致；也可能是想给她身边这位可怜的顾问增添点乐趣，提提精神，驱除寒冷，她忽然用京剧小生的腔调，笑了几声，使整个水淀都震荡，惊起几只水鸟，我才真正地欣赏了她的京剧才能，并感到了她对我的真诚的好意。

那些年月，对于得意或失意的人，成功或失败的人，造反或打倒的人，生者或死者，都算过去了，过去很久了。我也更衰老了，但心里保留了一幅那个年月人与人的关系的图表。因此，这些情景，还记得很清楚。

我十二岁的时候，父亲给我买了一本《京剧大观》，使我对京剧有了一些知识。在我流浪时，从军时，一个人苦闷或悲愤，徘徊或跋涉时，我都喊过几句京戏。在延安窑洞里，我曾请一位经过名师传授的同志去教我唱，因此对她产生了爱慕之情，并终于形成了痛苦的结果。在农村工作时，我常请一些民间乐手为我操琴，其实我唱得并不好。后来终于有机会和这个剧团的内行专家们，共同生活了几个月，虽然时候赶得不好，但也平平安安，相安无事。

今年春天，忽然有一位唱花脸的同志来看我，谈起了这段往事。我送给他一本书，随后又拿了一本，请他送给那位女演员。

书前书后

耕堂读书记(一)

庄子

在初中读《庄子》,是谢老师教课。谢老师讲书,是用清朝注释家的办法。讲一篇课文,他总是抱来一大堆参考书,详详细细把注解写在黑板上,叫我们抄录在讲义的顶端。在学校,我读了《逍遥游》、《养生主》、《马蹄》、《胠箧》等篇。

老实说,对于这部书,我直到现在也没有真正读懂。有一时期,很喜欢它的文字。《庄子》一书,被列入中国哲学的经典著作,当然是很深奥的。我不能探其深处,只能探其浅处。

我以为,庄生在写作时,他也是希望人能容易看懂容易接受的。它讲的道理,可能玄妙一些,但还不是韩非子所称的那种"微妙之言"。微妙之言常常是一种似是而非、可东可西的"大言",大言常常是企图欺骗"愚昧"之人的。

像《庄子》这样的书,我以为也是现实主义的。司马迁说它通篇都是寓言。庄子的寓言,现实意义很强烈。当然,它善于夸张,比如写大鸟一飞九万里,但紧接着就写一种小鸟,这种小鸟,"腾跃而上,不过数仞而下","翱翔蓬蒿之间",描写得更加具体，更加生动活泼。因为它有现实生活的依据。因此我们看出，庄子之所以夸张，正是为了表现现实生活中的具体细节。在书中这种例子是很多的。他常常用人们习见的事物，来说明他的哲学思想。这种传统，从庄子到柳宗元，我以为是中国散文的非常重要的传统。

前些日子和一位客人谈话，涉及这方面的问题，简记如下：

客：我看你近来写文章，只谈现实主义，很少谈浪漫主义。

主：是的，我近来不大喜欢谈浪漫主义了。

客：什么原因呢？

主：我以为在文学创作上，我们当前的急务，是恢复几乎失去了的现实主义传统。现实主义是古今中外文学创作的主流，它可以说是浪漫主义的基础。失去了现实主义，还谈什么浪漫主义？前些年，对现实主义有误解，对浪漫主义的误解则尤甚，已经近于歪曲。浪漫主义被当成是说大话，说绝话，说谎话。被当成是上天入地，刀山火海，装疯卖傻。以为这种虚妄的东西越多，就越能构成浪漫主义。因此，发誓赌咒，撒泼骂街也成了浪漫主义不可缺少的东西。

我认为浪漫主义虽是文艺思潮史上的一种流派，作为创作方法，浪漫主义必须以现实主义为根基。浪漫主义是从现实主义的基础上升华出来，没有凭空设想的浪漫主义。海市蜃楼的景象，也得有特定的物质基础，才能出现。

客：我注意到，你在现实主义之上也不加限制词。这是什么道理？

主：我以为没有什么必要，认真去做，效果会是一样的。

我们读书，即使像《庄子》这样的书，也应该首先注意它的现实主义成分，这对从事创作的人，是很有好处的。从事哲学研究的人，着眼点可以不同，但也要注意它们反映的历史生活的真实细节，这才是真正的哲学基础所在。

我现在用的是王先谦的集解本，这是很好的读本。他在序中说：

> 余治此有年，领其要，得三语焉。曰：喜怒哀乐，不入于胸次。窃尝持此，以为卫生之经，而果有益也。

对于这种话，我是不大相信的，至少，很难做到吧！如果庄子本人能够做到这一点，他就不可能写出这样充满喜怒哀乐的文章了。凡是愤世嫉俗之作，都是因为作者对现实感情过深产生的。这一点，与"卫生"是背道而驰的。

这位谢老师，原是新诗闯将，自执教以来，乃沉湎于古籍，对文坛形势现状，非常茫然，多垂询于我辈后生。我当时甚以为怪，现在才悟出一些道理来。

韩非子

在读高中一年级的时候，国文老师叫我们每人买了一部扫叶山房石印的王先谦的《韩非子集解》。四册一布套，粉连纸，读起来很醒目，很方便。

老师是清朝的一名举人，在衙门里当了多年幕客。据说，他写的公文很有点名堂。他油印了不少呈文、电稿，给我们作讲义，也有少数他作的诗词。

这位老师教国文，实际很少讲解。在课堂上，他主要是领导着我们阅读。他一边念着,一边说:"点!"念过几句,他又说:"圈!"我们拿着毛笔,跟着他的嘴忙活着。等到圈、点完了,这一篇就算完事。他还要我们背过,期终考试,他总是叫我们默写,这一点非常令人厌恶。我曾有两次拒考,因为期考和每次作文分数平均,我还是可以及格的。但给他留下了不良印象,认为我不可教。后来我在北平流浪时,曾请他介绍职业,他还悻悻然地提起此事,好像我所以失业,是因为当时没有默写的缘故。

其实,他这种教学法,并不高明。我背诵了好久,对于这部《韩非子》,除去记得一些篇名以外,就只记得两句话:其一是:"儒以文乱法,而侠以武犯禁。"其二是:"色衰爱弛。"

说也奇怪,这两句记得非常牢,假如我明天死去,那就整整记了五十年。

我很喜欢我那一部《韩非子》,不知在哪一次浩劫中丢失了,直到目前,我的藏书中,也没有那么一部读起来方便又便于保存的书。

老师的公文作品,一点印象也没有了,不知他从《韩非子》得到了什么启示。当时《大公报》的社论,例如"明耻教战"、"十年生聚,十年教训"等篇,那种文笔,都很带有韩非子的风格。老师也常常选印这种社论,给我们作教材,那时正值九一八事变之后。

老师叫我们圈点完了一篇文章,如果还有些时间,他就从讲坛上走下来,在我们课桌的行间,来回踱步。忽然,他两手用力把绸子长衫往后面一搂,突出大肚子,喊道"山围故国——周遭在啊,潮打空城——寂寞回啊",声色俱厉,屋瓦为之动摇。如果是现在,一定会引起学生的哄笑,那时师道尊严,我们只是默默地听着。有时也感到悲凉,因为国家正处在危险的境地。

以后,我就没有再读《韩非子》,我喜爱的是完全新的革命的文学作品。

直到前些年,我孤处一室,一本书也没有了,才从一个大学毕业生那里,借来两本语文教材。从中,我抄录了韩非子的《五蠹》全篇和《外储说》断片。

韩非子的散文,时时采用譬喻寓言,助其文势,现实生活的材料,历史地理的材料,随手运用,锋利明快,说理透澈。实在是中国古代散文的奇观,民族文化的宝藏。

我目前手下的《韩非子》,是光绪元年,浙江书局据吴氏影宋乾道本校刻,后附顾广圻《韩非子识误》一册。

曹丕《典论·论文》

除去诗,曹丕的散文,写得也很好。他的《典论》,虽然只留下一些断片,但读起来非常真实生动。例如他记郤俭等事,说:

> 颍川郤俭能辟谷,饵伏苓。甘陵甘始亦善行气,老有少容。庐江左慈知补导之术。并为军吏。初,俭之至,市伏苓价暴数倍。议郎安平李覃学其辟谷,餐伏苓,饮寒水,中泄痢,殆至殒命。后始来,众人无不鸱视狼顾,呼吸吐纳。军谋祭酒弘农董芬为之过差,气闭不通,良久乃苏。左慈到,又竞受其补导之术,至寺人严峻,往从问受。阉竖真无事于斯术也。人之逐声,乃至于是。

"逐声"就是庄子说的"吠声",就是"以耳代目",这种人有时被称为"耳食之徒"。他们是不进行观察,也不进行独立思考的。在我国,类似这种历史记载是很多见的。

这种社会现象,有时可形成一种起哄的局面,有时会形成一种持续很久的社会浪潮。当它正哄动的时刻,少数用脑子的人,是不能指出它的虚妄的,那样就会担很大的风险。因此,每逢这种现象出现,诈骗者会越来越不可一世,其"功业"几乎可以与刘、项相当。但总归要破灭。事后,人们回想当时狂热情景,就像是中了什么邪一样,简直不值一笑了。

考其原因:在上是封建专制,在下是愚昧无知。这两者又是有关联的。

他所记情状,不是也可以再见于一千多年以后的社会吗?历史长河,滔滔不绝。它的音响,为什么总在重复,如此缺少变化呢?还有他遗令薄葬的文章,《典论》中记述青年时和别人比较武艺的文章,也都写得很好。

曹丕幼年即随魏武征讨,武攻文治,都有经验,阅历既多,所论多切实之言。这些方面,都非公子曹植所能及,被确定为世子,乃是理所当然的事。

他的《典论·论文》,是一篇非常完整,非常透辟,切合文章规律的文论。在这篇论文里,他提出了"文人相轻"这个道理,论列了当代作家,谈到各种文章体裁,提出了"文以气为主"的见解,成为不朽的名论。

创作者触景生情,评论家设身处地,才能相得益彰。曹丕先为五官中郎将,后为皇帝。他把同时代的作家,看做朋友,写起评论来,都以平起平坐的态度出之。所评中肯切实,功过得当,富于感情,低回绵远,若不胜任。《典论·论文》及

《与吴质书》等篇，因此流传千古。及至后人，略有官职，便耀威权，所作评论，乃无价值。文人虽有时求助于权威，而权威实无补于文艺。

陆机《文赋》

在中学时期，有两种古代文学形式，没有学好。一是楚辞；一是汉赋。一直到现在，总是对它们不太感兴趣，也不能得其要领。抗日时期，有一位姓梁的女孩子，从北平出来到解放区，就学于我教课的地方。她热情地送给我一本《楚辞》，是商务印的选本，我和女孩子同行，千里迢迢，把这本书带到延安，一次水灾，把书冲到了延河里，与其作者同命运。

司马相如、扬雄的赋，近年念了一些，总是深入不进去。才知道，一门功课，如果在幼年打不下基础，是只能老大徒伤悲的。

在读晋赋的时候，忽然发现陆机的作品，和我很投缘，特别是他的《吊曹孟德文》和《文赋》两篇。

《吊曹孟德文》，我记得鲁迅先生曾两次在文章中引用，可见也是很爱好的。

此文是陆机因为工作之便，得睹魏武的遗令遗物，深有感触而后作。事迹未远而忌讳已无，故能畅所欲言，得为杰作。但这究竟是就事实有所抒发，不足为奇；《文赋》一篇，乃是就一种意识形态而言，并以韵文出之，这就很困难。

中国古代文论，真正涉及创作规律的，除去零篇断简，成本的书就是《文心雕龙》。《文赋》一篇，完全可以与之抗衡。又因为陆机是作家，所以在透彻切实方面，有些地方超过了刘勰。

这篇赋写到了为文之道和为文之法，这包括：作者的立志立意；为文前多方面的修养；对生活的体会感受；对结构的安排和文字的运用；写作时的甘与苦，即顺畅与凝滞，成功与失败。

自古以来，论文之作，或存有私心，所论多成偏见；或从来没有创作，识见又甚卑下，所论多隔靴搔痒之谈；又或本身虽亦创作，并称作家，论文反不能从实际出发，故弄玄虚，如江湖卖药者所为，徒有其名，而无其实，致使后来者得不到正确途径，望洋兴叹，视为畏途。像《文赋》这样切实，从亲身体验得来的文论是很少见的。这种文字，才不是欺人之谈。

前几年，我借人家的书，把这篇赋抄录一过，并把开头一段，请老友陈肇同志书为条幅。后因没有好的裱工，未得张挂。

颜氏家训

一九六六年的春夏之交，犹能于南窗之下，摘抄《颜氏家训》，未及想到腥风血雨之袭来也。

我国自古以来的先哲，提到文章，都是要人谨慎从事。他们认为文章是"经国之大业，不朽之盛事"，是"轨物范世"的手段，作者应当"慎言检迹"而后行之。

在旧时代，文人都是先背诵这些教导，还有其他一些为人处世的教导，然后才去做文章的。然而许多文人，还是"鲜能以名节自立"，不断出乱子，或困顿终身，或身首异处。这是什么道理呢，难道文章一事，带有先天性的病毒，像癌症那样能致人死命吗？

南北朝的颜之推，在他的《家训》里，先说，"自古文人，多陷轻薄：屈原露才扬己，显暴君过；宋玉体貌容冶，见遇俳优"；接下去列举了历代每个著名文人的过失、错误、缺点、遭遇。连同以上二人，共三十四人。还批评了五个好写文章的皇帝，说他们"非懿德之君"。他告诫子弟：

> 每尝思之，原其所积，文章之体，标举兴会，发引性灵，使人矜伐。故忽于持操，果于进取。今世文士，此患弥切。一事惬当，一句清巧，神厉九霄，志凌千载，自吟自赏，不觉更有旁人。加以砂砾所伤，惨于矛戟，讽刺之祸，速乎风尘。深宜防虑，以保元吉。

我当时读了，以为他说得很对。文字也朴实可爱，就抄录了下来，以自警并以警别人。

不久，"文化革命"起，笔记本被抄走。我想：造反派看到这一段，见我如此谨小慎微、谦虚警惕，一定不会怪罪。又想，这岂不也是四旧、牛鬼蛇神之言，"元吉"恐怕保不住了。但是，这场"运动"的着眼点，及其终极目的，根本不在你写过什么或是抄过什么。这个笔记本，并未生出是非，后来退还给我了。

林彪说，"损失极小极小，比不上一次瘟疫"。建安时代，曾有一次瘟疫，七子中的"徐、陈、应、刘，一时俱逝"，这见于魏文帝《与元城令吴质书》。他说，"昔年疾疫，亲故多离其灾"，这里的"离"，并不是脱离，而是被网罗上了。

我们遇到的这场"瘟疫"，当然要大得多，仅按四次文代大会公布的被迫害致死的名单，单是著名诗人、作家、批评家和翻译家，就有四十位！比七子中死去四子，多出十倍，可见人祸有时是要大于天灾了。

这些作家都是国家和人民多年所培养，一代精华，一旦竟无辜死于小人女子唇齿之间，览之无比伤痛。老实说，在这次文代大会山积的文件中，我独对此件感触最深。

魏文帝说："何图数年之间，零落略尽……既痛逝者，行自念也……所怀万端。时有所虑，至通夕不瞑。"

我们能够从这种残忍的事实中，真正得出教训吗？

窃尝思之：社会上各界人士，都会犯错误，都有缺点，人们为什么对"文人无行"，如此津津乐道呢？归结起来：

一、文人常常是韩非子所谓的名誉之人，处于上游之地。司马迁说："上游多谤议。"

二、文人相轻，喜好互相攻讦。

三、文字传播，扩散力强，并能传远。

四、造些文人的谣，其受到报复的危险性，较之其他各界人士，会小得多。

《颜氏家训》以为文人的不幸遭遇，是他们的行为不检的结果，是不可信的。例如他说"阮籍无礼败俗"，"嵇康凌物凶终"，这都是传闻之词，检查一下历史记载，并非如是。《三国志》记载："籍口不论人过"；同书引《魏氏春秋》："康寓居河内之山阳县，与之游者，未尝见其喜愠之色。"两个人几乎都是谨小慎微的。

但终于得到惨祸，这也是事实。揽古思今，对证林、四之所为，一些文人之陷网罗、堕深渊，除去少数躁进投机者，大多数都不是因为他们的修身有什么问题，而是死于客观的原因，即政治的迫害。

我们的四十位殉难者，难道是他们的道德方面，有什么可以非议之处吗?

"四人帮"未倒之前,苦难之余,也曾默默仿效《颜氏家训》,拟了几条,当然今天看起来,有些不合时宜了:

一、最好不要干这一行。

二、如无他技谋生,则勿求名大利多。

三、生活勿特殊,民食一升,则己食一升;民衣五尺,则己衣五尺。勿启他人嫉妒之心。

总之:直到今日,我以为前面所引《颜氏家训》一段话,还是应该注意的。

三国志·关羽传

自《春秋》立法,中国历史著作,要求真实和简练。史家为了史实而牺牲生命,传为美谈。微言大义的写法,也一直被沿用。但是,读者是不厌其详的,愿意多知道一些。于是《春秋》之外,有三家之传,而以左氏为胜。司马迁参考《国语》、《战国策》等书,并加实地考察,成为一家之言的《史记》,对于人物和环境的描写,更详尽更广阔了。它适应了读者的需要,而使历史与文学,异途同归,树立了史学的典型,并开辟了文学的现实主义道路。

历史强调真实,但很难真实。几十年之间的历史,便常常出现矛盾,众说纷纭,更何况几百年之前、几千年之前?历史但存其大要,存其大体而已。

我国的历史,在过去多为官书,成书多在异代。这种作法,利弊参半,一直相沿,至于《清史稿》。

《三国志》在史、汉的经验基础上完成,号为良史,裴松之的注,实际起了很大作用。但历代研究者,仍以志为主据,注为参考。后来，历史演变为文学作品，则多采用裴注，因为这些材料，对塑造人物，编演故事，提供了比较具体生动的材料。

史书一变而为演义，当然不只《三国演义》一书。此外还有《封神演义》，以及虽不用演义标题，实际上也是演义的作品。

演者延也，即引申演变之意。但所演变也必须是义之所含，即情理之所容。完全出乎情理之外，则虽是文学创作，亦不可取。就是说，演义小说，当不悖于历史环境，也不悖于人物的基本性格。

当然，这一点有时很难做到。文学的特点之一是夸张，而夸张有时是漫天过海，无止无休的。文学作品的读者，也是喜欢夸张的，常常是爱者欲其永生，憎者恨其不死。在这种形势的推动下，一部演义小说，能适当掌握尺寸，就很困难了。

《三国演义》一书，是逐渐形成的，它以前有《三国志评话》，还有多种戏曲。这部书的故事几乎是家喻户晓的，流传之广，也是首屈一指的。过去，在农村的一家小药铺，在城市的一家大钱庄，案首都有这一部"圣叹外书"。

在旧社会，这部书的社会影响甚巨，仁者见仁，智者见智。谋士以其为智囊，将帅视之为战策。据说，清兵未入关之前，就是先把这部书翻译过去，遍赐王公大臣，使他们作为必读之书来学习的，其重要性显然在四书五经之上。

在陈寿的《三国志·蜀志》中，《关羽传》是很简要的：

关于他的为人，在道义方面，写到他原是亡命奔涿郡，与刘、张恩若兄弟，"随先主周旋，不避艰险"，终不负先主。

关于他的战绩,写到在"建安五年,曹公东征,先主奔袁绍,曹公禽羽以归,拜为偏将军"。写到他诛颜良,水淹于禁七军。

关于他的性格,写到诸葛亮来信说马超"犹未及髯之绝伦逸群也"。羽大悦,以示宾客。

关于他与同僚的关系,写到他与糜芳、傅士仁不和,困难时,众叛亲离。

关于他对女人的态度,本传无文字,裴注却引蜀记说:

> 曹公与刘备围吕布于下邳,关羽启公,布使秦宜禄行求救,乞娶其妻,公许之。临破,又屡启于公。公疑其有异色,先遣迎看,因自留之,羽心不自安。

关于他的应变能力,写到他因为激怒孙权,遂使腹背受敌,终于大败。他这一败,关系大局,迅速动摇了鼎足的平衡,使蜀汉一蹶不振,诸葛亮叹为"关羽毁败,秭归蹉跌"者也。

陈寿写的是历史,他是把关羽作为一个具体的人来写的。这样写来,使我们见到的是一个既有缺点,又有长处;既有成功,又有失败的活生生的人。我们看到的是真正的关羽,而不是其他的人,他同别的人,明显地分别开来了。我们既然准确认识了这样一个人,就能从他那里得到启发,吸取经验,对他发生真正的感情:有几分爱敬,有几分恶感。

《三国志评话》,关羽个人的回目有六。《三国演义》,关羽个人的回目有十,其中二十五回至二十七回,七十三回至七十七回,回目相连,故事趋于完整。

鲁迅先生在《中国小说史略》里谈及此书时，说："至于写人，亦颇有失，以致欲显刘备之长厚而似伪，状诸葛之多智而近妖；惟于关羽，特多好语，义勇之概，时时如见矣。"

中国旧的传统道德，包含忠孝节义；在历史观念上，是尊重正统。《三国演义》的作者，以人心思汉和忠义双全这两个概念，来塑造关羽这个英雄人物，使他在这一部小说中，占有特别突出的地位。

于是，在文学和民俗学上，就产生了一个奇特现象：关羽从一个平常的人，变为一个理想化的人，进而变为一尊神。

这一尊神还是非同小可的，是家家供奉的。旧时民间，一般人家，年前要请三幅神像：一幅是灶王，是贴在锅台旁边的，整天烟熏火燎；一幅就是关老爷，他的神龛在房正中的北墙上，地势很好；一幅是全神，是供在庭院中的。这幅全神像，包括天地三界的神，有释、道、俗各家，神像分数行，各如塔状。排在中间和各行下面的神像品位最高，而这位关羽，则身居中间最下，守护着那刻着一行大字的神牌，神态倨傲，显然是首席。

在各县县城，都有文庙和武庙。文庙是孔子，那里冷冷清清，很少有群众进去，因为那里没有什么可观赏的，只有一个孤零零的至圣先师的牌位。武庙就是关羽，这里香火很盛，游人很多，因为又有塑像，又有连环壁画，大肆宣扬关公的神威。

关羽庙遍及京城、大镇、名山、险要，各庙都有牌匾楹联，成为历代文士卖弄才华的场所。清朝梁章钜所辑《楹联丛话》中，关庙对联，数量最多，有些对联竟到了头昏脑热、胡说八道的田地。

当然，有人说，关羽之所以成为神，是因为清朝的政治需要。这可能是对的。神虽然都是人造出来的，但不经政治措施的推动，也是行之不远的。

幸好，我现在查阅的《三国志》，是中华书局的四库备要本，这个本子是据武英殿本校刊，所以《蜀志》的开卷，就有乾隆皇帝的一道上谕，现原文抄录：

乾隆四十一年七月二十六日内阁奉上谕：关帝在当时，力扶炎汉，志节凛然。乃史书所谥，并非嘉名。陈寿于蜀汉有嫌，所撰《三国志》，多存私见，遂不为之论定，岂得谓公？

从前曾奉世祖章皇帝谕旨，封为忠义神武大帝，以褒扬圣烈。朕复于乾隆三十二年，降旨加灵佑二字，用示尊崇。夫以神之义烈忠诚，海内咸知敬祀，而正史犹存旧谥，隐寓讥评，非所以传信万世也。今当抄录四库全书，不可相沿陋习，所有志内关帝之谥，应改为忠义。第本传相沿日久，民间所行必广，难于更易。著交武英殿，将此旨刊载传末，用垂久远。其官版及内府陈设书籍，并著改刊此旨，一体增入。钦此！

这就不仅是胡说八道，而是用行政方式强加于人了。

至于在戏剧上的表现，关羽也是很特殊的。他有专用的服装、道具；他出场之前，要放焰火；出场后，他那种庄严的神态，都使这一个角色神秘化了。

但这都是文学以外的事了。它是一种转化现象，小说起了一定作用。老实说，《三国演义》一书，是如此煊赫，如单从文学价值来说，它是不及《水浒》，甚至也不及《西游记》的。《水浒》、《西游记》虽也有所本，但基本上是文学创作，是真正文学的人物形象。而《三国演义》，则是前人所讥评的"太实则近腐"、"七实三虚惑乱观者"的一部小说。

把真人真事变为文学作品，是很困难的。我主张，真人真事，最好用历史的手法来写，真真假假，真假参半，都是不好的。真人真事，如认真考察探索，自有很多材料，可写得生动。有些作者，既缺少识见，又不肯用功，常常借助描写，加上很多想当然，而美其名曰报告文学。这其实是避重就轻，图省力气的一种写法，不足为训。

三国志·诸葛亮传

本传与小说，出入较大的，还有诸葛亮。小说和戏剧上的诸葛亮，几百年来在群众中，形成了一个固定的形象，即所谓摇羽毛扇的人物。还影响了其他历史小说，几乎各朝各代，在争战交锋之时，都有这样一个军师：《封神演义》的姜子牙，《水浒传》的吴用，瓦岗寨起义的徐茂功，明朝开国的刘伯温等等。

诸葛亮在本传里，是一个非常求实的人，是一个实干家。陈寿奉晋朝之命修《三国志》，蜀汉为晋之敌，但他对诸葛亮的评价，我以为还是很客观、实事求是的。他说：

> 然亮才于治戎为长，奇谋为短。理民之干，优于将略。

综览陈寿所记，诸葛亮的一生，功劳固然很大，失败和无能为力之处也不少。最后的失败主要是客观条件所致。诸葛亮的隆中对策、说孙权、前后出师表，高瞻远瞩，文词质朴，情真意诚，叮咛周至，感动百代，成为名文。他死以后，人民哀其处境艰难，大功未竟，敬仰他鞠躬尽瘁的精神，追思怀念，千古不衰。人民愿意看到他在文学艺术上的形象。但《三国演义》和一些戏剧，把这一人物歪曲了。

最失败的是把诸葛亮写成了一个非凡的人。把他写成了一个未卜先知，甚至能呼风唤雨，嘴里不断念念有词的老道，即鲁迅所说近于妖了。

诸葛亮在《后出师表》中，曾对后主反复说明，世事难以逆料，举出当时很多事例，完全是科学态度。

出现如此大的差距，原因是作者有意识地把这样一个人物，塑造得更高大，不知不觉走到反面去了。作者对这一人物性格，并没有认真调查研究，作者的学识见解，都不足以创造这样一个人物形象。正如在《水浒传》里，他写在郓城县当一名书吏的宋江，写得很真实生动，到写当了水泊首领的宋江，他就无能为力了。因为他熟悉一个书吏，着实没有体验过一个水泊首领的生活，甚至见都没有见过。于是只能以主观想象出之。宋江和刘备，如出一辙。和他相反，《西游记》的作者写了猴、猪等怪，完全以写人的笔法出之，因此，猴、猪都具备了完整的性格。写唐僧亦如此，所以唐僧颇具人性。《聊斋志异》写狐鬼，成功之道亦在此点。凡是小说，起步于人生，遂成典型；起步于天上，人物反如纸扎泥塑，生气全无。

群众是喜爱英雄的，群众可以按照自己的形象，创造出一个神，但这个神对他来说，只能起到安慰的作用。群众有高级的心理、情操，也可能有低级的心理、趣味。人可以有作为人的本能，也可以有来自动物的本能。文学艺术，应该发扬其高级，摒弃其低级，文以载道，给人以高尚的熏陶。创造英雄人物，扬励高尚情操，是文学艺术的理所当然的职责。

其基础是现实的人和生活。

再现历史英雄人物，不是轻而易举的。作者除去学的修养，还要有识的修养，学识浅薄，如何创造英雄人物？在创作准备上，识力不高，则应辅之以学。如研究历史，考察地理民俗，采集口碑遗迹，像司马迁所做的那样。司马迁写了刘、项那样的英雄人物，全从周密的调查研究入手，然后以白描手法，自然出之。

如果不这样做，那么，创造英雄人物，反倒成了很容易的事。今天，在文学艺术中，假诸葛亮的形象，还是不少的。虽不羽扇纶巾，坐四轮车，但也多是口中念念有词，不断发誓赌咒，一言而天下定的。

一个作者，有几分见识，有多少阅历，就去写同等的生活，同类的人物，虽不成功，离题还不会太远。自己识见很低，又不肯用功学习，努力体验，而热衷于创造出一个为万世师、为天下法的英雄豪杰，就很可能成为俗话说的："画虎不成，反类其犬。"

耕堂读书记(二)

曾文正公手书日记

《曾文正公手书日记》共四十册，四函。宣统元年，上海中国图书公司石印。

前有王闿运序。

一九六二年春天，我寄寓北京锥把胡同河北省驻京办事处，有病不能上街，托张翔同志购得此书，还由中国作家协会开一证明，此盖内部掌握之书也。从书后印记看，此书来自济南，原来定价甚微，一至北京，则加价一倍以上。京师人物荟萃之地，物价亦必随之增长。

浏览一过，亦无甚可观。此人名重，然其书法，实不甚佳。为京官时，似甚用功，间有日课，崇尚理学，所作字或草或楷，并皆庸俗。从所记琐事中，可略见其为人。例如此人用一女婢，写信给他的父亲，声言此女极丑，这有什么必要？其九弟（即曾国荃）在他处寄居时，兄弟颇不和，涉及他的内人婢仆，他写信给家中，引咎自责，均属虚伪。居京官时，常为会馆办些公益事，乡人有婚丧，他去主事，利用这些机会，锻炼办事应对能力，则不无可取。文人厌俗，以致终身不堪任事负重，曾非文士，有这种见解，从小事做起，故以后能担当统治者委托给他的重任。

及至与太平天国作战，本想从日记中看到一些珍贵材料，然记载越发零碎，不得要领。此王闿运所谓，当时与彼共事者能知之，非后人所能知者也。

及任直隶总督，处理天津教案时，所记材料，有些可取。当时朝廷惧洋媚外，他奉旨做些不得人心之事，自叹为"伤天害理"，似尚有天良者。然天良自天良，倒行逆施的行动，并未稍减。

日记中，有当时灾区人肉价目表，读之令人心悸。

能静居士日记

《能静居士日记》著者赵烈文，载中华书局出版的《太平天国史料丛编简辑》第三册，系节录。

赵烈文为曾氏兄弟幕宾，攻破南京时在场。所记甚为详细真实，是日记中的佳品。

如记曾国荃督战破城后，归来时的狼狈形象，以及随之而来的骄盈。正在关键之时，不听赵的进言，竟进房大睡其觉，致使李秀成率队，穿上清军服装，混出城去。如非农民告发，后事殊难定局。记城破之前，所有清军人员，不分文武，都预备筐笼箱箧，准备大发其财。报功封爵，多有假冒。记忠王被俘之初，曾国荃向之刀剸锥刺，以胜军之主将，对待败军之俘虏，竟如青皮流氓，报复私仇。并记在这种情况下，忠王的言词表现。又记，当一帮幕客去看被俘忠王，忠王竟向这些人谈起夜观星象等语。赵烈文等答以只要朝廷政治清明，动乱自然平息等语。读之,均不胜感慨。天朝以互相猜忌,自相残杀,遂使大业倾于将成,金田起义时灿烂众星,纷纷陨落。千百万农民战士,顿时风流云散,十四年争战经营,一旦土崩瓦解。狂澜既止,龙虎无据。忠王末路,哀言求生。此千古大悲剧,志士仁人,扼腕痛心,无可奈何者也。将革命大义,幻为私利者,当负此责乎?自我得之,自我失之矣。曾氏兄弟,侥幸成功,真如前人所谓:世无英雄,遂使竖子成名。

又如记曾国荃笼络士兵,为其效死。士兵负伤后,令其口嚼人参,然后将渣滓,敷于伤口。声言如此可以起死回生。以致湖南人参,被购一空,参价百倍高于人价。又记曾国荃得势后,如何搜刮财物,兼并乡里,大置田产,均系曾国藩亲口对赵烈文所谈。

看来,小人物的日记,比起大人物的日记,可看的东西就多了。这是因为小人物忌讳较少,也想存些史实,传名后世。

翁文恭公日记

《翁文恭公日记》共四十册,涵芬楼影印。后有目次,始自咸丰八年,终于光绪三十年。末有张元济跋。

翁为两朝(同、光)师傅,官至大学士,入军机处。其父、兄均居政府、军事高位,侄子又中状元,门第显赫。又值国家动乱多变之秋,他的日记部头又如此之庞大,我买来时,是抱有很大希望的,而且逐年逐日读下去,及至终卷,失望得很。

比如当两个幼年皇帝的师傅吧,当时我想,他这个小学启蒙老师,和我在乡村私塾,所体验的教鞭生涯,恐怕有很大不同吧?结果,什么也看不出来。他每天进宫教学,有时只记"龃龉"或"大龃龉",我领会就是教学很不顺利的意思。但究竟发生了什么故障,他从不具体说明。

他记得比较具体的是买字画、买字帖、吃鱼翅、送子侄入考场,替皇帝办山陵工程……这些琐事。甚至和一些重要人物的交往,他也不记。比如和康有为的认识交往,记得若有若无,在疑似之间。

对于政局的矛盾、困难,他自己的遭逢感受,也不记载。只是到了后来,废职家居,才有时透露一些恐怖埋怨之情,也非常隐晦。

从如此大人物的日记里,看不出时代的、政治的波浪起伏,实在使人感到遗憾。但他的行书小字,写得实在漂亮,读着空洞无物的日记,欣赏流畅秀美的书法,也算是收之桑榆吧。

张元济说他的日记,"小心寅畏,下笔矜慎",并深以他的遭遇不及宋之司马、欧阳为恨。历史是不能如此比较的。同为皇太后,或为圣母,或为灾星,这只是客观事物的一个方面。这个方面,是不能孤立存在的。她们的存在,必有其历史的土壤、雨露、气候。大臣自身,即应列入以上三者之间,起到什么作用,是因"己"而异,因"人"而异的。并不能完全怪罪女人们。

我看此人,并非政治上的干材,也只是一个书生。凡是书生,当政治处于新旧交替转折之时,容易向往新者。而本身脆弱,当旧势力抬头,则易于馁败,陷于矛盾。古今如此。

我尚有燕京大学图书馆民国二十八年影印的《翁文恭公军机处日记》,共二册。所记更为简略,系备忘性质。

缘督庐日记钞

《缘督庐日记钞》,长洲叶昌炽著,王季烈辑,上海蟫隐庐石印,十六册两函。前有目录,始自同治庚午,终于民国丁巳。

叶昌炽是一个学者，他著的《语石》，是研究石刻的体裁很好、很有见解的书，商务印书馆列为国学基本丛书之一。他著的《藏书纪事诗》，搜采藏书逸事典故，甚为完备，诗亦典雅。这个人做学问的态度，是很严肃认真的。他代潘祖荫家编的丛书，校勘精细，惜字体太肥大，这恐怕和他的视力不佳有关。

他只是一名翰林，出任过学政，没有做过显要的官。

他的日记是摘抄，数量已经可观，但内容也是叫我失望的。他最有兴趣的，是经幢石刻。因此整部日记，几乎有一半篇幅记的是购买经幢、考订经幢。他是金石家，把范围定得很小，很具体，因此研究成果也特别精细。他是经幢的专门收藏家、鉴赏家、学者。在这一范围，可以说前无古人，后无来者。这种治学方法，是很值得学习的。

他也经历了清末民初的政治变革，但所记亦寥寥。如庚子事变，八国联军进京，他是目击者，所记一般，无可采择，甚为可惜。

这是一位保守派，对革命以后的社会生活，甚为不满。民国后，他还常穿戴翰林的服装，出门去给人家"点主"，遭到群众的围观讥笑，使他颇为难堪。可谓不识时务。

颇似一书呆子，然又自负知人之明。长沙叶德辉去与他联宗，遭到他的拒绝。据他说，是看到叶德辉的眼睛里，有一种不祥之光，断定他不得好死。不幸而言中，这倒使人不知他所操何术了。

日记抄得很工整，字体遒劲，也可作临池之用。

日记这一形式，古已有之，然保存至今者寥寥，每种篇幅，亦甚单薄。至晚清，始有大部头日记，最煊赫者为《越缦堂日记》。此记我未购买正本，只有《越缦堂日记补》十三册，及《越缦堂詹詹录》二册。后者为作者之侄所辑录，以事相系者也。

我尚有《湘绮楼日记》，为涵芬楼排印本，两函三十二册，印制甚精美。越缦所记，多京居琐事，可见此人生活、性情。但涂抹太多，阅读不便。其内容以读书记为最有价值，自由云龙辑出后，此记遂可覆瓿。湘绮为晚清诗文大作家，并经历过同、光以来国家政治变动，然从他的日记，实难看到重要史实，正像他自谦的，所记多为闾巷之事、饾饤之学，治学亦不及越缦堂之有系统。此外，新印的《林则徐日记》，文字简洁，记事真切，尚有可观。

日记，按道理讲，最能保存时代生活真貌及作者真实情感。然泛览古人日记，实与此道相违。这是因为，人们虽然都知道日记对历史人生，有其特殊功能；但是，人们也都知道，这种文字，以其是直接的实录，亲身的记载，带着个人感情，亦最易招惹是非，成为灾祸根源。古今抄家，最注意者即为日记与书信。记事者一怕触犯朝廷，二怕得罪私人。古人谈日记之戒，甚至说："无事只记阴晴风雨。"如果是这样，日记只能成为气象记录。

可以断定，这些大部头的日记，经过时间考验淘汰，千百年后，也就所剩无几了。目前所以是庞然大物，只因为还是新出笼的缘故。

我一生无耐心耐力，没有养成记日记的良好习惯，甚以为憾事。自从读了《鲁迅日记》以后，对日记发生了兴趣，先后买了不少这方面的书。小本的尚有《郭天锡手书日记》，都穆《使西日记》，薛福成《出使四国日记》，潘祖荫《秦輶日记》,董康《东游日记》,赵君举《三愿堂日记》,汪悔翁《乙丙日记》,《寒云日记》等。最后一种,为袁世凯之二公子袁克文所作,阅后已赠送他人。

日记,如只是给自己看,只是作为家乘,当然就不能饱后人的眼福。如果为了发表,视若著作,也就失去了日记的原来意义,减低了它的价值。这实在是这一形式本身的一大矛盾。

六十年代初期,我曾向各地古旧书店,函购书籍,索阅书目,购买日记的人很少,所以容易得到。当然,如果细心钩稽,还可以得到一些有用材料。但我只是浏览,所获仅仅如上。

耕堂读书记（三）

一

《办理四库全书档案》陈垣抄出，前有民国二十三年王重民所写叙例，国立北平图书馆排印，线装二册。

办理四库全书，动议于乾隆三十七年，当时标榜的是"稽古右文，聿资治理"。要求各地"及时采集，汇送京师"，首先购觅书籍的条件是："历代流传旧书。"

紧接着，叫直隶、河南、山东三省，在"出产梨木之各州县，照发去原开尺寸，检选干整坚致合式堪用"的刊书梨板。

但是，圣旨传下去以后，将近一年的工夫，"曾未见一人将书名录奏，饬办殊为延缓"。申饬的口气还缓和，但点了近畿北五省，及"书肆最多之江浙地方"。要他们"恪遵前旨，饬催所属，速行设法访求，无论刊本钞本，一一汇收备采"。

第一次传下圣旨，居然没有一人应声，你以为那些督抚州县，竟敢这样玩忽法令吗？自然也不是他们能沉得住气。他们已经手忙脚乱，动起脑子来了。这对各级地方官来说，是一次硬任务，他们自然而然地感到大的压力。在异族统治之下，经历康、雍两朝，一沾文字、书籍上的事，他们是心有余悸的。但他们在这方面，也积累了一些经验，他们明白，这是扰民的勾当，也休想在这件事上贪赏求功，只求无过好了。先不要走在前头，那没有什么好处。看看别人怎么办，再说。

但是管理文化方面的官员，沉不住气，于是安徽学政朱筠，先报了一批书。

皇帝指出，也要"无关政要"的近代著作。对他老家奉天，却特别通融，说那里"风俗淳朴，本少著述"，不必再行访购，以致徒滋纷扰。

乾隆三十八年，根据朱筠的条奏，拟定了采访遗书的章程，首先校核《永乐大典》，辑录善本。并奉旨"将来办理成编时，著名《四库全书》"。

《永乐大典》，藏在皇宫，即使缺失一些，可从一些名人家借补。民间的书，还是上来得寥寥无几，且不过近人经解、论学、诗文私集数种。

乾隆三十八年三月二十八日，奉上谕："此必督抚等视为具文，地方官亦必奉行故习，所谓上以实求，而下以名应，殊未体朕殷殷咨访之意。""此必督抚等因遗编著述，非出一人，疑其中或有违背忌讳字面，恐涉于干碍，预存宁略勿滥之见。藏书家因而窥其意指，一切秘而不宣，甚无谓也。文人著书立说，各抒所长。或传闻互异，或记载失实，固所不免，果其略有可观，原不妨兼收并蓄。即或字义偶有触碍，如南北史之互相诋毁，此乃前人偏见，与近人无涉，又何必过于畏首畏尾耶！"

这一番话，不只有些提倡百家争鸣的气派，而且有点唯物辩证的历史观点了。但紧接着就说,如果你们再不紧办,"将来或别有破露违碍之处,则是其人有意隐匿收存,其取戾转不小矣"。

再一次点江浙诸大省的名,说那里著名藏书之家,指不胜屈。并"予以半年之限……若再似从前之因循搪塞,惟该督抚是问"。

命令两江总督,江苏、浙江巡抚,向各书贾客书船,探索各大藏书家书籍流落何方。并称淮扬系东南都会,商人中颇有购觅古书善本者,而马姓家蓄书最富,派盐政李质颖查办。

已经接近勒索了。在这种官府追逼威胁下,江南藏书家恐怖起来。四月,鲍士恭愿以家藏书一千九百余种,上充秘府。

奉上谕,进到之书,缮写后,发回原书。并命总裁,先编出一部荟要本,放在摛藻堂,供皇帝观览。

藏书家害怕,天一阁后人范懋柱等具呈,请"抒诚愿献"。奉上谕,"朕岂肯为之"。

七月,奉旨,调取各地学者邵晋涵、周永年、余集、戴震、杨昌霖来京,同司校勘。并封官许愿。

八月,嘉奖纪昀、陆锡熊,"二人学问本优,校书亦极勤勉。考订分排,具有条理;而撰述提要,粲然可观。均恩授翰林院侍读"。此为纪昀在这一工作中,崭露头角之始。

九月,调任一些过去犯过错误的学者,如翁方纲、刘亨地、徐步云在四库全书处工作,免其处分。

十月,责成校对工作。《四库全书》,每日可得四十余万字,设有分校官三十二员。日后,拟添派复校官十六员。

插曲:各地"捐献"书籍,正在热闹,有个山西人,名叫戎英,到四库全书处具呈献纳自己的作品:《万年配天策》一本及《天人平西策》一本。遂即成为犯人,原审讯人判他"因事生风,妄希耸听",拟把他遣发乌噜苏木齐种地。奉旨,"将该犯家内,逐一严查"。这简直是自投罗网了。

乾隆三十九年八月初五日,奉上谕:"各省进到书籍,不下万余种,并不见奏及稍有忌讳之书。岂有裒集如许遗书,竟无一违碍字迹之理?况明季末造,野史甚多,其间毁誉任意,传闻异词,必有诋触本朝之语,正当及此一番查办,尽行销毁……若此次传谕之后,复有隐讳存留,则是有心藏匿伪妄之书。日后别经发觉,其罪转不能逭。"

以后办理《四库全书》的重点,就转移到审查和销毁违碍之书上去了。

清代办理《四库全书》,今日平心论之,有功有过,应该说是功大于过。这一措施,是对中国文化的一次认真整理,其中包括政治上的清理。它对中国文化,当然是一次严重的创伤,但并不是毁灭,并非存心搞愚民政策。它主要还是要保存、整理、传播文化。并非不分青红皂白,全部横扫。它的整理工作,是经过周密计划,周密组织,投放的人力很大,持续的时间很长,督课甚严,赏罚甚明。它用的人员大都是有真才实学的,当时孚众望的,并由许多大员统领之。对于编辑、审查、校对、印刷、装订,都很考究,积累很多宝贵经验。武英殿袖珍版的活字印刷术,在中外印刷史上,都大放光辉。

即就销毁而言,在书籍中究系少数,并有抽毁、全毁之别。此外,销毁的根据,是违碍,是诋毁本朝。这种定罪法,还是有局限的,也可以说是具体的,这方面的书籍,也是有限度的。并非提出海阔天空的口号,随意罗织任何书籍者可比。

所用的是行政办法，审阅者为学者，当然他们承天子之意旨，但也是经过反复研究讨论，然后才定去取。并非发动无知无识者，造成疯狂心理，群起堆书而拉杂烧毁之。

尝思书籍之危，还不在历史上的焚书禁书，以及水、火、兵、虫之灾。因为书是禁不住焚不完的，可收一时之效，过后被焚被禁的都会再出现。清朝禁书那么多，真正绝灭的很少。最危险的，是像林彪、"四人帮"所为，以"革命"为旗号，利用军事政治威力，迫使群众以无知为荣，与文化为敌。当然这种做法，也只能是收效一时，人民总是需要文化的，能够觉悟的。

历史文化，为民族之精英，智慧的源泉。封建统治者，狃于"民可使由之，不可使知之"的反动学说，错以为人民越愚昧，越好驱使，越能战斗，进而迷信愚民政策，妄图毁灭历史文化，以延长其个人统治。把人民赶进黑暗的闸门，把学者挤到万丈的深渊，如此做法，其结果是毁灭一个民族的自尊心、自信心，是毁灭民族的创造力和战斗力。因为文化长期落后，锁国政策破灭，一旦接触外界进步文化，就不能抵御，就迷信崇拜，不能与之较量、战斗。雍、乾两朝大兴文字之狱，快一时之意，其实已使国家元气大伤，统治能力，也迅速走向下坡路，几代以后，即不能存其国家。然在当时，这两位皇帝还被誉为英明之主，这真是天知道了。

二

鲁迅先生在《买小学大全记》那篇文章中，称赞了过去故宫博物院出版的《清代文字狱档》。由于他的启发，我也买到了一部，共九册。六十年代初，我在北京参观了一次关于曹雪芹的展览，会上也陈列了这部书以表明当时文禁之严。但是，我仔细观察，它所陈列的，只是第九册，虽然也叠放了九本。因此想到，这部书已经不容易得到了，所以视为珍秘。在十年浩劫中，此书也被抄去，我当时想，这个书名，恐怕有些犯禁吧，是否要追问：你为什么买这种书？其实，这是我神经过敏，想得太多了，它终于没有丢失。

它这次回到家来，因为我也有了一番亲身经历，就不太重视它，过去大部都读过了。回想一下，其中虽也有几件大案，够得上"文字之狱"，但大多数却是小题大作。作文字的人，虽也充军杀头，妻子为奴，但那些文字，实在谈不上是什么著作。有的人，原来还是一番好意，想讨皇帝喜欢，得到一些名利的。他兴兴冲冲把文字呈上去以后，不知触犯了皇帝的哪条神经，龙心没有大悦，反而大怒。因此就把脑袋掉了，实在是"无意中得之"的。并且，也总是连累很多人，拖得长时间，案牍往返，天下不宁。如果当时这位作者，明达冷静一些，不财迷心窍，天下原可以平安无事的。

例如雍正初年的汪景祺《西征随笔》案，当时皇帝看得很重，此书抄获以后，御笔在书的首页批注：

悖谬犯乱，至于此极！惜见此之晚，留以待他日，弗使此种得漏网也。

汪景祺的结局是：

立斩枭示。其妻子发遣黑龙江，给与穷披甲之人为奴。期服之亲兄弟亲侄，俱著革职，发遣宁古塔。其五服以内之族人，见任及候选候补者，俱著查出，一一革职，令伊本籍地方官约束，不许出境。

《西征随笔》这本书，故宫博物院先在《掌故丛编》连载，页码独自起讫，以备读者将来折出自订成书。还附有许宝蘅写的一篇《前言》，不过是告诫后人："君子其亦知所鉴乎！"后来又出了单行本。我在旧书店得到一本，不知出自谁家，好像长期掷放在厨房里，烟熏火燎，灰尘藏于书内，我在修整时，为细尘所染，不适者数日，曾书于书皮志戒。

看过以后，是一本很无聊的小书。作者并非文人，只是一个破落子弟，性情狂放，行为卑劣，自己洋洋得意，形之文字，实际上有很多不通的地方。此人被皇帝定为大逆，是说他讥讪圣祖。实际上他只是道听途说，而且也谈不上是什么严重的讥讪。如果当时他只是写来自己看看，放在书包里，是不会出什么乱子的。糟糕的是他把这本书，送给了大将军年羹尧，是从年的家中查抄出来，其中有大拍年羹尧马屁的信、文章、诗词。

皇帝正要定年羹尧的罪，得到了这样一本书，就成为一个突破口，成了年羹尧"大逆五罪"的一条，叫做"见知不举"。

送给别人一本书，人家大概也没有看，促成了大案，死亡两家，对人对己，都可以说是大不方便吧！

年羹尧原是雍邸旧人，是清世宗的心腹、走狗。在雍正初年，皇帝忙于兄弟间的斗争，西南一带也不平稳，年羹尧的官职，急遽上升，一直到"抚远大将军、太保、一等公、川陕总督"。

在这一期间，红极一时的年羹尧，确如汪景祺所颂扬的：

"阁下以翼为明听之才,当心膂股肱之任,君臣遇合,一德一心。"《掌故丛编》后来改名为《文献丛编》,在第一辑,刊有《年羹尧奏折》一束,第一折为奏谢貂皮褂等物,折后附有雍正皇帝朱谕:

> 实尚未酬尔之心劳历忠四字也!我君臣分中,不必言此些小。朕不为出色的皇帝,不能酬赏尔之待朕;尔不为超群之大臣,不能答应朕之知遇。惟将互相……勉,在念做千古榜样人物也。

在这一束奏折里,主要是答谢皇帝的"宠颁"。其中有鹿尾、袍褂、茶叶、西洋规矩、东珠、珐琅双眼翎、鸟枪、平安丸、天王补心丹、自鸣表等贵重物品。可见君臣之间,不只推心置腹,雍正皇帝对年羹尧的关怀,真是无微不至了。

及至几个兄弟先后被迫害致死,西南一带也稳定下来,他对年羹尧的态度,就来了一个一百八十度的转弯。

据萧奭《永宪录》,最后是:议政大臣等,胪列年羹尧九十二大罪,请诛大逆,以正国法。

这九十二大罪,又分别归纳为:大逆之罪;欺罔之罪;僭越之罪;狂悖之罪;专擅之罪;贪黩之罪;侵蚀之罪;忌刻之罪。实际上有很多罪名,是强拉硬扯,随便上纲的。此案牵连的人很多,汪景祺并非知名人士,只是因为他这本书,才引起人们注意。

《文献丛编》还刊载了允禩允禟案。此案为清世宗剪除政治对手,颇为严重。允禩允禟,均系世宗兄弟。这一辑刊有牵连人犯穆景远（西洋人）、秦道然（礼科给事中）、何图（允䄉亲信）、张瞎子等人的口供单。

第二辑刊有雍正四年四月上谕："允䄉交与都统楚仲侍卫胡什里，驰驿从西安一路来京。"五月又命侍卫纳苏图至保定，传谕直抚李绂，令将允䄉留住保定。李绂接此任务后，先后奏折九件，皆关允䄉在保之事。

李绂身为封疆重臣，他接受的是一种非常严重、并非常不好掌握、不好处理的任务。如果不明皇帝内心本意，措置失当，或轻或重，均可招来杀身灭门之祸。好在李绂老奸巨猾，又深知雍正用心，没有大错，但也可从奏折中看出，他已经战战兢兢，神经紧张到几乎要失常之态。第一折奏报：

> 臣随飞檄密饬由陕至京沿途直隶州县各官，如遇允䄉入境，即差员役密送至保，仍先行报臣等因去后。现在于臣衙门前，预备小房三间。四面加砌墙垣，前门坚固。至允䄉至日，立即送入居住，前门加封。另设转桶，传进饮食。四面另有小房，派同知二员、守备二员，各带兵役，轮班密守。再允䄉系有大罪之人，一切饮食日用，俱照罪人之例，给与养赡。

纳苏图回到雍正那里，说李绂有"便宜行事"的意思，李绂声称：

> 至于便宜行事，臣并无此语。原谓饮食日用，待以罪人之例，俱出臣等执法，非由上意耳。非敢谓别有揣摩，臣复折内，亦并无此意也。

读者注意:"便宜行事"四字,关系甚大。所以李绂赶紧声明。允禵至保定后,李绂对他的四名家人,采取了一些"想当然"的措施,稍为严了一些,雍正在他的第四件奏折后批道:

此必是楚宗(仲?)的疯主意,李绂你乃大儒封疆重臣,岂可听彼乱为,不自立主见,此事大错了。

第五折,李绂奏报允禵晕死后苏,这已经到了关键时刻,雍正皇帝在折上作了很多批注:

今日仍是此旨,便宜行事,则朕假手于大臣,如何使得?

又恐李绂失于右倾,乃批:

正为此恐非过则不及也!

又批:

即此朕意尚未定,尔乃大臣,何必悬揣?

又批:

凡有形迹、有意之举,万万使不得。但严待听其自为,朕自有道理,至嘱至嘱!

奉到如此明确的谕旨后,李绂自然心领神会。谕旨的妙处在于:不留形迹,严待听其自为。不久,允禵就拉起痢来,不再进小屋,只是在门口躺卧。也不再到转桶那里去取饭食,很快就"病故"了。李绂上报,奉朱批:

> 好好殡殓,移于体统些房舍。

像李绂这样的大官,所用幕宾,都是高手。密议后所拟奏折,处处小心试探,自己留有余地,得到朱批根据后,再采取相应行动。所以如此敏感性的事件,他居然做得称旨,后来得到好处。据《永宪录》,那位都统楚仲,过了几年竟得罪咎。雍正说,叫他去"带领"允禵,他竟"用三条链锁拿允禵",并错传李绂要"便宜行事"。其实,楚仲何尝不也是一番用心,想得到皇帝欢心,但他究竟是一个粗人,做事留有痕迹。终于下场不佳。

以上这些出版物,所载虽系零碎档案材料,但究系确凿有据的历史。读中国历史,有时是令人心情沉重,很不愉快的。倒不如读圣贤的经书,虽都是一些空洞的话,有时却是开人心胸,引导向上的。古人有此经验,所以劝人读史读经,两相结合。这是很有道理的。

耕堂读书记(四)

买《王国维遗书》记

一

一九八三年十月二十四日,金梅同志代购《王国维遗书》一部,共十六册,价二十六元。此书系上海古籍书店据商务印书馆原印本影印。

我在中学读书时,曾买商务排印本《宋元戏曲考》一本,系读王氏著作之始。稍后买《人间词话》,朴社所印。这些书都已于战乱中遗失。

进城后,为弥补此缺,先买《王国维戏曲论文集》一册,包括王氏戏曲研究著作八种,只缺《曲录》,中国戏剧出版社,一九五七年出版。后在北京东安市场旧书摊,见线装《王忠悫公遗书》十数册,因不知全否,且虑价昂,未敢问津而止。一九五九年,中华书局影印《观堂集林》出版,购买一部,共四册,也是根据商务所印全集本,但删去诗词杂文二卷,另加别集中考证文字二卷,以为"王氏所作关于古代史料、古器物及文字学、音韵学等重要论文,大体已包括在内"。

今查所删诗词杂文二卷篇目,不只诗词,有关王氏生平身世,思想见解,颇为重要,且与所作研究,所成学术,有密切关系,可以互相参稽;即杂文中,有很多篇,就是有关以上几方面的重要文章。我以为中华本《观堂集林》所以要删除这些文字,是在当时的极"左"思潮影响下,见到其中有些涉及逊清"帝室"的文字,认为是封建糟粕,不得不删。其实,研究王国维的东西,避开这些是不应该的,是不可能的。

另外,中华本的《观堂集林》,还删去了罗振玉和蒋汝藻的两篇序文,理由恐与上述同。但一部大书,缺少了序,一开卷便是光秃秃的正文,读起来是不方便的,也会减少兴味的。蒋序没有什么学术价值,罗序还是可以一读的。此外,中华本有断句,但水平不高,我能读断的,断者亦断;我不能读断的,断者亦阙如。如此,实可不断也。

此后,在我大买旧书的期间,又买到一本线装的《观堂外集》。薄薄一册,首列所译斯坦因《流沙访古记》,主要记斯氏攫取敦煌石室宝物经过。次为"丙午以前诗"。再次为"人间词"。系罗福成辑印于天津者。

因为早已购置了以上的书,这次再买遗书之前,曾有踌躇。以为所缺者,当系考古研究方面的专门著作,对自己用处不大,但窥全之念又甚切,终于买了。

二

我的藏书中,有一本罗振玉撰写的《丁戊稿》。其中有关王国维的文章共有四篇:《王忠悫公遗书序》,《海宁王忠悫公传》,《王忠悫公别传》,《祭王忠悫公文》。

《序》为罗氏所刊王氏《遗书》的序言，中记王国维佚事二则，以证明"唯公有过人之识，故其为学亦理解洞明"者。

《传》记王国维幼年聪明，"读书通敏……年未冠文名噪于乡里"，"再应乡举不中，乃致力于古诗文"，中日战役后，汪康年创办《时务报》于上海，王国维为了生活，给他司书记。后罗振玉创东文学社，王往就读。后又由罗资助留学日本。因病归国，于南通师范学校主讲哲学、心理、伦理诸学科。成名后，在清学部总务司行走，历充图书馆编译，名词馆协修。辛亥革命，又东渡日本。在日本，初仍治东西洋学术，复从藤田博士治欧文及西洋哲学、文学、美术，尤喜韩图（王氏译音为汗德）、叔本华、尼采诸家之说。此时罗振玉认为尼采诸家学说，流弊滋多，劝他放弃所学，"反经信古"。王"闻而憬然自怼，以前所学未醇，取行箧《静安文集》百余册，咸摧烧之"。

我读到这里，有两种感想：一是罗振玉的复古思想，改变了王国维的学习进程。如果不是他这种倒退主张，王国维的学术道路，还可能向更新更进步的方向走去。应该说明，这时王国维是"携家相从"，在生活和别的方面，可能要仰仗罗振玉，所以他这样听从罗的话，并表现得这样坚决。二是，从这件事，我初步看出王国维的性格，有些病态，即所谓"狂易"，这对他后来的结束，是一脉相连的。

罗振玉接着叙述："公居海东，既尽弃所学，乃寝馈于往岁予所赠诸家书，予又尽出大云书库藏书三十万卷，古器物铭识拓本数千通，古彝器及他古器物千余品，恣公搜讨，复与海外学者移书论学。"

后来王国维归国，给退位而仍僭居皇宫的溥仪，"供奉南书房"。"食五品俸,赐紫禁城骑马,命检昭阳殿书籍"。后来"值宫门之变,公援主辱臣死之义,欲自沉神武门御河者再,皆不果及"。

这又说明,在王国维自沉颐和园昆明湖以前,他已经有过这种表现了。然罗文述王之死因,有"今年夏南势北渐,危且益甚"语。"今年",即一九二七年。则王之恐怖革命,促其自尽之说,亦为有因矣。

《别传》只有一个内容,就是介绍王国维的《论政学疏草》。这篇疏草表现了王国维对世界形势、中西政治文化及其效果的见解,看来非常重要。他认为"西人之说,大率过偏而失其中,执一而忘其余"。"与民休息之术,莫尚于黄老,而长治久安之道,莫备于周孔"。因而排斥新说,主张传统。但此疏是由罗振玉转述,意义恐还有些出入。

我想:这是给"皇帝"上言,王国维也得选择一些投合口味的话。又因为他的职务所在,他的立论,也必须设法维护皇家和自己的地位和利益。这些见解,不一定都是王国维当时心里的话,其中恐怕有很多矛盾,有很多他自己不能解脱的困难,这些都会加深他的痛苦,促进其死亡。

最有趣也最无味的,是最后一篇《祭王忠悫公文》。开头说:"海宁王忠悫公,既完大节,事闻,天子哀悼,群伦震动。其友罗振玉为位以哭,复至都门经纪其丧。"紧接着说,当年王国维如何"暗然无闻于当世",罗如何"知为伟器,为谋月廪"。以后王"蔚然成硕儒",两人一同"供奉南斋","十月之变",如何"约同死"。罗振玉说:他自己"自甲子以来,盖犯三死而未死"。每次都有不死之由。这次老友故去,本应也决心死去了,又念:"公死,恩遇之隆,振古未有。予若继公死,悠悠之口,或且谓予希恩泽。"就是说,怕别人议论他,也想得到王国维死后的好处,所以又不死了。王国维得到什么好处呢?不过是流亡皇帝的"予谥忠悫,派贝子致奠,给陀罗经被,并赏银二千元治丧"而已。这真是不值一顾的"末世之荣"了。

对于罗氏,所知甚少,其于古籍文物,似亦颇有搜罗传播之劳绩。然读此文后,深感此公之无聊,扭捏作态,自忘其丑,虚伪已极,恬不知耻矣。

三

其实像罗振玉这样的人,无论如何,是不会自杀身死的。当时围绕着退位皇帝,分得一些好处的所有遗老遗少,都不会为了皇帝蒙尘而死去。但像王国维这样的书呆子却自杀了。在闹剧一般的、重温旧梦的肮脏一群中,增加了一点悲剧性质,直到现在还为一些崇拜王氏学术的人们所萦念。所念者自非仅是王氏的学术,也是他的天才横死的不幸了。

王国维的学问,在当时一辈人中,可以称得鸿博浩瀚。在阅历方面,他曾到日本留学,也能以英文译书报。对于国内外重大政治动向,也不是不关心、不了解,并非很闭塞的人。在当时,尤其是张勋复辟失败之后,就是一些粗野的军阀,无知的政客,都知道在中国再实现帝制为不可能。像王国维这样的知识分子,能以自己的生命,去殉烟消火灭的"清室"?王国维的死因很复杂,有时代环境的因素,但主要是他个人悲剧性的因素,即心理与病理的因素。

他的处境,充满矛盾。他的声名,毁誉交加。中国理学性命之说,西洋哲学唯心之论,深刻地、矛盾交织地影响着他的人生观，使他产生了厌世思想，以死求得解脱的病态心理。

如果罗振玉所记述的都属实，那么罗振玉对王国维的识拔、资助、教诲，使他成为一个名副其实的"国学家"。但在政治上，却把他推到了一个死角，带到了一个绝境。平心而论，不能把过错，都推到罗氏的身上，王国维也有自己选择的余地，所以只能说是王氏个人的悲剧。

学识，学识。然有学者未必有识，有识者未必有学。这样的例子，是很多的。钻进一个小天地，研究一种学科，名声很大，自己就以为既有过人之学，就有过人之识，这是会害了自己的。说王国维很有学问，斯可矣，但如罗振玉所言："唯公有过人之识，故其为学，亦理解洞明。世人徒惊公之学，而不知公之达识，固未足以知公。即重公节行，而不知公乃智仁兼尽，亦知公未尽也。"这就不是我所能相信的了。

人无学，仍可以操斧而作，荷耒而耕，阳光雨露，得其自然。有学而无识，则易矛盾百出，进退失据，心身交瘁。即如孔融与曹操论盛孝章书中所说的："若使忧能伤人，此子不得永年矣！"王国维的悲剧，就在于他学问过深，识见太浅了。

王氏在学术成就上的特点，是深邃精密。其得力之处，从他个人来说，为旧学根柢很深，所见古代器物甚广；从他所处的时代说，则外来的一些科学知识，治学方法，也促进了他的成就；至于他在文艺评论方面的许多新的创见，除去外来影响，因为他本身是一位诗词作者，所以能说出一些他人不能道出的新鲜道理来。

遗书洋洋大观，但为求全求大而辑入者亦不少，此乃历来编辑遗书的通病。我有兴趣也能读得懂的，不过还是早已购买的那些文艺方面的著作。过去想读而没有，存于遗书之中的是

《静安文集》和《续集》。他的散文，明达而畅晓，不尚文采，而取准确翔实。这些作品，虽只占遗书的一小部分，但能读到，就算没有白买这部大著作了。

四

罗振玉在传中所记王氏之生平学历，与王氏所作《自叙》，无大出入。因知罗氏虽于文中掺杂一些自己对王的恩惠知遇，实系多年老友，知之甚深，所记材料，究比他人言者，为可信也。

王氏弃新学，专注旧学以后，认为"中国新发见之学问"有五项：（一）殷墟甲骨文字；（二）敦煌塞上及西域各地之简牍；（三）敦煌千佛洞之六朝唐人所书卷轴；（四）内阁大库之书籍档案；（五）中国境内之古外族遗文。其中除内阁大库文书，鲁迅曾著文证明并无多少希奇之物；古外族遗文，王氏知识不敷，两项并未做出多少成绩外，其他三方面，他都做出了出色的研究。过去，我曾慕名，用一百元高价，买了一部《流沙坠简》，序文、考释部分，系王氏手笔。我虽外行，也能看出王氏考证之严密，参稽之精确，叹为治学之道，无以复加，学问之通博充实，后难有继。

王氏对古代地理历史，特别是古代西北边陲的地理历史的研究，收获甚丰，为人推重，实际也受益于西洋历史科学。但他在后期，对西洋的自然科学，持菲薄态度。他说："夫科学之所能驭者，空间也，时间也，物质也。人类与动植物之躯体也。然其结构愈复杂，则科学之律令，愈不确实。至于人心之灵，及人类所构成之社会国家，则有民族之特性，数千年之历史，与其周围之一切环境，万不能以科学之法治之。"对西方的历史科学,承认其进步,但贬低其效果。他说,"至西洋近百年中,自然科学与历史科学之进步,诚为深邃精密,然不过少数学问家,用以研究物理,考证事实,琢磨心思,消遣岁月斯可矣……亦犹富人之华服,大家之古玩,可以饰观瞻,而不足以养口体。是以欧战以后,彼土有识之士,乃转而崇拜东方之学术"。(以上引文均见《论政学疏草》)

王国维把自己用苦功研究的东西,看成是无补实际,脱离人民的东西,说明他不只对生活现实失去信心;对他致力的学术也失去信心了。而西人崇拜东方之论,也不过是当时守旧派的陈词滥调。"因为外国人也喜欢这个,所以我们就死抱住这个。"好像不是为了中国人而研究学术,反是为了外国人而研究学术了。

事实是,当清末民初,我国处在弱肉强食的悲惨时代,无论日本、英、美、法各国,都在一方面用军事力量侵略我们,又一方面掠夺、搜求、研究、赞美我们的"东方文化"。当时有识之士,洞察了帝国主义的阴谋,反其道而行之:吸收外国进步的、于我有用的东西,批判自己固有的、腐朽落后的东西,因而逐步摆脱了我们民族的困难处境。帝国主义的学者们,乃与当时的清朝遗老们一唱一和,这也是有其历史的必然性的。

五

王有一篇《文学小言》,凡十七条,说明其文学见解。他以为:文学起源于剩余精力,与儿童之游戏同。因此,文学无功利,文学无名利。景与情为文学二元素,文学作品为主客观之交代。他认为天才难产,天才多痛苦。"天才者,天之所靳，人之不幸也"。天才又须人格高尚，"济之以学问，帅之以德性"，才能产生真正的大文学家。文学家必须"感自己之感，言自己之言"，"感情真者，观物亦真"。

这些主张，有些来源于西洋唯心主义的文艺理论，有些是归纳出来的文学规律，有些则带有主观片面性。例如第十七条，王氏反对"以文学为职业"。以为"职业的文学家，以文学得生活；而专门之文学家，为文学而生活"。认为"以文学为职业，餔啜的文学也"。这真是本末倒置，闭着眼睛说话了。不先得生活，何以有文学？只是"为文学而生活"，生活得下去吗？人不餔啜，何以生存？莫非王氏主张文学只能是业余的吗？然其他职业，也都是为了餔啜。王氏写这篇文章时，职业作家尚少，不然会群起而攻之了。

王氏这些主张，亦运用在他的《人间词话》一书中，因脍炙人口，不论。他这些观点，来源于他当时正在热衷的叔本华、尼采等人的唯心哲学。以为哲学、文学，都可以脱离社会、政治，而独立存在。是"不能以利禄劝"的，甚至可以与社会兴味"相刺谬"。这些主张，与王国维所处的现实生活，发生很大矛盾，造成他的很大痛苦。愈感到痛苦，他愈信奉这种学说，把叔本华等视若神明。王氏在很多文字中，谈到人生必然带来的种种痛苦，主张文学是解脱痛苦的一种方法，因而把文学的作用，降低到"消遣"两个字上。

这些见解，在当时的中国，不失为新鲜之物。加上王氏的文学知识，创作体会，相互生发，又运用到文艺评论上，他这些观点，很为人们乐于称道。

"五四"新文化运动以后，知识界渐渐对这些理论淡漠了。国内外现实主义的文学创作的大量涌现，辩证唯物主义的哲学思想的冲击,人们对他这种理论,就疑信参半了。

历来的唯心主义文学家,都强调文学家的主观的、意志的力量,都梦想把文学凌驾于国家、社会、政治、法律之上,成为凌空天上的东西。结果只能造成文学和作家本身的悲剧。道理是很简单的:作家既不能脱离社会而存在,作品也只能在社会中生存。作家厌恶世俗,而作品必须从世俗中产生。世界上可能有人间天上的作品,但不会有人间天上的作家。

王国维理论上的这些主张,在他本身的创作实践中,就不能兑现。他当时的社会处境,使他不得不歌挽"太后",不得不颂扬"相国",不得不代别人捉刀,不得不为衣食屈膝。社会、政治,都要在他的作品中得到反映,打下历史的印记。

六

王国维在青年时期,接触了西洋哲学、文艺这一新天地,他表现了极大的学习热情。他研究哲学、美学、伦理学、遗传学。他发表对大学教育课程的意见,强调哲学、美学的重要。他一度醉心西洋的戏剧和史诗,认为中国不能与之伦比,并想有所尝试。这些文章,都有文采锋芒,充满热情和希冀。但因为生活道路的曲折变化,他后来竟把这些文章看成"不醇",付之一炬。现在的《静安文集》及其续集,乃是其门人后来收集起来的。这使我们想起鲁迅记述章太炎对待早年作品的态度。这种心理,后人是很难理解的。清末民初,一些知识分子,最初对西洋文化,如饥如渴,如醉如狂,但过了不久,原来解放了思想的人,又退回到家门以内去了。又去抱残守缺,研究"国学"。有的虽成绩很大,但他们的名字,渐渐为青年人所遗忘。他们青年时期的奋发自强,热烈的追求和探索,也被他们自己抹杀了。写到这里,不禁叹息!历史前进的途径,有曲折反复,因而使人之思想行为,有曲折反复乎?抑或人的思想行为的反复,乃使历史的前行,迂回缓慢乎?驽钝如余,不得而知矣!

买《魏书》、《北齐书》记

一

一九八〇年五月七日,沈金梅同志,从北京代购中华书局标点本《魏书》一部,计八册;《北齐书》一部,计二册。我的二十四史为"百衲本",但非商务印书馆影印的百衲本,而是晚清以来,各书局各种版本的杂烩。善本甚少,阅读、贮存均不便。所缺数种,拟以标点本充之。今见此书,卷帙亦甚繁重,且有污损。今日修整,甚感劳顿。年已老,日后仍以少买书为佳也。

国家组织人力,整理标点二十四史及《资治通鉴》等书,传播文化,嘉惠后学,可以说是一种千古盛事。经过整理的《二十四史》,从方便阅读方面说,比以前各书局所出的石印本、铅印本要好得多。

但每部书前面的出版说明,却写得很是八股,盛气凌人。单纯以阶级斗争为纲,评价一部古书,不只有诬古人,也违反历史唯物、辩证唯物之义。标点本《魏书》,出版于一九七四年,出版说明,加入了批判"兴灭国,继绝世,举逸民"的内容。引用"语录",也未免牵强附会。既然重印,批判一通之后,又不得不承认其多种价值,立论也就自相矛盾。当然,这种写法,自有其时代历史背景,作者的局限性,也可能为后世读者所谅解吧。

二

《魏书》号称"秽史",初不知其秽在何处。是内容芜杂呢?还是所记多猥亵之事?读了一些篇章,发见《魏书》文字典雅,记事明断,虽不能说是史书中的上乘,但也很够一代文献资格,实在谈不上一个"秽"字。

《魏书》为魏收所总纂,他的传记,载在《北齐书》。

魏收,字伯起,巨鹿人。他生于宦家,十五岁学习作文。读书很用功,"夏月,坐板床,随树荫讽诵,积年,板床为之锐减"。他文思敏捷,"下笔便就,不立稿草"。但为人轻佻,绰号"惊蛱蝶"。奉使梁朝,竟然买吴婢入馆,遍行奸秽。因此,人称其才,而卑其行。

修魏史时,所引史官,都是依附他的人。有的并非史才,有的"全不堪编辑"。参加修史的人,自行方便,"祖宗姻戚,多被书录,饰以美言"。魏收是总编辑,并吹出大话:"何物小子,敢共魏收作色?举之则使上天,按之当使入地。"这就太不像话了。

当时言论,都说魏收著史不公平,皇帝"诏收于尚书省与诸家子孙共加论讨"。这场辩论,皇帝亲临,空气非常紧张。虽然表面上,魏收占了上风,告状的人,被定为"谤史","鞭配甲坊,或因以致死"。魏收也受到皇帝的责难,战栗不止。《魏书》也奉命"且勿施行,令群官博议"。于是"众口喧然,号为'秽史'"。

后来,魏收又奉诏,对史书更加研审,颇有改正。但"既缘史笔，多憾于人，齐亡之岁，收冢被发，弃其骨于外"，这种结果，在历代史官中，恐怕是最不幸的了。

三

其实，魏收虽然监修《魏书》，大的关节，他是做不了主张，要看皇帝的意图的。但在一些不显著、不甚重要的地方，他还是可以施展才华，上下其手，或加美言，或加恶语的。这些地方，皇帝不一定留意去看，但所记的那些人，或那些人的子孙，是一定要看的，特别关心的。另外，给谁立传，或是不给谁立传；给谁立正传，或是给谁立附传；谁的文字长，谁的文字短，这都是是非所在，恩怨所系，编撰者和监修者，应当慎重从事，公平对待的。而像魏收这样的人，却是意气用事，很难趋于公平的。虽然史书要求秉笔直书，但因政治的要求，史官的爱恶，即使是良史，恐也难于达到真正的直。求其大体存实而已。特别是像《魏书》这部著作，修书与时代相近，魏、齐两朝相连，一些当事人的后代，都在朝中做官，就更注意其中的褒贬，因为这不只是祖先的名誉问题，也是现实的政治问题了。

魏收自视甚高，性又褊急，他的著述生涯，他的官运，也不是那么顺利的。他受过箠楚，皇帝在宴会时，还让大臣们当面开他的玩笑，揭他的短处。有时皇帝高兴了，也当面夸奖他几句。说他有文才，说他比那些武将还有用处。甚至说："我后世身名在卿手，勿谓我不知。"我们知道，魏、齐的那些皇帝，都是什么人物。在这种环境下，魏收能把这部著作，终于完成，也可以说是够坚韧的了。他所处的境地，皇帝给他的待遇，也不外是司马迁所叹息的"倡优畜之"而已。

这部《魏书》,虽被有恶名,然终不能废,也没有别人的著作,能把它代替。列于诸史之林,堂而皇之,不稍逊色。这是因为时过境迁,朝代更替,利害的关系,感情的作用,越来越淡漠了。谁好谁坏,都已经成为历史,甚至古代史,与读者任何人,都没有关联了。时间越久,史事无证,越没有别的书能代替它,它就越被读者重视,因为它究竟还是当时的人撰述的最可靠的材料。古书的神秘神圣之处,也就在这里。

四

魏收是很有文才的,他当时所作文、檄、诏、诰,为皇家起过很大的作用。齐文襄曾称赞他:"在朝今有魏收,便是国之光彩,雅俗文墨,通达纵横。我亦使子才、子升时有所作,至于词气,并不及之。"

温子升、邢邵,是魏收同时代的文士。他们各有朋党,互相拆台:

> 收每议陋邢邵文。邵又云:"江南任昉,文体本疏,魏收非直模拟,亦大偷窃。"魏收乃曰:"伊常于沈约集中作贼,何意道我偷任昉。"任、沈俱有重名,邢、魏各有所好。武平中,黄门郎颜之推以二公意问仆射祖珽,珽答曰:"见邢、魏之臧否,即是任、沈之优劣。"收以温子升全不作赋,邢虽有一两首,又非所长,常云:"会须作赋,始成大才士。唯以表章碑志自许,此外更同儿戏。"

祖珽话的意思是:看一个作家的高下,先要看他的师承。

魏收的话，如果拿今天的情况来解释，就是：只能写些短小文章的人，算不得大作家，必须有几部长篇，才能压众。文人相轻，自古而然。如果生于同时，在一处工作，则相轻尤甚。因为这涉及是否被天子重用，官品职位。想起来，这也很可悲，心理状态，几同于婢妾之流。

《北齐书》魏收传中，只保存了他的一篇赋，题为《枕中篇》。这篇文章，以管子的话"任之重者莫如身，途之畏者莫如口，期之远者莫如年。以重任行畏途，至远期，惟君子为能及矣"作为引子，说明"知几虑微，斯亡则稀。既察且慎，福禄攸归"的道理。文章虽然有些啰嗦，但文词很漂亮。证明他的文才，是名不虚传的。但这篇赋，不常见于文学选本，可能是因为作者的名声不大好的缘故。传中说他硕学大才，但不能达命体道，"见当途贵游，每以颜色相悦"。这与他这篇文字所表达的思想，是很矛盾的。但又说他："然提奖后辈，以名行为先，浮华轻险之徒，虽有才能，弗重也。"这就证明魏收这个人，性格言行，都是很复杂，很不一致的了。

五

文人处世，有个人的特征，有时代的样式。历代生活环境不同，政治情况各异，他们的作品，他们的作风，他们对生活的态度，他们理想的发生，都不会一样，都有时代的烙印。先秦两汉，盛唐北宋，号称太平盛世，文士众多，文章丰富。而南北朝、五代、南宋、明末之时，文人的生活处境及政治处境，就特别困扰艰辛。反映在他们处世态度和作品之中的，就很难为太平盛世的人民所理解。南北朝时期，是个动乱的时期，北朝文人很少，他们的生活，尤其动荡不安，流传下来的作品不多，但都深刻地反映了这种动乱。

我们今天谈论魏收，也不过就一篇简短的传记，零散的材料，勉作知人论世的试探，究竟有多少科学性，就很难说了。检藏书，李慈铭《越缦堂日记》，王鸣盛《十七史商榷》，赵翼《二十二史考异》，对魏收的《魏书》，均有评述。李氏认为像北齐的帝王，还知道重视文人的工作，重视历史的修撰，足见文章为经国之大业，即武夫出身者，亦不能漠然视之。这种感慨，是李氏的夫子自道，宦情的急迫表现。王氏所述，议论平和，他以为《魏书》之所以受人攻难，是因为后来几次有人想重修这部史书，既然想重修，就要宣扬原作的种种缺失。他并且说，魏收的著作，列之正史，并无愧色，可谓先得我心矣。赵氏在列举《魏史》的不公之处以后，又列举该书中的惊人直笔，这足见抹杀这部著作，把它笼统地称为"秽史"，是不应该的了。这部书，受这样不公正的待遇，不是著作本身的原因，而是当时及稍后的政治的原因。

魏收在《枕中篇》中说：

> 闻诸君子，雅道之士，游遨经术，厌饫文史。笔有奇峰，谈有胜理。孝悌之至，神明通矣。审道而行，量路而止。自我及物，先人后己。情无系于荣悴，心靡滞于愠喜。不养望于丘壑，不待价于城市。言行相顾，慎终犹始。

这些文字，可以说是闻道之言矣。然而魏收终于没有做到，或者说，他没有能完全做到。他的言行是不一的，他的希求是没有止境的。他的一些行为，是有违先哲的教导的。但究其原因,并非像标点本的前言,说得那样简单。有些事,是他应该做到的,这要由他负责任。有些事是当时政治不允许的,他不能去做;有些事是环境影响他,他顺应地去做了。然收究非完人,在文士中,也非敦立名节的人物,受到的一些责罚坎坷,可以说咎由自取。因此摘记其言行之显著者,使知其是非矛盾之处,以为借鉴焉。

买《饮冰室文集》记

一

我在保定求学时,最初见到的《饮冰室文集》,是精装两厚册,摆在书架上,就像两部大词典。我从来没有想购置这一部书,也没有想去读它。那时梁启超已经是过时的人物。历史上有些人物,不管他当时多么名声赫赫,叱咤风云,他的著作,能使洛阳纸贵,家喻户晓,字字句句,被人称作至理名言。一旦被认为过时,就会很轻易地被人遗忘,他的著作,也就会很随便地弃置在风尘之中。

梁启超在清末民初之际,可以称得起举足轻重的政治人物。戊戌政变,康梁并称,袁氏帝制,为了不让他发表一篇《异哉所谓国体问题者》,馈送他十万元巨款,另附其他贵重礼物,他没有收。他的文章,也可以说是一字千金的了。但不到三十年,我上中学时,就只在课堂读过他一篇《小说与群治之关系》,此外,对于这位一代文豪,就非常漠然了。

那时,已是"五四"运动之后,思想界,已经有了新的潮流,新的代表人物,来吸引青年一代。

二

一九六五年春季,我终于购买了这部文集。这并不是我急于要读它,是我那时有些闲钱,想当藏书家。清人的文集,已购置多种,在章太炎之后,我就想到了梁启超。但买来的《饮冰室文集》,是中华书局的仿宋线装本,八十册,共十函。这样大部头的文集,在梁氏以前,没有见过。惮其浩瀚,一直没有动。经历浩劫,幸未损失,现在才有时间和心情,把它从头到尾翻阅了一遍。说是翻阅,就是未经细读,摘要看看的意思。

此本,民国十五年九月印行,标为"乙丑重编"。梁氏五十三岁以前文字,除专著外,都包括在内。

卷首有梁启超原序一篇,大意说:

有人想编他的文集,他说不好不好。他写文章,没有藏之名山,传之后世的意思。他写文章,是"应于时势,发其胸中所欲言"。可是,时势变化很快,"转瞬之间,悉为刍狗"。所以他写文章,只能披之报章,供一时的参考,起一时的作用,过后就拿它盖酱瓶好了。他说:"吾数年来之思想,已不知变化流转几许次。每数月前之文,越数月后读之,已自觉期期以为不可,况乃丙申丁酉间之作,至今偶一检视,辄欲作呕,否亦汗流浃背矣。"但当编辑告他:"虽然,先生之文,公于世者,抑已大半矣。纵自以为不可,而此物之存在人间者,亦既不可得削,不可得洒,而其言亦皆适于彼时势之言也。"他也就答应了。

三

关于编辑文集,人们想法不一样,主张也不一样。梁启超的态度,我以为是诚恳的,实事求是的,合乎事理人情的。当然，文章选择，越严格越好，不只编者应该如此，作者本人更应该如此。胡子眉毛一把抓，不分糠秕粒实，一齐编进去，究竟不是好办法。即使现在印刷条件方便，贪多求大，对读者，对作者，都是不负责任的做法。古人的文集，流传至今，为什么都那样小，那样单薄？除去当时抄写印刻都不容易，主要是编选上的严肃认真。古人编订文集，都是先请信得过的师友，代为裁定。就是这样，经过历史长河的淘汰，还要有不少作品"散佚"，就是说，不大为后人欢迎，慢慢失传了。如果当时就拆烂污，其后果就更不堪设想。

以上是就严肃认真一方面说，但还有实事求是一方面。无论谁写的文章，都不会认为一定就是传世之作。另外，文章的作用，如不能于当时当地有利，更何望于千百年后有用？所以古往今来，应时之作，总是有的，而且数量是很大的。如果作者都悔其少作，一概摒而不录，不只抹杀了文章的当时功能，后世读者，又从何处考见当时的社会风貌、当时的文坛风貌？目前有些作者，为保持一贯正确之虚荣，清理前此所作之讦词，弄了半辈子文墨，只剩下薄薄一本书，这是不必要的，也是得不偿失的。所以说，梁启超后面表示的态度是好的，是合乎道理的。

人非圣贤，哪能一贯正确？写文章，也常有一时一地的情况，为公为私的目的，个人的私心杂念等等。如果出之坦率真诚，所有这些，并不一定影响文章的传世。相反，文章最怕虚伪掩饰，这种用心，才真正是文章传世的大敌大患。梁启超的文章，对于当时当地，是充满热情的，是全力以赴的。他的文章，行文流利，善于辩论，吸收外来的东西，迅速而虚怀，为国家国民设想，有由衷的热忱。虽都是过时的文字，有心人今天读之，还是会有所体会，并有所收益的。

四

全书共分五集：第一集戊戌以前作；第二集旅居日本时作；第三集归国后至欧战前作；第四集欧战和议以后迄民国十三年冬作；第五曰附集。

其中二集分量最大，文章最多，盖旅居国外，精力得集中使用。

梁氏著作宏富，除文集所收，尚有单行专著，如《清代学术概论》、《墨子学案》、《中国历史研究》等，及未完成稿，共十八种。

他的研究方面，很是广泛，要之都是当时国家所需，国民所需，他认为亟需做的学问。其中包括：中国古代哲学、政治思想研究；外国哲学、经济、法制思想介绍；中国历史重要人物的传记；西洋思想家、政治家、爱国志士的传记；中国佛教的研究；各国政体国情的介绍；弱小民族亡国的惨史等等。

他主张开放，通商互利，提倡大量翻译外国书籍。他先后向国人介绍了斯宾诺莎、卢梭、达尔文、孟德斯鸠、边沁、亚里士多德、康德等人的身世、学术和思想。

当时有些守旧派，害怕外国文化思潮会冲垮了中国的固有文化。梁启超说，这是不用担心的，如果我们固有的东西，基础深厚，介绍进来的西洋文化，只会增加它的活气，激扬它的发展，绝不会动摇它。他热情地赞扬了严复的翻译工作，认为他国学基础深，所以外文也翻得好，并劝告所有的留学生向他学习。

五

他写的文章，发表在他主编的报纸上，都带有"政论"性质。他的犀利的文笔和善于辩难的文风，长期影响了以后中国报纸的社论和政论。但后人写的政论，说理明辩者有之，能像他那样富于感情的，就很少见了。他对国家民族充满了热情和希望，与当时一些悲观论者，吓倒在列强的坚兵利器之下相反，他认为中华民族有光荣的历史，是不断进化的，中国不是老大，而是少年。他为"少年中国学会"作序，用形象的笔法，把老年和少年作了对比的描述，真是神来之笔，使人读起来拍案叫绝。他参加讨论了人生观、生死观，他都是抱乐观、积极、科学的态度。他是一位伟大的热烈的启蒙者，主张教育是政治维新之本，他也屡次指出由于种种原因，造成的国民弱点，想尽一切办法措施，使之提高向上。

他的文章的最大特点，是感情丰富，不论长短文字，不管什么体裁，他一下笔就满带感情。他写作起来废寝忘食，能一连工作三十六小时。他在叙述弱小民族亡国惨状时，如同切肤身受，一往情深。使异域之人，百年之后读之，还声泪俱下。这种有感情的文章，是不会过时的。

然而，他并不是一个文学家，只能说是一个文章家、政论家或政治活动家。他认为只会吟风弄月的诗人，没有什么实际效用，讽之为"鹦鹉学士"，自身弃之不为。他提倡颜李学派，主张学以致用，重视行动和任事精神。

六

这一天才，也只是时代的产物，命定要随时代而消亡。他的中心政治思想是君主立宪，民权革命。当这一思想在广大人民头脑中沸腾之时，他能乘其兴会，翱翔天际，为人景仰。然而政治潮流，是不断前进的，辛亥革命，他已经有些落寞，当社会主义兴起,冲击中国思想界的时候,他的文章就黯然失色,再也没有过去的活力。对于政治思想上的一些辩论,他显得只有招架之功,没有还手之力。理屈词穷,悄然息影。

时势推移,年月无情。展读其书而念其人,于我心虽不无戚戚,然忆及海禁初开,国家危亡之际,仁人志士,爱国心切,忘我无私,声嘶力竭,又不胜其感激追慕之情也。

买《崔东壁遗书》记

一

崔述,号东壁,河北大名人,晚清以来,人称"大名崔氏"者也。

《遗书》共两函,二十册,古书流通处影印本,"文化大革命"以前购,未遗失。

遗书的内容,主要是《考信录》。崔氏为人所重,也是因为这方面的著作。目录为:

《考信录提要》。包括释例和总目。

《补上古考信录》。考证开辟之初,三皇五帝之史实。

《唐虞考信录》。考证尧舜之事。

《夏考信录》。考证禹及其后人之事。

《商考信录》。考证成汤前后事。

《丰镐考信录》。考证周事。

《洙泗考信录》。考证孔子及其弟子事。

《孟子事实》。考证孟子事。

其学说宗旨为:"居今日,而欲考唐虞三代之事,是非必折衷于孔孟,而真伪必取信于诗书。然后圣人之真可见,而圣人之道可明也。"他以为圣人之道，从尧舜孔孟这条线传下来。唐朝的韩愈，宋朝的朱子，也都是卫道之士。他认为战国以后，有很多伪书，如《古文尚书》、《竹书纪年》、《孔子家语》等。经书传注里面，窜入了不少杨墨老庄的论点，甚至还有纵横家、小说家以及经纬家的论点。所以他说："古之异端在儒之外，后世之异端则在儒之内。在外者距之排之而已，在内者非疏而剔之不可。"他治学的方法是："不以传注杂于经，不以诸子百家杂于经传。"他鄙薄孔颖达等人对古籍的注疏。

二

崔述生于乾隆五年，卒于嘉庆二十一年，寿七十七。他的书，陆续由他的门人陈履和刊印，至道光六年全书才告成。

这部书在出版的当时，好像并没有引起多少人的注意。到清朝末年，梁启超推崇了他，说他"善于怀疑"。这是和时代的学风有关的。最近看到上海古籍书店重印此书的广告，前面附有顾颉刚的文章，我还没有看到。崔述的学说，一定是会受到"古史辨"这一学派的热烈欢迎的。

我经书底子差，很多原文还读不懂，对于崔氏的著述，自然不敢置一词。对于他的考信录，也就没有多大兴趣。但在浏览过程中，也想到一些求学、著述、环境、友朋的问题。现在粗略记述一下，也是贤者识其大者，不贤识其小者的意思。

三

崔述不生在通都大邑。家庭也不是什么名门贵胄，他生活在大名这个偏僻的地方，家庭也还算是书香门第。他的父母对他督教很严,他读书很早,心也很细,用功很勤。不管怎样说,他当时读书,还是为了科第。但中了举人以后,就屡试不售。后来选在福建罗源县,当了几年县官。官不好做,不愿意干了,在北京捐了一个主事的空衔,回到家乡,专心著书。古人说:"学而优则仕。"在旧社会,没有一个读书人,当初不是想做官的。做官名声多好听:"为圣天子牧养百姓"!又有实利可图。在旧社会,也没有一个人,在读书之前,就抱定志向,著书立说。一般的规律是:读了书做不成官,又因为读了书,别的营生干不了,不得已才去著书。也有的是,虽然做了官,但是不得意;或者是得过意,后来又失意,才去著书。这种规律,司马迁已经慨乎言之了,他本身就是很好的例证。

在官场失意以后,万念俱寂,反倒可以专心致志地从事写作。崔述当然也不例外。

著书立说,需要一些条件,首先是本身的条件,需要有才、学、识。只读过五经四书,只经过科场考试,只会写八股文章,当然还谈不上著述。读书比较广泛,自己没有特殊的见解,也难于著书。有了些见解,不愿下苦功,不愿做笔记,不愿深思熟虑,也难于著书。还要有些才,文笔能表达自己的所获。

幸亏崔述都具备了这些条件。但著书立说也很麻烦。虽然有人把著书比作一本万利的买卖,但那是成名以后才能发生的事。著书立说,非比卖豆菜,只买些绿豆,准备一只瓦罐,三天以后,就可生利。有那么一段时间,当我感到家庭生活极端困难时,我就曾经想过,卖掉我的钢笔,叫老伴去卖豆菜。当时我那支钢笔,确实还不如卖豆菜能养家口。后因时来运转,我才没有这样去干。

这是说明,著书立说,实在不是容易的事。崔述在辞官不做时,还要花钱捐一个主事。这钱不是白花的,这是一种投资。有举人衔,当过几年县官,又是现任的某部主事,他的社会地位就提高很多,社会地位提高,就带来很多好处:交游文士,谒见权贵,吓唬无知。

还有,著书立说,第一要买纸笔,派头大些的,还要雇人抄写。抄写出来了,真想藏之名山的并不多,多的是急于发表,和读者见面。那时又没有这么多的报纸杂志,只有刻印。刻印这件事,可不简单,成本很大,旷日持久,弄不好就赔本,那时又没有公家津贴。

一般的人,刻不起书,崔述也是这样。他带着稿子到了北京,在旅舍遇到了一位从江西来的举人叫陈履和,一看他的文稿,立即拜他为师,并承担为他刊刻书稿的任务。先在南昌刻了一部分,后又在山西太谷刻了一部分,及至作者亡故,陈履和受全书于棺前,在浙江东阳汇刻出齐。这就是陈履和在序中说的:"以尽吾二十五年事师之职,以慰吾师四十余年著书之心,余愿足矣。"

这是难得的师生之谊,令人羡慕。但这种文字情谊,就是在旧社会,也是不多见的。时至今日,且不去谈论它吧。因为"师道"固然不行,"生道"也很难说了。

遗书刻成,还要请名人作序,这件事也落到了陈履和的身上。他请了一位赐进士及第、光禄大夫、经筵讲官、实录馆总裁、武英殿总裁、上书房行走、礼部尚书、兼署户部尚书、教习庶吉士、加六级随带加二级、纪录四次、山阳王廷珍作序。这在当时,确是难能可贵的了。因为所列的官衔,比欧阳修在《陇冈阡表》一文后面所列的,还要长一些,煊赫一些。

然而，即使有名人作序，书也不一定就能流传。崔述在生前，就感觉到这一点了。他有一篇《书考信录后》，大意说：他中了秀才举人，"同郡人事誉之"，"数百里之内，人莫不交口艳称之。""而会试数不第，自是称之者渐少"。"四十以后为考信录，自二三君子外，非维不复称之，抑且莫肯观之"。"当余生前已如是，况于身后，又安望其美斯爱而爱斯传？然则余之为此，不亦徒劳矣乎"。

可见，同郡人羡慕的是做官，是荣华富贵，至于什么学术，什么著作，并不重视。现在有了稿费，著作直接与经济联系起来，那就是另外一回事了。

依我看，他这部著作，如果不是遇到清朝末年，学术思想大变，读书人从八股取士中解放出来，它究竟沉埋到哪年哪月，就很难说了。

四

崔述是儒家正统派，他把"道"和圣人联系起来，把"道统"看成一条线。把"真理"绝对化，纯净化，像在真空管里生成。我对这一点，是有些怀疑的。真理只能是相对的，是不断发展的，在发展过程中，它要吸收别的东西，或者说，是和别的东西互相渗透。就像河流一样，随其所至，它要滋润一些东西，也必然为别的东西所渗入。"道"是这样发展的，文化也是这样发展的。不会有一成不变的道，也不会有一成不变的文化。

崔述是从历史的角度，这样主张的。但历史的发展，也是很复杂的，综合万物，变幻万端的。圣人是圣之时者，他的道，在往下传的时候，必然要受不同时代思想的影响和充实，引起本身的变化。我们的古老文化，我们的古代历史，如果只有儒家，没有杨墨，没有老庄，没有纵横家，小说家，没有神话传说，那将是多么单调啊！

书前他那篇《自叙》写得很好，我也读得懂，有兴趣。这篇文字，有真情，有实况，有很好的见解。他在讲述他对一些古书、一些人物的看法时，常常引用当前的事例作证，有时是故事，有时是笑话，有时是谚语，使得这样深奥的学术文章，充满生机和活气。

遗书中有他的一本文集，是他的杂文。他的杂文写得并不很精彩，大概是幼年写"时文"写惯了，带有八股文的死板气息。就像现在有些人，前些年写大字报、大批判稿、应景诗文写惯了，现在想认真搞些创作，总是转不过来，带有新八股的虚假味道一样。

他是历史考证家，不是作家。

耕堂读书记（五）

读《伊川先生年谱》记

我读书不求甚解，又好想当然，以己意度古人文词，所以常常弄错。查词书的习惯也差。初中时，老师叫买《词源》，我花了七块白洋买了一部丙种的，使用得不多，保存得很好。可惜在抗日战争期间，被汉奸抢走了。进城后又买了一部旧的，"文化大革命"期间，又被造反派偷去了。

比如"程门立雪"这个典故，本来一查就可明了的，可是我一直没去查考。因此，这个词儿，长期在我的脑子里形成的印象是：有两个弟子，去拜访程颐，程的架子很大，正在闭门高卧，两个弟子站在门外，天下着大雪，他们直直地立在那里不动。

晚年读了《朱子文集》里的《伊川先生年谱》，才知道并不是这么回事。原文为：

> 游定夫、杨中立来见伊川。一日先生坐而瞑目，二子侍立不敢去。久之，先生乃顾曰："二子犹在此乎？日暮

矣，姑就舍。"二子者退，则门外雪深尺余矣。其严厉如此。

这说明，两个弟子是侍立在屋里，而不是站立在大门以外。是老师叫他们去睡觉的时候，出门来才看见下了大雪。

这里记述一下大雪，不过是为了增加描写的气氛。中国有许多散文，在结尾时，常常好用这个手法。这里，也反衬两个弟子侍立时间之长。

雪下到一尺深了，恐怕要有两三个小时才行。不过站在屋里，总比站在门外暖和多了，不然老师也不会老是闭着眼坐在那里。

这个典故是表明古人的尊师重道的。然而，老师不说话，闭着眼睛，也许是在想自己的心事，也许是对两个弟子无话可说，也许是今天心情不好。也不能因为这一件事，就给他下个"严厉如此"。因为另有记载："晚年接学者，乃更平易，盖其学已到至处。"

不过程颐这个人，确是有些言语和行动，不近人情。例如他给皇帝讲书，过去都是站着讲，他独独要求坐着讲，以明尊师重道。朝廷的体制，是那么随便改得的？又如课间休息时，年幼的皇帝攀折了一条柳枝，他就说道："方春发生，不可无故摧折！"像训斥乡间小孩一样，弄得皇帝"不悦"。连举荐他来的司马光，"闻之亦不悦"。和他同朝做官的苏轼苏辙兄弟，对他也很不满意。苏轼在上给皇帝的奏折中就曾说："臣素疾程某之奸，未尝假以词色。"

按说苏氏兄弟也属于司马光这一派，但他们是会做官的，是办实事的，是讲究通达的。对程颐这种过于矫饰的空言泛论，时常加以无情的讽刺，直至结下仇怨。当然，也有人说，其中掺杂着一些争名夺利的成分。

当时宰臣们荐举程颐的奏章，措词很高。其中谓：

> 言必忠信，动遵礼仪；矜式士类，裨益风化。材资劲正，有中正不倚之风；识虑明彻，至知几其神之妙。

但这些溢美之词，并不保证程颐有实际的工作经验和能力。到了京城，朝廷只给他一些管文化教育的闲散官儿做，除去叫他"说书"外，还叫他"兼判登闻鼓院"，就是叫他去管上访。他说："入谈道德，出领诉讼"，不愿意干。其实这倒是一件实际工作。

苏辙背后对太后说这个人"不靖"，就是说他不安分。但他为什么竟能享那么高的盛誉，而屡次为名公巨卿们所推荐呢？道理是：对宰臣们来说，他们能给天子找到这样一个刚正纯粹的大儒，以为是尽了自己的职责，为太平盛世添加了光彩。对程颐本人来说，既然自己是因为刚正纯粹，被朝野看重，就无妨再加大这方面的资本，弄得更突出些。

这也是一种进身之道。不过也埋伏下了危机。当时朝廷的政局，像棋局一样，斗争激烈。等到荐引他的一派人失势，他也就跟着倒霉。或者他的一些奇特的令人非议的行径，给反对派提供了口实，把账算在举荐他的一派人头上。所以后来，谏议大夫孔文仲奏程颐：

"汙下憸巧，素无乡行。经筵讲说，僭横忘分。遍谒贵臣，历造台谏，腾口间乱，以偿恩仇。致市井目为五鬼之魁。请放还田里，以示典型。"

以后又弄得：“其所著书，令监司觉察。”"事下河南府体究，尽遂学徒，复隶党籍。"就是说，不只著作被禁，株连弟子，而且又被挂上黑牌了。

如果他老老实实，在乡下聚徒授书，恐怕就不会有这样的遭遇吧！

读《朱熹传》记

我现在读的《朱子文集》，是丛书集成中的正谊堂全书本，共十册。清康熙年间张伯行编订。我另有四部丛刊本《朱文公集》，也是十册，是根据明刊本影印的。两相对照，张本删去的东西很多，主要是诗和奏议。他所编入的书信问答，都是关于性理之学的论辩，所录少量杂文，也都是与理学有关的。张伯行是清朝的理学家，用各取所需的方法，编集了这部文集。纪晓岚在《四库全书总目提要》中，对此曾加以严厉评讥。

这样编辑的文集，当然是有很多缺点的。不过，商务印的这部丛书集成，书版小巧，印刷清楚，校对也算精审，读起来很方便。而我那部四部丛刊本，因为是缩印，字体有些模糊，老年人读起来费力，只好作为参考之用，束之高阁。

张本前面附有《朱熹本传》。

熹生于建炎四年。成名很早，年十八贡于乡，中进士第。但官一直做得不顺利，有人为他统计，"登第五十年，仕于外者九，考立朝仅四十日"。主要是因为他的主张，与当时的朝论不合，皇帝不肯重用他。淳熙六年，朱熹上疏言事，皇帝读了大怒说："是以我为亡君也。"宰相赵雄言于上曰："士之好名，陛下疾之愈甚，则人之誉之益众，无乃适所以高之？不若因其长而用之,彼渐当事任,能否自见矣。"上以为然。

这是宰相替他说了好话,救了他。历史上常有这种例子,有人自以为忠,向皇帝直言进谏,结果惹得皇帝大怒,闯下杀身大祸,这时就常常有人,从旁讲这一类好话,使言者转危为安。当然,这也要看在什么时候,遇见什么皇帝。南宋之时,国家偏安,人才为重,注意影响,皇帝的脾气也好些。如果遇到的是清朝雍正乾隆那样的"英明之主",就不听这种劝告。他们要想对付哪一个人,是先收集能使此人名声扫地的"材料",或是动用酷刑,叫他招承一连串耸人听闻的罪状。这样一来,就是杀了这个人,他的名誉也不会再在群众中存在了。

因为朱熹赈济灾民有方,皇帝称赞说:"朱熹政事却有可观。"可见他还是有一些实际工作能力的。四部丛刊本的文集中,就保留了不少他从吏时的文书。

但他是继承周、程之学的,不甘心做地方官,而是想把他心目中的道统,推行于天下。他屡次上书,都是不合时宜的话,既惹得皇帝厌烦,也得罪了不少权贵。于是他的下场,就和他的前辈程颐一样了。

先是吏部尚书郑丙上言:"近世士大夫,有所谓道学者,欺世盗名,不宜信用。"后来监察御史陈贾又对皇帝说:"臣伏见近世道学,其说以谨独为能,以践履为高,以正心诚意克己复礼为事。若此之类,皆学者所共学也,而其徒乃谓己独能之,夷考其所为,则又大不然。不几于假其名以济其伪邪?"

这样,政府开始禁止他的学说。

后来因为他得罪了韩侂胄,韩竟诬他"图谋不轨"。把他和他学生定为"伪党"、"逆党",有人还上疏"乞斩朱熹"。

此时,他的"从游之士,特立不顾者,屏伏丘壑,依阿巽懦者,更认他师,过门不入。甚至变易衣冠,狎游市肆,以别其非党"。这种情景,和十年动乱中有些人的遭遇何其相似!也可以说是够悲惨够凄凉的了。他活了七十一岁,死后才得平反。

我对朱子的学说,因为缺少研究,不敢妄加评议。但我尊重这位学者,我买了不少他的著作。除了两种文集外,寒斋尚藏有《朱子年谱》一部,他辑录的《三朝名臣言行录》和《五朝名臣言录》各一部,《近思录》一部。此外还有《诗集传》和《论语集注》等。

他的一生,除去极力宣传他的正心诚意的学说,还做了很多有价值的学术工作,古书的整理集注工作。不过我也有些管窥之见,以为:孔子的学说,本来是很实际的、活泼的、生动的。孔子的言论,很少教条,都是从经验得来,从实际出发,以启发的方式,传给弟子。因此能长期不衰,而为历代帝王所重。而性理之学,把圣人的学说抽象了,僵化了,变为教条,成为脱离实际的意识活动,一般人既难以理解,难以领会,做起来也很困难,没有一定的标准。因此,也就常常与追求实效、习惯变通的政治,发生抵牾和矛盾,作为点缀还可,要想施之行政,就不为政治家所喜欢了。

读《宋文鉴》记

《宋文鉴》,国学基本丛书本,共十六册。卷首有周必大的序。他说:"文之盛衰主乎气,辞之工拙存乎理。"又说,"天启艺祖,生知文武,取五代破碎之天下而混一之,崇雅黜浮,汲汲乎以垂世立教为事,列圣相承,治出于一。"

第一段话,是表明他对文章的看法;第二段话,说明宋自开国以来,在五代长期兵荒马乱之后,在文化典籍的废墟上,做了很多重建、修整和创造的工作。北宋时,他们编辑了几部大书,如《太平御览》、《太平广记》、《文苑英华》、《广徵传引》,使得一些古书内容得以流传。司马光等人,又撰写了一部历史著作《资治通鉴》。历观各个朝代,在整理历史文化方面,宋朝的成就可说是最突出的。以上这几部大书,寒斋有幸,都已购存插架。因为有这个传统,南渡以后,他们还编辑了这一部《宋文鉴》,规模虽然不及以上各书,但在当时的情况下,也算很不容易了。

此集所选,断自北宋,周必大提出遴选标准:

"古赋诗骚,则欲主文而谲谏;典册诏诰,则欲温厚而有体;奏疏表章,取其谅直而忠爱者;箴铭赞颂,取其精愨而详明者。以至碑记论序书启杂著,大率事辞称者为先,事胜辞则次之;文质备者为先,质胜文则次之。"

《宋文鉴》一共一百五十卷。是吕祖谦编辑的。他选文的主张是:

"国初文人尚少,故所取稍宽。仁庙以后,文士辈出,故所取稍严。如欧阳公、司马公、苏内翰、黄门诸公之文,俱自成一家,以文传世,今姑择其尤者,以备篇帙。或其人有闻于时,而其文不为后进所诵习,如李公择、孙莘老、李泰伯之类,亦搜求其文,以存其姓氏,使不湮没。或其尝仕于朝,不为清议所予,而其文亦有可观,如吕惠卿之类,亦取其不悖于理者,而不以人废言。"(卷首太史成公编《宋文鉴》始末)

他这些话,对编辑断代文学总集,是值得参考的,是合理可行的。

这部书的编辑,是由宋孝宗提起,由宰臣荐举人才。吕祖谦受命以后,只用了一年多时间,就编成了。因劳致疾,皇帝存问赏赐,并加封官爵。

历代编辑大部头书籍,都是由皇帝出面,委派大臣领其事,并组织书局,对编辑人员,待遇优厚,事成之后,都论功行赏。这也是历代皇帝对知识分子的一种团结使用的方法。朝野上下,都把这件事情看得非常隆重,参与者以地处清要,感到光荣。宋之编辑上面提到过的几部大书,明之编辑《永乐大典》,清之编辑《图书集成》、《四库全书》,无不如此。但有赏也有罚,不称职或弄出差错,都受处分。

《宋文鉴》的规模小,又在偏安之时,并无其他编辑人员列名,可能就是吕祖谦一个人在那里干。后来清朝编辑《四库全书》,总是用一些皇子、大臣领衔,不作实事,空得名誉。但既是奉敕编书,在圣旨下办事,还是郑重其事,要负一点责任的。

不知为什么,写到这里,一下子联想到,三十年代良友编印的《中国新文学大系》。是由书店聘请几位权威作家,分担各个文体的编选工作。其工作方式,是由书店先把有关材料送给编选者,由他亲自选好,然后作一序文,置于卷首,说明他编选的尺度和对已选各篇的评价。序文都写得非常认真精彩。例如鲁迅编选的《小说二集》,就是如此。编选者都亲自下手,用了很大工夫,注入了很多心血,有强烈的热情和责任感。书店投入的人力并不多,几乎是赵家璧一个人在那里跑上跑下。但书印得很成功,成为一代文献。

近几年来,各地编辑文学总集之风,又盛了起来,或以时代分,或以文体分,这自然是好现象。但常常不是由出版社出面,而是由一个什么编委会出面,这个编委会,自然都是名流,人员众多,机构庞大。但做实事的人好像不多。所需材料,常常不是自己去找,而是通知作品有可能被选的作家提供,有时还要求提供单面的印件,附带填写履历表,作品发表年月等等。主编者不直接从原始材料选稿,而是经过下面的人层层上交,最后定稿。这还能看出主编的取舍吗?有的甚至委托地方选稿,然后汇集上报。有的干脆请作家自选。这样一来,委员们岂不与过去那些空列头衔的太子太保,没有多大区别了吗?

这是编选方面的大概情形。至于出版周期之长(一般出版社,出一本书,正常周期是一年零六个月,有的要三年四年不等),校对之不负责,装订之不善,铅字的模糊,排版的不整齐等等技术问题,就先不用去谈,等待改革吧!

考察一下历史,一代文化成果的大小有无,常常与那一朝代对待知识分子的政策态度有直接关系。当前,国家正在大力改善知识分子的待遇,我们应该负责地出版一些从内容到形式,从质到量都是第一流的书籍了。

读《沈下贤集》

一九五六年五月,我一个人南下游历,至南京,逛古籍书店,见架上有观古堂所著书及汇刻书一部,标价七十余元,以天晚,未及细看目录。那些年,我读了叶德辉所著《书林清话》等书,觉得他对古籍确有研究,文字亦通畅有条理,并听说他刻的书很有名,回到天津就汇款去买了来。一看细目,都是一些偏僻、零碎的书,对我有用的东西很少。惟其中有《沈下贤集》二册,这倒是我久想得到的书,因此,虽然花了那么多钱,买了一堆闲物,也就不觉得后悔了。

《沈下贤集》,过去确是难得。鲁迅先生在《唐宋传奇集》的《稗边小缀》中写道:"《沈下贤集》今有长沙叶氏观古堂刻本及上海涵芬楼影印本。二十年前则甚罕觏。余所见者为影钞小草斋本，既录其传奇三篇，又以丁氏八千卷楼钞本改校数字。"这说明此书过去只有钞本传流，而观古堂刻本，不只是近年首刻之本，而且也是值得重视的本子了。

沈下贤，据《四库全书总目》介绍，名亚之，吴兴人。元和十年进士。大和三年，柏耆宣慰德州，辟为判官。耆罢，亚之亦坐贬南康尉。他和当时诗人李贺、杜牧、李商隐都有交往，并被推重，可是他的诗在本集中，只保留十八篇。总目说，他为文"则务为险崛，在孙樵、刘蜕之间"。而称赞他的志趣为："盖亦戛然自异者也。"

在唐人中，他并不是什么大作家，宋姚铉纂修的《唐文粹》只选了他的三封书信（《上李谏议书》、《上冢官书》、《与孺颜上人书》），一篇纪事（《李绅传》）。

鲁迅的《唐宋传奇集》，收录了他的三篇传奇：《湘中怨辞》、《异梦录》、《秦梦记》。这三篇，也都载于《太平广记》。

他的传奇，故事都很简单，附有诗词，写法也有些相同之处，并非唐人传奇中之杰作。然叙事简洁有力，则为沈下贤之特有风格。如《湘中怨辞》开首之对话，生曰："能遂我归之乎？"女应曰："婢御无悔。"遂与居。

他的史实性纪事，读起来，文字有些晦涩，叙事无轻重，并非史才。但人物传记，则很有特色，简练生动，逼真传神。正像他自己说的："其夫以为沈下贤工文，又能创窈窕之思，善感物态。"（为人撰乞巧文）这些文字，读来惊心动魄，确有很大功力。也用他自己的话形容，则是："鼓吹既作，能使孤蓬自振，惊沙坐飞。"（《叙草书送山人王传义》）

他对自己的才能很自负，屡次直言不讳。在《文祝延》一文中，他又说："或谓军副者亚之，能变风从律，善阐物志。"

善感物态,善阐物志,都是说善于体会,善于描写。窈窕之思,则是描写中的作者的情思,也就是感情。

他有一篇人物传记,题为《冯燕传》。全文四百五十五字。其最重要一段文章如下:

> 燕伺得间,复偃寝中,拒寝户,婴还,妻开户纳婴,以裾蔽燕。燕卑脊步就蔽,转匿户扇后,而巾坠枕下,与佩刀近。婴醉目瞑,燕指巾令其妻取,妻取刀授燕。燕熟视,断其妻颈,遂持巾去。

这是一个非常紧张的场面,他只用了六十九个字,写了三个人物,在这一危险时刻的举动、心理、感情。其中"燕卑脊步就蔽"六个字,写得活灵活现,人物情状,如在目前。

我们不去评论文章中道德观念的是非,只是说明沈下贤体物传情之妙。这样一个三角关系,一个出人意外的结局,如果放在今天开拓型作家手里,至少可以写成十万字的中篇小说。

我们说,唐代散文,和唐代的诗歌一样,文字语言的修养和成就,达到了真美善的高度。这一高度,非宋人可比,元明勿论,也非蒲松龄这样有成就的作家可比。《聊斋志异》纪事,固有其文字之妙,但和唐人纪事比较,仍见其人为的痕迹。唐人纪事,一出天然。朴实无华,而真情毕见。作者能用最简练的文字,表达人物最复杂的心理。不失其真,不失其情。读者并不觉得他忽略了什么,反而觉得他扩充了什么。使人看到生活的精华和情感的奥秘。在描述中间,使读者直面事物,而忘记作者的技巧;只注意事物的发展变化,绝不考虑作者的情节构思。这才可以叫做出神入化。

文学艺术的主要标志，就是用最少的字，使你笔下的人物和生活，情意和状态，返朴归真，给人以天然的感觉。

姚铉在《唐文粹·序》中说："世谓贞元元和之间，辞人咳唾，皆成珠玉，岂诬也哉！"

达到这种成就，并不是轻而易举的。要有作家的志趣和主张。沈下贤有一篇《答学文僧请益书》，说到下面一个故事：

古时有个锻金的匠人，能制各种金器，才智还用不完。但他的日子过得很苦，弟子相率而笑之，说：

"师傅的手艺可算高超，但你的收获，反不如烧土窑制瓦器的人，这是什么缘故？"

金匠对曰：

"烧制瓦器的人，操劳简单，看利也薄，他的制品，是卖给世俗用的，早晨买去，晚上也许破了，就回来再买一件。所以他的买卖，总是很兴隆，也就致富了。我的职业不同，我要苦思冥想，设计琢磨，一器成功，别人买去，就可以用一辈子，不用再置。所以我这里总是门前冷落，吃不饱饭。"

沈下贤是把文学看做"黄金之锻"的。因此，他的文章，能流传百世。

读《哭庙纪略》

二十年前，买得商务印书馆辛亥年排印本《痛史》一部，两函共二十册。书上盖有湖南大学图书馆圆形印章，文内偶有墨笔批注，字迹细小劲秀，不知出自何家之手。有蛀洞，我曾用毛边纸逐一修补过，工程繁重，非今日心力可为。书套上标进货价为四元七角，我购书时，价则为十五元，盖经贾人屡次倒手。

《哭庙纪略》为《痛史》之第二种。线装十二页，薄如小米粒，原定价一角。民国初年，印书尚如此不惜工本。如在今日，整部《痛史》，也不过平装一厚册了事。如要线装，每册定价，就不堪设想了。

这样薄薄的一本小书，拿在手里，轻如鸿毛。读时或走或立，或坐或卧，均甚方便。而字又为黑体四号，老年人最是适宜，所谓字大行稀，赏心悦目者也。读时很高兴，十五元没白花，经济效益实足当之。

然书的内容，则甚凄苦，使人不忍卒读，屡屡放置，又重新拿起来，整整一个晚上才读完。

所纪为：清朝初年，江苏吴县有个姓任的县令，"至署升堂，开大竹片数十，浸以溺，示曰：功令森严，钱粮最急，考成殿最，皆系于此！""国课不完者，日日候比"。国课就是钱粮，比实际就是刑讯。过去审案用刑，都叫比。《四部丛刊》中有一部书，叫《棠阴比事》。至于打人的竹板，"浸以溺"是什么意思，则不甚了了。总之，他如此酷毒，打死了不少人，自己却从常平仓中，贪污了一千石米。

当地一群秀才，对这个县令，很不满意。不满意的原因，除去同情受害者，也可能有本身的理由。正赶这个时候，顺治皇帝逝世，哀诏传到了这里，地方官设幕府堂，哭临三日。秀才们乘此机会，把文庙的门打开，哭庙，要驱逐县令。

事情闹大，上司过问贪污一事，县令却说，自己到任不久，无从得银，"而抚台索馈甚急，故不得已而粜粮"。这样又把巡抚攀扯了进去。

但是，巡抚给皇帝上了一个疏。内容要点：

一、"看得兵饷之难完，皆由苏属之抗纳。"

二、秀才"厕身学宫，行同委巷。当哀诏哭临之日，正臣子哀痛几绝之时,乃千百成群,肆行无忌,震惊先帝之灵,罪大恶极。"

三、"县令虽微,乃系命官,敢于声言扛打,目中尚知有朝廷乎?"

四、"串凶党数千人,群集府学,鸣钟击鼓,其意欲何为哉!"此疏一上,奉密旨,十八名秀才处斩,其中八个人包括金圣叹,妻子家产,还要籍没入官。巡抚当然没事,县令也复了官职。他回到衙门,"谓衙役曰:我今复任,诸事不理,惟催钱粮耳",变本加厉了。

过去,有师爷、讼棍、刀笔之说。能够把有说成无,把无说成有。细玩此疏,可以领会其一二。其最大特点,为审时度势,激怒朝廷。当清初时,东南一带,还不巩固,时有叛乱。正在用兵,钱粮最为重要,聚众最为不法,秀才带头,尤触朝廷大忌。师爷们从这些地方入手,收到了预期的效果。我劝写文章的同志,看看历朝的官方文书,特别是清朝的各种档案材料。还有皇帝的谕旨,例如雍正皇帝的朱批谕旨,是很有好处的。这不是教人学打棍子,这是一种特殊的文体,常常是关系一人或许多人身家性命的文体。

读《丁酉北闱大狱纪略》

中国的科举制度,不过是朝廷取士的一种手段,士子上进的一个阶梯,但它却能在中国戏曲、小说、诗歌各个艺术领域,占很大位置,篇目繁多,层出不穷。并通过它,反映出伦理、道德、荣辱、沉浮,人生遭际和社会心理的各个方面。这不能不使人惊奇。

科举不单纯是可以考中秀才、举人、进士,主要是可以做官。做官就不是一个人的事了,它要影响家庭,影响父母、妻子、亲朋故旧。十年寒窗苦,一朝人上人。其中还富有偶然性,甚至戏剧性。京剧中的《连升店》,最能反映这一点。一旦中了,则为世俗景慕;屡试不第,就成了念书人最大的悲哀。

关于科举,我所知甚少,前些日子听说有一本专著要出版,也没有买到。至于八股文到底是怎么个做法,也一直弄不清楚。只知道,这件事很严重。考场叫闱,住房叫号,主持其事的,都是朝廷派的大官。主考官以下,又有很多房官。试题保密,卷子弥封,进场搜索,饮食大小便都不许出来。但还是有私弊。有关节,有夹带,有冒名,有抢替。因此,科举史上,屡兴大狱。

《丁酉北闱大狱记略》是《痛史》的第三种,也是薄薄的一册,书前有顺治十七年信天翁的题记。文字体裁,都不及《哭庙纪略》。

这是清朝初年科场的一次大狱,牵连很大,死人不少,被揭发的问题,主要是"卖关节"。

这批考官:

> 虽名进士,然皆少年轻狂,浮薄寡虑。其间虽未必尽贪财纳贿,而欲结纳权贵,以期速化,揽收名下,以树私人,其用心则同也。然径窦嘱托甚多,而额数有限。闱中推敲,比之阅文以定高下者,其心更苦。

考官斩首,新中式的举人,也都倒了楣,接连逮捕入狱。后经天子恩典,举行复试。"每人以满兵一人夹之",士子们怕交白卷,遭极刑,只好战战兢兢"尽心构艺"。

然而，杀头也好，籍没充军也好，科场既是猎取名利的最有效手段，其中流弊就不能根除。清代中叶以后，朝廷对于此中的事，也就眼睁眼闭了。每到各省该放考官的时候，皇帝总是选出一些他所喜欢的在京文官，叫他们去充任"学政"，并下谕旨："某省着某某人去！"被命的人要陛辞谢恩。这是皇帝对他们的一种特殊恩典。知道他们当京官清苦，故意叫他们到外地去弄些"外快"。所以文官们都盼着这一任命，高高兴兴地离京，一路之上，遇见风景名胜，还要吟诗作赋，等任务完成，满载而归，再刻一本日记或诗集。

远在唐朝，就有人看出科举不是好办法，但碍于朝廷功令，大家只好走这一条路。唐朝的许多诗人，都有进士及第的头衔，并不证明，这一制度，真能网罗人才，失去的，恐怕比得到的多。所以罗隐感慨地说，科举取士，"得之者或非常之人，失之者或非常之人。"明达之士，都不以中与不中论英雄。

平心而论，封建帝王选择了这样一种方法，也自有他的难处，不如此，又何以考成殿最，平息纷竞？他那时又不能成立人才开发中心，举行公民投票。这样做，权当抽签撞运罢了。

小说描摹科举的很多，以《聊斋》写得最好。作者一生考试不利，感触体会很深，所以写来入木三分。写得最好的，还是他那篇短小的故事，题目忘记了，故事是：兄弟二人同去应考，正值热天，婆婆监督两个儿媳厨房做饭。一会儿报喜的喊老大中了，婆婆就笑着对大儿媳说："你快出去凉快凉快吧！"大儿媳高兴地走了，只剩下二儿媳一个人擀面。过了很久，忽报二儿子也中了。二儿媳当即把面杖一扔，说："我也凉快凉快去。"

作家用很少的字，写出了应考时，一家人的心理，神情，焦虑，盼望，嫉妒，得意。人情世态，都在其中了。

读《吕氏春秋》

《吕氏春秋·附考》。明方孝孺曰："然予独有感焉，世之谓严酷者，必曰秦法。而为相者乃广致宾客以著书。书皆诋訾时君为俗主，至数秦先王之过无所惮。若是者，皆后世之所甚讳，而秦不为罪。呜呼，然则秦法犹宽也。"

耕堂按：方孝孺盖有感于明政之严苛也。附考引宋高似孙言论，意见与方氏稍合。可谓皆独特之见矣。然汉以秦为严酷，魏晋以汉为严酷。屠沽负贩，起而革命，而严酷如故，革不掉也。后世论前世事，矛盾往往易见。而在当时，恐不如此认识。书本为书本，行政为行政耳。后人以某事断秦政宽，以某事断秦政严，皆出意想。必须根据史实，全部考察，方能稍得其实际。然近代史实，尚不易弄清，历史公案，更难定矣！

《史记·吕不韦列传》："《吕氏春秋》，布咸阳市门，悬千金其上，延诸侯游士宾客，有能增损一字者予千金。"

《桓谭新论》："秦吕不韦请迎高妙作《吕氏春秋》。书成，布之都市，悬置千金，以延示众士。而莫能有变易者，乃其文约艳，体具而言微也。"

唐马总曰:"暴于咸阳市,有能增损一字与千金,无敢易者。"

宋高似孙曰:"有能增损一字者与千金,人卒无一敢易者,是亦愚黔之甚矣。秦之士其贱若此,可不哀哉!"

《郡斋读书志》:"时人无增损者,高诱以为非不能也,畏其势耳。"

耕堂按:从以上引文看,千金不能易一字之原因有二,即不能与不敢。不敢是畏不韦当时的权势。不能,则一是文章为高妙之作,二是当时的秦士,都是愚黔之徒。然仔细想来,这一个典故,恐怕只是一种传说,一种演绎。因为司马迁所作吕不韦传,只说予以千金,并无下面的话。司马迁说予以千金,只是强调这一著作的不苟与当时对待的隆重耳。

司马迁在《太史公自序》中又说:"不韦迁蜀,世传《吕览》。"后世学者以为《吕览》(即《吕氏春秋》),成于不韦为相之时,不韦迁蜀以后,不久死去,何以能聚宾客著书,又何以能"悬之咸阳"。乃是司马迁的笔误驳杂之辞。其实,这里说的只是"世传",其意即吕不韦遭到不幸之后,其书反而得到世人的重视,与自序上下文文意相通,不足为过也。

《吕氏春秋》一书,列入杂家,历史上不大被人重视。有人说是因为吕不韦名声不好。我看,恐怕是因为这部书的编写体制不太通俗,每篇前冠以月令,初读时,叫人摸不着头脑。其实里面好的东西很多,即以古代寓言故事而论,《孟子》、《韩非子》等书,以此见长,而《吕氏春秋·察今》一篇中,即包含三则,无疑是一个大宝藏。且它所引古书,多是秦火以前的旧文,其价值就更可贵了。

我过去有广益书局的高诱注普通本，后又购得许维遹集释本，线装共六册，民国二十四年，清华大学出版。白纸大字，注释详明，断句准确，读起来，明白畅晓，真能使人目快神飞。晚年眼力差，他书不愿读，每日拿出此书，展读一二篇，不只涵养性灵，增加知识，亦生活中美的消遣与享受也。

读《史记》记(上)

一

裴骃《史记集解序》:

　　班固有言曰:"司马迁据左氏、国语,采世本、战国策,述楚汉春秋,接其后事,讫于天汉。其言秦汉详矣,至于采经摭传,分散数家之事,甚多疏略,或有抵牾。亦其所涉猎者广博,贯穿经传,驰骋古今上下数千载间,斯已勤矣。又其是非颇谬于圣人,论大道则先黄老而后六经,序游侠(耕堂按:索隐以刺客为游侠,非也)则退处士而进奸雄,述货殖则崇势利而羞贱贫:此其所蔽也。然自刘向、扬雄博极群书,皆称迁有良史之才,服其善序事理,辩而不华,质而不俚,其文直,其事核,不虚美,不隐恶,故谓之实录。"骃以为固之所言,世称其当。

　　耕堂曰:以上,裴骃(裴松之之子)具引班固论司马迁之言,并肯定之。读《史记》前,不可不熟读此段文字,并深味之也。班之所论，不只对司马迁，得其大体，且于文章大旨，可为千古定论矣。短短二百字，说明了以下几个问题：（一）《史记》所依据之古书；（二）《史记》叙事起讫；（三）《史记》详于秦汉，而略于远古；（四）班固所见《史记》缺处；（五）班固总结自刘、扬以来，对《史记》之评价，并发挥己见，即所谓实录之言，为以后史学批评、文学批评，立下了不能改易的准则。

事理本不可分。有什么理，就会叙出什么事；叙什么事，就是为的说明什么理。作家与文章，主观与客观，本是统一体，即无所谓主体、客体。过于强调主体，必使客体失色；同样，过于强调客体，亦必使主体失色。

辩而不华，质而不俚，也是很难做到的，要有多方面的（包括观察、理解、文辞）深厚的修养。因为既辩，就容易流于诡；质，就容易流于俗。辩，是一种感情冲动，易失去理智；文章只求通"俗"哗众，就必然流于俚了。

至于文直、事核、不虚美、不隐恶，就更非一般文人所能做到。因为这常常涉及许多现实问题：作家的荣辱、贫富、显晦，甚至生死大事。所以这样的文章、著述，在历史上就一定成为凤毛麟角，百年或千年不遇的东西了。

奉劝有志于此的同道们，把班固这三十个字，写成座右铭。

希望当代文士们，以这三十个字为尺度，衡量一下自己写的文字：有多少是直的，是可以核实的，是没有虚美的，是没有隐恶的。

然而，这又都是呆话。不直，可立致青紫；不实，可为名人；虚美，可得好处；隐恶，可保平安。反之，则常常不堪设想。班固和司马迁，本身的命运，就证实了这一点。

无论班固之评价司马迁,或裴骃之论述班固,究竟都是后人议论前人,不一定完全切当,前人已无法反驳。班固指出的司马迁的几点"是非",因为时代不同,经验不同,就不一定正确。这就是裴骃所说的:"人心不同,传闻异辞。"

二

班固谓:论大道,则先黄老而后六经。《史记正义》曰:

> 大道者,皆禀乎自然,不可称道也。道在天地之前,先天地生,不知其名,字之曰道。黄帝老子,遵崇斯道。故太史公论大道,须先黄老而后六经。

耕堂曰:以上,余初不知其所指也。后检夏曾佑《中国古代史》,有《文帝黄老之治》一节,所言不过慈俭宽厚。又有《黄老之疑义》一节,读后乃稍明白。兹引录该节要点如下:

一、汉时与儒术为敌者,莫如黄老。

二、黄老之名,始见《史记》,曾出现多次。

三、《史记》以前,未闻此名。

四、实与黄帝无涉,与老子亦无大关系。

五、司马迁的父亲司马谈,曾学道论于黄生,黄学贵无而又信命,故曰黄老。

六、汉时民间盛行壬禽占验之术,谓之黄帝书,是民间日用之书。黄老学者,即以此等书而合之老子书,别为一种因循诡随之言。

七、汉高、文、景诸帝,皆好黄老术。不喜儒术。以窦太后(景帝之母)为甚,当她听到儒生说黄老之学,不过是"家人言"（即僮隶之言）时，就大怒骂人："安得司空城旦书乎！"并命令该人下圈刺猪。那时的猪，是可以伤人的。那人得到景帝的暗助，才得没有丧命。

延安整风时，曾传说，知识分子无能力，绑猪猪会跑，杀猪猪会叫。

"文革"时各地干校，多叫文弱书生养猪，闹了不少笑话。看来，自古以来，儒生与猪，就结下了不良因缘。然从另一角度，亦反映食肉者鄙一说之可信。本是讨论学术，当权者可否可决，何至如此恶作剧！

三

夏曾佑还指出：司马迁在自序中引其先人所述六家指要，归本道家，此老学也。

在这段著名的文字中，司马迁以为：阴阳家多忌讳，使人拘而多所畏；儒者博而寡要，劳而少功；墨者俭而难遵；法家严而少恩；名家使人俭而善失真。

而道家能使人精神专一，动合无形，赡足万物。其为术也，因阴阳之大顺，采儒墨之善，撮名法之要，与时迁移，应物变化，立俗施事，无所不宜，指约而易操，事少而功多。

司马迁遵循了以上见解，形成他的主要思想和人生观，这是没有疑义的。他这种黄老思想，当然已经有别于那种民间的占卜书，也有别于窦太后的那种僵化和固执，是思想家的黄老思想，作家的黄老思想。这种思想，必然融化在他的写作之中。

黄老思想，很长时期，贯穿在中国文学创作长河之中。这种思想，较之儒家思想，更为灵活开放一些，也与文学家的生活、遭遇,容易吻合,更容易为作家接受。

耕堂曰:作家必有一种思想,思想之形成,有时为继承传统,有时因生活际遇。际遇形成思想,思想又作用于生活,形成创作。此即所谓天人之际。

人心不同,即思想各异,文人、文章遂有各式各样。然具备自身的思想,为创作的起码条件,具备自身的生活经历,则为另一个基本条件。两相融合、激发,才能成为作品。

然文场之上,亦常出现,既无本身思想,亦无本身生活的人。从历史上看,此等文人,约分数型:有的,呼啸跳跃,实际是喽罗角色。或为大亨助威,或为明星摇旗。有的,以文场为赌场,以文字为赌注,不断在政治宝案上压宝。有时红,有时黑,有时输,有时赢,总的说来,还算有利可图,一般处境不错。但有时,情急眼热,按捺不住,赤膊上阵,把身子也赌上去,就有些冒险了。有的,江湖流氓习气太盛,编故事,造谣言,卖假药,戴着纸糊的桂冠,在街头闹市招摇。有的,身处仕途,利用职权之便,拉几位明星作陪,写些顺水推舟,随波逐流,不痛不痒的文章发表,一脚踏在文艺船上,一脚踏在政治船上,并准备着随时左右跳跃的姿态。此种人,常常一举两得,事半功倍。然都是凑热闹,戏一散,观众也就散了。

四

历代研究《史记》的学者,对班固的论点,也并不是完全同意的。裴骃说:"班氏所谓'疏略抵牾'者,依违不悉辩也。"比较含蓄。张守节的《史记正义》,则对班氏进行尖锐反批评,并带有人身攻击的气味。他认为:"作史之体,务涉多时;有国之规,备陈臧否;天人地理,咸使该通。"他认为这是司马迁的著述精神。

"班固诋之，裴骃引序，亦通人之蔽也。而固作《汉书》，与《史记》同者，五十余卷。谨写《史记》，少加异者，不弱即劣。何更非薄《史记》？乃是后士妄非前贤！又《史记》五十二万六千五百言，叙二千四百一十三年事。《汉书》八十一万言，叙二百二十五年事。司马迁引父致意；班固父修而蔽之，优劣可知矣！"此即有名的"班马优劣论"，多为后人好事者所称引，其实是没有道理的。班固指出的缺点，并非诋毁；多少年写多少字，是因为今古不同；时间有远近，材料有多少造成。并非文章繁简所致。称引先人与否，不能决定作品的优劣。张守节因治《史记》，即大力攻击《汉书》，殆不如裴骃之客观公正矣。

《正义》并时有矛盾。在后面谈到班固指出的这三条缺点时，他又说："此三者，是司马迁不达理也。"使人莫名其妙。

先黄老，上面已经谈过。序游侠，羞贱贫，前人多以为，司马迁所以着意于此，多用感情，是与其身世有关。如遭到不幸，无人相助，家贫不能自赎等等。这都是有道理的，通人情的。但我以为，并非完全是这么回事。司马迁以续《春秋》自任，六艺之中，特重史学。史学之要，存实而已，发微而已。时代所有者，不能忽略；世人不注意，当先有所见，并看出问题。他对游侠、货殖，都看做是社会问题，时代症结。游侠在当时已形成能影响政治的一种势力，从缓解大政治犯季布的案子，即可明显看出。在货殖方面，司马迁详细记录了当时农、工、商各界的生产流通情况，它们之间的关系，以及对政治的影响。都是做了深入调查，经过细心研究，才写出的。两篇列传，都是极其宝贵的历史文献。

耕堂曰：以上所述，可以看出，班固指摘《史记》三点错误，实不足为《史记》病，反彰然表明，实为《史记》之一大特色，一大创造。

各行各业，均有竞争，竞争必有忌妒。学者为了显露自己，不能不评讥前人。如以正道出之，犹不失为学术。如出自不正之心，则与江湖艺人无异矣。

近人为学者，诋毁前人之例甚多，否定前人之风甚炽。并非近人更为沉落不堪，实因外界有多种因素，以诱导之，使之急于求成，急于出名，急于超越。如文化界之分为种种等级，即其一端。特别是作家，也分为一、二、三等，实古今中外所从未闻也。有等级，即有物质待遇、精神待遇之不同，此必助长势利之欲。其竞争手段，亦多为前所未有。结宗派，拉兄弟。推首领，张旗帜。花公家钱，办刊物，出丛书，培养私人势力，以及乱评奖等等。

以上，均于学术无益，甚至与学术无关。亦不能出真正人才。但往往能得到现实好处，为浅见者所热衷。

读《史记》记(中)

一

《太史公自序》：

迁生龙门，耕牧河山之阳。年十岁则诵古文（耕堂按：包括古文尚书、左传、国语、系本等书）。二十而南游江、淮，上会稽，探禹穴，窥九疑，浮于沅、湘；北涉汶、泗，讲业齐、鲁之都，观孔子之遗风，乡射邹、峄；厄困鄱、薛、彭城，过梁、楚以归。

于是迁仕为郎中，奉使西征巴、蜀以南，南略邛、笮、昆明，还报命。

以上是司马迁自叙幼年生活、读书，以及两次旅行所至地方。这些，都是《史记》一书创作前的准备，即学识与见闻的准备。自司马迁创读书与旅行相结合，地理与历史相印证，所到一处，考察民风，收集口碑遗简，这一治学之道，学者一直奉为准则，直至清初顾炎武，都是如此去做。

后面接着叙述,他如何受父命、下决心,完成这一历史著作:

"小子不敏,请悉论先人所次旧闻,弗敢阙。""卒三岁而迁为太史令,䌷史记(耕堂按:抽彻旧书故事而次述之、缀集之)石室金匮之书。"

这还是材料准备阶段,共用五年时间。《史记》正式写作,于武帝太初元年。又七年以后,司马迁遭李陵之祸,写作受到很大打击。在反复思考以后,终于继续写下去,完成了这部空前绝后的著作。

当时的汉朝,并不重视学术文化,他这部呕心沥血的著作,也没有人过问。《史记》的第一个读者,是著名的滑稽人物东方朔。东方朔确是一个饱学之士,文辞敏捷。但皇帝也只是倡优畜之,正在过着"隐于朝廷"、"隐于金马门"的无聊生活。志同道合,司马迁引他为知己,把著作先拿给他看。东方朔的信条是:"崛然独立,块然独处;与义相扶,寡偶少徒。"司马迁的信条是:"不趋势利,不流世俗"。两个人所以能说到一处。东方朔在司马迁的书上,署上"太史公"三个字。后人遂以《史记》为太史公书。

班固说:迁既死,其书稍出。宣帝时,迁外孙平通侯扬恽祖述其书,遂宣布焉。

据司马贞《史记索隐序》,司马迁的《史记》,因为"比于班书,微为古质,故汉晋名贤未知见重"。它的流传,以及研究注释，远远不及班固的《汉书》热闹。很长时间，是不为人知，处境寂寞的。

二

关于司马迁及其《史记》，原始材料很少，研究者只能根据他的自序。班固所为列传，只多《报任安书》一文，其余亦皆袭自序。

耕堂曰：后之论者，以为《史记》一书，乃司马迁发愤之作。然发愤二字，只能用于李陵之祸以后；以前，钦念先人之提命，承继先人之遗业，志立不移，只能说是一种坚持，一种毅力，一种精神。这种精神，遇到意外的打击、挫折，不动摇，不改变，反而加强，这才叫做发愤。发愤著书，这种人生意境，很难说得清楚，惟有近代"苦闷的象征"一词，可略得其仿佛。

凡是一种伟大事业，都必有立志与发愤阶段。立志以后，还要有准备。司马迁的准备，前面已经说过了。

人们都知道，志大才疏，不能完成伟大的事业。但才能二字，并非完全是天地生成，要靠个人努力，和适当的环境。努力和环境，可以发展才能，加强才能。

所谓才能，常常是在一个人完成了一种不平凡的工作之后，别人加给他的评语，而不是在什么也没有做出之时，自己给自己作的预言。自认有才，或自称有才，稍为自重的人，也多是在经过长期努力，在一种事业上，做出一定成绩的时候，才能如此说。

在历史上，才和不幸，和祸，常常联在一起。在文学上，尤其如此。所谓不幸、祸，并非指一般疾病，夭折，甚至也不指天灾；常常是指人祸。即意想所不及，本人及其亲友，均无能为力，不能挽救的一种突然事变，突然遭际。司马迁所遭的李陵之祸，他在《报任安书》中，叙述、描绘的，事前事后的情状，心理，抉择，痛苦，可以说是一个有才之士，在此当头，所能做的，最为典型、最为生动的说明了。

这种不幸，或祸，常常与政治有密切联系，甚至是政治的直接后果。姑不论司马迁在书信前面，列举的西伯以下八个王侯将相，他们之遭祸，完全是政治原因，他们本身就是政治。即后面他所引述的文王以下，七个留有著作的人，其遭祸，也无不直接与政治有关。

司马迁把遭祸与为文，联结成一个从人生到创作的过程，称之为：

此人皆意有所郁结，不得通其道，故述往事，思来者……以舒其愤，思垂空文以自见。

这是一个极端不幸、极端痛苦的过程，是一个极端令人伤感的结论。更不幸的是，这个结论为历史所接受，所承认，所延演，一无止境。

三

《秦始皇本纪》：

丞相李斯曰："五帝不相复，三代不相袭，各以治，非其相反，时变异也。今陛下创大业，建万世之功，固非愚儒所知。且越（耕堂按：博士齐人淳于越）言乃三代之事，何足法也？异时诸侯并争，厚招游学。今天下已定，法令出一,百姓当家则力农工,士则学习法令辟禁。今诸生不师今而学古,以非当世,惑乱黔首。丞相臣斯昧死言:古者天下散乱,莫之能一,是以诸侯并作,语皆道古以害今,饰虚言以乱实,人善其所私学,以非上之所建立。今皇帝并有天下,别黑白而定一尊。私学而相与非法教,人闻令下,则各以其学议之。入则心非,出则巷议,夸主以为名,异取以为高,率群下以造谤。如此弗禁,则主势降乎上,党与成乎下。禁之便。臣请史官非秦记皆烧之。非博士官所职,天下敢有藏诗、书、百家语者,悉诣守、尉杂烧之。有敢偶语诗书者弃市。以古非今者族。吏见知不举者与同罪。令下三十日不烧,黥为城旦。所不去者,医药卜筮种树之书。若欲有学法令,以吏为师。"制曰:"可。"

耕堂曰:以上为秦始皇时,李斯著名之建言,焚书坑儒之原始文件。余详录之,以便诵习,加深对这一历史事件的准确印象。李斯说这段话之前,是一位武官称颂始皇的功德,始皇高兴;接着是一位博士,要始皇法效先王,始皇叫李斯发表意见。

这一事件的要害处,为"以古非今"。这事件的发生,是在秦始皇三十四年,即他的晚年,功业大著,志满骄盈之时。他现在所想的,一是巩固他的统治,一是求长生。巩固统治,李斯的主张,往往见效。长生之术,则只有方士,才能帮忙。看来,此次打击的对象是儒,重点是诗书(诗书,也不是全烧掉,博士所职,还可以保存)。但这时的儒生和方士并分不清楚,实际是搅在一起。始皇发怒,以致坑儒,是因为给他求仙药的人(侯生和卢生)逃走了,那入坑的四百六十余人,有多少是真正的儒生,也很难说了。

儒家的言必称尧舜，在孔子本身就处处碰壁，在政治上行不通。但儒家的参政思想很浓，非要试试不可。上述故事，是儒家在政治生活中，和别的"家"（表面看是和法家）的一次冲突较量，一次彻底的大失败。既然并立朝廷，两方发言，机会均等，即为政治斗争。后人引申为知识与政治的矛盾，或学术与政治的矛盾，那就有些夸大了。但这次事件是一个开端，以后的党锢、文字狱、廷杖等等士人的不幸遭遇，都是沿着这条路走下来的。这也算是古有明训吧！

四

政治需要知识和学术，但要求为它服务。历史上从未有过不受政治影响的学术。政治要求行得通见效快的学术。即切合当前利益的学术。也可以说它需要的是有办法的术士，而不是只能空谈的儒生。所以法家、纵横家，容易受到重任。

儒家虽热衷政治，然其言论，多不合时宜，步入这一领域，实在经历了艰难的途径。最初与方士糅杂，后通过外戚，甚至宦竖，才能接近朝廷。其主旨信仰，宣扬仍旧，其进取方式，则不断因时势而变易。既如此，就得随时吸收其他各家的长处，孔孟之道，究竟还留有多少，也就很难说了。所以司马迁论述儒家时，也只承认它的定尊卑，分等级了。

在儒学史上，真正的岩穴之士，是很少见的。有了一些知识，便求它的用途，这是很自然的。儒生在求进上，既然遇到阻力，甚至危险，聪明一些的人，就选择了其他的途径。《史记》写到的有两种人：一是像东方朔那样，身处庙堂，心为处士，虽有学识，绝不冒进，领到一份俸禄，过着平安的日子，别人的挖苦嘲笑，都当耳旁风。另一种则是像叔孙通这样的人。

《叔孙通列传》：

> 于是叔孙通使征鲁诸生三十余人。鲁有两生不肯行。曰："公所事者且十主，皆面谀以得亲贵。今天下初定，死者未葬，伤者未起，又欲起礼乐。礼乐所由起，积德百年而后可兴也。吾不忍为公所为。公所为不合古，吾不行。公往矣，无污我。"叔孙通笑曰："若真鄙儒也，不知时变！"

当叔孙通替刘邦定好朝仪以后：

> 于是高帝曰："吾乃今日知为皇帝之贵也。"乃拜叔孙通为太常，赐金五百斤。叔孙通因进曰："诸弟子儒生随臣久矣，与臣共为仪，愿陛下官之。"高帝悉以为郎。叔孙通出，皆以五百斤金赐诸生。诸生乃皆喜曰："叔孙生诚圣人也，知当世之要务。"

司马迁虽然用了极其讽刺的笔法，写了这位儒士诸多不堪的言词和形象，但他对叔孙通总的评价，还是：

> 希世度务制礼，进退与时变化，卒为汉家儒宗。"大直若诎，道固委蛇"盖谓是乎？

这是司马迁，作为伟大历史家的通情达理之言。因为他明白：一个书生，如果要求得生存，有所建树，得到社会的承认，在现实条件下，也只能如此了。他着重点出的，是"与时变化"这四个字。这当然也是他极度感伤的言语。

汉武帝时，听信董仲舒的话，独尊儒术，罢黜百家，并不是儒家学说的胜利，是因为这些儒生，逐渐适应了政治的需要，就是都知道了"当世之要务"。

读《史记》记(下)

一

司马迁在写作一篇本纪,或一篇列传时,常常在文后,叙述一下自己对这个地方,或这个人物的亲身见闻。即自己的考察、感受、体验心得,以便和写到的人和事,相互印证,互相发挥,增加正文的感染力量,增加读者的人文、文史方面的知识、兴趣。兹抄录一些如下:

余尝西至空桐,北过涿鹿,东渐于海,南浮江淮矣。至长老皆各往往称黄帝、尧、舜之处,风教固殊焉。(《五帝本纪》)

太史公曰:诗有之:高山仰止,景行行止,虽不能至,心向往之。余读孔子书,想见其为人。适鲁,观仲尼庙堂、车服、礼器,诸生以时习礼其家。余只回留之不能去云。(《孔子世家》)

吾尝过薛,其俗闾里率多暴桀子弟,与邹、鲁殊。问其故,曰:"孟尝君招致天下任侠,奸人入薛中盖六万余家

矣。"世之传孟尝君好客自喜,名不虚矣。(《孟尝君列传》)

  太史公曰:吾适北边,自直道归,行观蒙恬所为秦筑长城亭障,堑山堙谷,通直道,固轻百姓力矣。(《蒙恬列传》)

有时是记一些异闻,如:

  太史公曰:世言荆轲,其称太子丹之命,"天雨粟,马生角"也,太过。又言荆轲伤秦王,皆非也。始公孙季公、董生与夏无且游,具知其事,为余道之如是。(《刺客列传》)

他否定了一些关于燕太子丹和荆轲的传说。而他得到的材料,则是出自曾与夏无且交游过的人。夏无且,大家都知道,就是荆轲刺秦王,殿廷大乱的时候,用药囊投掷荆轲的那位侍医。这样,他的材料,自然就具有很大的权威性。

有时是见景生情,发一些感慨:

  太史公曰:余读离骚、天问、招魂、哀郢,悲其志。适长沙,观屈原所自沉渊,未尝不垂涕,想见其为人。(《屈原贾生列传》)

  太史公曰:吾适丰沛,问其遗老,观故萧、曹、樊哙、滕公之冢,及其素,异哉所闻!方其鼓刀屠狗卖缯之时,岂自知附骥之尾,垂名汉廷,德流子孙哉?(《樊郦滕灌列传》)

二

对历史事件,司马迁有自己的见解;对历史人物,司马迁常常流露他对这一人物的感情。这种感情的流露,常常在文章结尾处,使读者回肠荡气。这是历史家的评判。但又绝不是以主观好恶,代替客观真实。最明显的例子,是对于刘、项。在《项羽本纪》之末,司马迁流露了对项羽的极深厚的同情,甚至把项羽推崇为舜的后裔。对他的失败,表现了极大的惋惜。但项羽的失败,是历史事实。司马迁又多次写到:项羽虽然尊重读书人,但吝惜官爵;刘邦虽多次污辱读书人,对封赏很大方,"无耻者亦多归之",终于胜利。历史著作,除占有材料,实地考察无疑也是很重要的。司马迁所到之处,都进行探寻访问,这种精神,使他的《史记》不同凡响。后人修史,就只是坐在屋里整理文字材料了,也就不会再有《史记》这样的文字。

司马迁虽有黄老思想,但在一些伦理、道德问题的判断上,还是儒家的传统。他很尊重孔子,写了《孔子世家》,又写了弟子们的传记。记下了不少孔子的逸事和名言。他也记下了老子、庄子。对韩非子的学说,他心有余痛,详细介绍了《说难》一篇。其中所谓:"宽则宠名誉之人,急则用介胄之士。所养非所用,所用非所养。"今日读之,仍觉十分警策。在学术上,他是兼收并蓄的,没有成见的。析六家之长短,综六艺之精华,《史记》的思想内涵,是博大精深的。

耕堂曰:余尝怪:古时文人,为何多同情弱者、不幸者及失败者?盖彼时文人自己,亦处失意不幸之时。如己得意,则必早已腰满肠肥,终日忙于赴宴及向豪门权贵献殷勤去矣!又何暇为文章？即有文章，也必是歌功颂德，应景应时之作了。

三

耕堂曰：《史记》出，而后人称司马迁有史才。然史才，甚难言矣。班固"实录"之论，当然正确，亦是书成后，就书立论，并未就史才形成之基础，作全面叙述。

文才不难得，代代有之。史才则甚难得。自班马以后，所谓正史，已有廿余种，越来部头越大，而其史学价值，则越来越低。这些著述多据朝廷实录，实录非可全信，所需者为笔削之才。自异代修史，成为通例以来，诸史之领衔者，官高爵显；修撰者，济济多士，然能称为史才者，则甚寥寥。因多层编制，多人负责，实已无人负责。褒贬一出于皇命，哪里还谈得上史德、史才！

我以为史才之基础为史德，即史学之良心。良心一词甚抽象，然正如艺术家的良心一词之于艺术，只有它，才能表示出那种认真负责的精神。

司马谈在临死时，告诉儿子：

"今汉兴，海内一统。明主贤君忠臣死义之士，余为太史而弗论载，废天下之史文，余甚惧焉，汝其念哉！"

迁俯首流涕曰："小子不敏……"

这就是父子两代，史学良心的发现和表露。

用现在的名词说，就是史学的职业道德。这种道德，近年来不知有所淡化否，如有，我们应该把它呼唤回来。

史学道德的第一条，就是求实。第二就是忘我。

写历史，是为了后人，也是为了前人，前人和后人，需要的都是真实两个字。前人，不只好人愿意留下真实的记载和形象；坏人，也希望留下真实的记载和形象。夸大或缩小，都是对历史人物的污蔑，都是作者本身的耻辱。慎哉，不可不察也。

史才的表现，非同文才的表现。它第一要求内容的真实；第二要求文字的简练。史学著作，能否吸引人，是否能传世。高低之分全在这两点。司马贞在《史记索隐后序》中，称赞司马迁："其人好奇而词省，故事核而文微。"事核就是真实；词省、文微，就是简练。

添油加醋，添枝加叶，把一分材料，写成十分，乱加描写，延长叙述，投其所好，取悦当世，把干菜泡成水菜……等等办法，只能减少作品的真正分量，降低作者的著述声誉。

至于有意歪曲，着眼势利，那就更是史笔的下流了。

今有所谓纪实文学一说。纪实则为历史；文学即为创作。过去有演义小说，然所据为历史著作，非现实材料。现在把历史与创作混在一起，责其不实，则诡称文学；责其不文，则托言纪实。实顾此失彼，自相矛盾，两不可能也。

所谓忘我，就是忘记名利，忘记利害，忘记好恶，忘记私情。客观表现历史，对人对己，都采取："死后是非乃定"的态度。

当代人写当代事，牵扯太多，实在困难。不完全跳出圈外，就难以写好。沈约《宋书·自序》说：

> 进由时旨，退傍世情，垂之方来，难以取信。事属当时，多非实录。

班固能撰《汉书》,是史学大家。据说他写的"当代史料",几不可读。这就是刘知幾说的:"拘于时"的著作,不易写好。

能撰写好前代史传,而撰写不好当代的事,这叫"拘于时"。而司马迁从黄帝写到汉武帝,从古到今,片言只字,人皆以为信史。班固的《汉书》,有半部是抄录《史记》。就不用说,后代史学界对他的仰慕了。这源于他萌发了史学的良心。

四

我有暇读了一些当代人所写的史料。其写作动机,为存史实者少,为个人名利者多。道听途说,互相抄袭,以讹传讹,并扩张之。强写伟人、名人,炫耀自己;拉长文章,多换稿费。有的胡编乱造,实是玷污名人。而名人多已年老,或已死去,没有精力,也没有机会,去阅读那些大小报刊,无聊文字,即使看到,也不便或不屑去更正辩驳。如此,这些人就更无忌惮。这还事小,如果以后,真的有人,不明真伪,采作史料,贻害后人,那就造孽太大了。

这是我的杞忧。其实,各行各业,都有见要人就巴结,见名人就吹捧的角色。各行各业,都有靠山吃山,靠水吃水的人。有时是帮忙,多数是帮闲,有时是吹喇叭,有时是敲边鼓。你得意时,他给你脸上搽粉;你失意时,他给你脸上抹黑。

但历史如江河,其浪滔滔,必将扫除一切污秽,淘尽一切泥沙。剥去一切伪装,削去一切芜词。黑者自黑,白者自白。伟者自伟,卑者自卑。各行各业,都有玩闹者,也不乏严肃工作的人。历史,将依靠他们的筛选、澄清,显露出各个事件,各个人物,本来的面目。

读《史记》记(跋)

清人有关《史记》之著述甚多,多为读书笔记。最有名者,为王念孙、王引之父子之《读书杂志》。我有金陵书局刻本。此书,我在中学读书时,谢老师即为介绍,极为推崇。然中学生《史记》原书,尚未读懂,更未全读。此师以己之所好,推及于学生,实无的放矢也。今日读之,兴趣亦寡。序言,略有情致,其他皆个别文字之考证,甚枯燥无味。我尚购有王鸣盛、钱大昕、赵翼之著作,皆为中华书局近年排印本。其治学方法与王氏同,亦皆未细读,近人整理的郭嵩焘之《史记札记》,考据之外,还有些新意。一个时代,有一个时代的治学方法,治学爱好,终生孜孜,流连忘返。这种意趣,后人是难以想象的。此后,鲁迅先生于《史记》研究,颇有新的见解,惜《汉文学史纲要》一书中,论及司马迁者,文字不多。

其实,《史记》有集解、索隐、正义,再加上乾隆四年校刊时之考证,对于读这部书,文义上的理解,文字上的辨认,也就可以了。再多,只能添乱,于读原书,并无多大好处。所以,我读古书,总是采取硬读、反复读的笨法子,以求通解。

我有两种《史记》:一为涵芬楼民国五年影印武英殿本,

一为中华书局四部备要本，此本也是据武英殿本排印的，余虑其有误植，故参照影印本。这两种本子，拿放都很轻便，字大清楚，便于老人阅读。

我没有购买中华书局近年标点的本子。我用的本子，都没有断句，更没有标点。此次引文，标点都是我试加的，容有错误。发表前，请张金池同志，逐条参照中华标点本，以求改正。这是很麻烦的事，应当感谢。

我以为：读书应首先得其大旨，即作者之经历及用心。然后，就其文字内容，考察其实学，以及由此而产生之作家风格。我这种主张，不只自用于文学作品，亦自用于史学著作。至于个别字句之考释，乃读书之末节。

黄卷青灯，心参默诵，是我的读书习惯。此次读《史记》，仍旧用这种办法。然而究竟是老了，昨夜读到哪里，今夜已不省记。读时有些心得，稍纵即又忘记。欲再寻觅，必需检书重读，事倍而功半。

但还是读下去，每晚躺在床上，读一卷，或仅读数页。本纪、世家、列传，及卷首卷尾部分，总算粗读一过。其他，实仍未读也。回忆自初中时，买一部《史记菁华录》，初识此书。时至今日，用功仅仅如此，时间之长，与收获之少，可使人惭愧。读书，读书，一个人的一生，究竟能真正读多少好书，只能自己心中有数了。

至于行文之时，每每涉及当前实况，则为鄙人故习，明知其不可，而不易改变者也。

读《前汉书卷六十四·朱买臣传》

家贫好读书,不治产业,常艾(读刈)薪樵卖以给食,担束薪行且诵书。其妻亦负戴相随,数止买臣毋歌呕(讴)道中,买臣愈益疾歌。妻羞之,求去。买臣笑曰:我年五十当富贵,今已四十余矣,汝苦日久,待我富贵报汝功。妻恚怒曰:如公等终饿死沟中耳,何能富贵?买臣不能留,即听去。

以上,是夫妻离异之因。其后,买臣独行歌道中,负薪墓间。故妻与夫家俱上冢,见买臣饿寒,呼饭饮之。

以上,说明其妻对买臣仍有情义。其后,上拜买臣为会稽太守,荣归故乡:

会稽闻太守且至,发民除道,县吏并送迎,车百余乘。入吴界,见其故妻、妻夫治道,买臣驻车,呼令后车载其夫妻到太守舍,置园中给食之。居一月,妻自经死。买臣乞其夫钱令葬。

耕堂曰：此京剧"马前泼水"之故事根据也。此剧演出，使朱买臣之名家喻户晓，其妻遂亦在群众心目中成为极不堪之形象。然细思之，此实一冤案也。

夫妻一同劳动，朱买臣干多干少，还是小事。在大街小巷，稠人广众之中，一边挑着柴担，一边吟哦诗书，这不是出洋相吗？好羞臊的妇女人家，哪里受得了？劝告你，不喊叫了也罢，却"愈益疾歌"，这不是存心斗气吗？嫁汉嫁汉，穿衣吃饭。跟着你，既然饥饿难挨，又当众出丑。且好心相劝，屡教不改，女方提出离异，我看完全是有道理的，有根据的。而且，以后见朱买臣饥寒，还对他进行帮助，证明这位妇女，很富同情心、慈善心，品质性格还是不错的。

而朱买臣做官以后的举动，表面看来很宽容，却大有可议之处。羞耻之心，人皆有之，何况是在封建时代？又何况是一个弱小女子？在很多修路工人面前，把她和她的丈夫，载在官车上，拉到府中，安置在花园里。这不是优待，却是一种别有用心的精神镇压，心理迫害。在这样的环境中、心情中，她如何能活得下去？所以她终于自经了。

这种叫别人看来，是糊里糊涂死亡的例子，在封建时代，是举不胜举的。

朱买臣后来也没得好下场。他告别人的密，皇帝把那个人杀了。后来也把朱买臣杀了。

读《前汉书卷五十七·司马相如传》

卷六十四，严助传：
司马相如的时代背景。

是时征伐四夷，开置边郡，军旅数发，内改制度，朝廷多事，屡举贤良文学之士。公孙宏起徒步，数年至丞相，开东阁，延贤人，与谋议。……其尤亲幸者：东方朔、枚皋、严助、吾丘寿王、司马相如。相如常称疾避事，朔、皋不根持论，上颇俳优畜之。唯助与寿王见任用，而助最先进。

以上，说明司马相如进入官场，同伴数人，表现各有不同，朝廷待遇也不一样。东方朔和枚皋，因"议论委随，不能持正，如树木之无根柢"（颜师古注），而被轻视。严助、吾丘寿王，勇于任事，虽被重用，而后来都被杀、被族。司马相如的表现，却是"常称疾避事"。这是他的特点。

但如果一点事也不给朝廷做，汉武帝也不能容他。他曾以很高贵的身份，出使巴蜀，任务完成得不错。

又据本传：

> 后有人上书，言相如使时受金，失官。居岁余，复召为郎。相如口吃，而善著书，常有消渴病，与卓氏婚，饶于财。故其事宦，未尝肯与公卿国家之事。常称疾闲居，不慕官爵。

以上，说明司马相如既有生理上的缺陷，又有疾病的折磨。家境不错，不像那些穷愁士子，一旦走入官场，便得意忘形，急进起来。另外，他有自知之明，以为自己并非做官的材料。像严助等人，必须具备如下的条件：既有深文之心计，又有口舌之辩才。这两样，他都不行，所以就知难而退，专心著书了。

他也不像一些文人，无能为，不通事务，只是一个书呆子模样。他有生活能力。他能交游，能任朝廷使节，会弹琴，能恋爱，能干个体户，经营饮食业，甘当灶下工。这些，都是很不容易的，证明他确是一个多才多艺的人。一个典型的、合乎中国历史、中国国情的，非常出色的，百代不衰的大作家！

前汉书用了特大的篇幅，保存了他那些著名的文章。班固对他评价很高，反驳了扬雄对他的不公正批评。

但他也并不重视自己的那些著作。本传称：

> 而相如已死，家无遗书。问其妻，对曰：长卿未尝有书也。时时著书，人又取去。

耕堂曰：司马相如之为人，虽然不能说堪作后世楷模，但他在处理个人与环境、个人与时代、文艺与政治、歌颂与批评等等重大问题方面，我认为是无可非议的，值得参考的。

读《后汉书》小引

任何事情，都难以预料。比如历史吧，前汉的刘邦，不事生产，后来做了皇帝；后汉的刘秀，一心事田业，后来也做了皇帝。于是历史学家就说，光武皇帝本来胸无大志，为人平平，他之所以成功，完全是机遇。比起汉高祖，他太渺小了。

这也许是事实。我读《后汉书·光武本纪》，就遇不到像《史记·高祖本纪》中那些惊心动魄的故事，总提不起精神来。

这部中华书局聚珍版的《后汉书》，原是进城初期买的，想不到竟成了我老年的伙伴。它是线装大字本，把持省力，舒卷方便。走着、坐着、躺着，都能看。我很喜爱它，并私心庆幸购存了这么一部书。

但近几年来，拿拿放放，总读不下去。去年打开了，结果只写了一篇关于著者范晔的读书笔记，又放下了。今年夏天又打开，有了些进展，本纪算读完了，没有什么收获。后纪也读了，知道一些女人专政的故事。接着是"志"。志分：律历，礼仪，祭祀，天文，五行，郡国，百官，舆服。这都是专门的学问，也读不懂，几乎是翻过去了。

下面才是列传。这是史书的中坚部分,应该细读。

列传,前边都是大人物。我发现后汉开端时的人物,光武那些功臣,和汉高祖时不同。他们多是一些宦家子弟,都读过一些书,甚至做过小官,有些政治经验。像马武那样的草莽之人很少。

这是经过西汉很长时期的休养生息、文化教育的结果。

例如邓禹,"年十三能诵诗"。寇恂,"初为郡功曹"。冯异,"好读书,通左氏春秋,孙子兵法"。岑彭,"王莽时守本县长"。贾复,"少好学,习尚书"。吴汉,"家贫,给事县为亭长"。盖延,"历郡列掾,州从事"。陈俊,"少为郡吏"……

光武也读书,"乃之长安,受尚书,略通大义。"这样一个领导集团,驱使或对付那些乌合之众,自有它的优胜之处。

但在这些功臣传记里,我还是读不出个所以然来。读到列传第十三,窦融传,才渐入佳境。写得最好的,是它后面"马援传"。

我们知道,范氏的《后汉书》,是根据好多种后汉书写成的。马援传的原始材料,可能就写得好。马援是东汉的一个名人,事迹当然不少,但人以文传。还得有人给他写好才行。

耕堂曰:我读《二十四史》,常常有一史不如一史,每况愈下之感。这虽然不能说就是九斤观点,至少也违反进化论。每代都是先有史实,然后有史才,加以撰述。有时有重大史实,而无相当史才,加以发挥;有时虽有史才,而无重大史实,可供撰述。此遇与不遇,万事皆然,非独创作。班马之作,已成千古绝唱,再想有类似作品,实已困难。艺术一事,实在是有千古一人的规律,中外皆然,不可勉强。

平心论史，各史皆有其长。即如后汉一书，范晔之才，亦难得矣。他的语言简洁，记事周详，有班固之风，论赞折中，而无偏激之失，亦班氏家法。时有弦外之音，虽不能与司马迁相比，亦非后史所多见。范氏在自序中，对自己的论赞，颇为得意，不是没有根据的。这部书，一直列为史学经典，也不是没有原因的。

惜我年老精衰，读书已无计划。加以记忆模糊，边读边忘。旷日持久，所得无多，甚感愧对此书耳。

现将读书时零碎心得，粗记如下，供同好者参考。

读《后汉书卷五十八·桓谭传》

（一个音乐家的悲剧）

　　桓谭的父亲，西汉成帝时为太乐令，是个管音乐的官。谭因此也好音乐，善鼓琴，嗜倡乐。他还遍习五经，能文章，常和刘歆、扬雄等人辨析疑异。他为人简易，不修威仪，好非毁俗儒，因此多被排挤。哀、平间，他的官位，不过是个"郎"。

　　他也有些见识，他认识傅皇后的父亲傅晏。当时傅皇后失宠，傅晏处境很不好。桓谭给他作了两项建议：一是请傅晏背地告诉女儿，千万不要因为嫉妒，"驱使医巫，外求方技"。二是傅晏本人，要"谢遣门徒，务执谦悫"。傅晏照办，终于保住了一家人的平安。

　　另外，在王莽掌权时，"天下之士，莫不竞褒称德美，作符命，以求容媚。谭独自守，默然无言"。这在当时，就很不容易了。

　　光武皇帝即位，他曾"上书言事，失旨不用"。后来大司空宋弘荐他为"议郎给事中"，他又"上书陈时政"。其中有一段是反对"图谶"，另一段是说皇帝用兵不当。触犯了大忌，皇帝非常不高兴。

谁都知道,光武帝是靠图谶起家的。而这个图谶是光武在长安时一个"同舍生"捏造的。其词为:"刘秀发兵捕不道,四夷云集龙斗野,四七之际火为主。"不只言词粗鄙,而且作伪显然。但当时群臣都说:"受命之符,人应为大。万里合信,不议同情。周之白鱼,曷足比焉!"(卷一光武纪)现在皇帝已经坐稳了,而桓谭竟说图谶不可信,这真是书呆子的头脑发昏了。

于是悲剧开始:

> 其后有诏会议灵台所处。帝谓谭曰:
> 吾欲谶决之,何如?谭默然良久曰:臣不读谶。帝问其故,谭复极言谶之非经。帝大怒曰:桓谭非圣无法,将下斩之!谭叩头流血,良久乃得解。出为六安郡丞,意忽忽不乐,道病卒,时年七十余。

耕堂曰:皇帝召集的这次会议,如果说是一种预谋,是"引蛇出洞",恐怕也不是瞎猜。他心里先有了一个"不悦",然后指名问桓谭:"如何?"如果桓谭聪明些,对答一个"臣以为很好",这悲剧也许就无从发生。桓谭还是犹豫了一下的,这一犹豫,即是"默然良久",本来是他的一个生命转机。但皇帝又接着来了一个"问其故"。桓谭沉不住气,又犯了老病,"复极言"起来,就中了皇帝的圈套,自己走上了死亡之途。他中五经之毒太深,以为皇帝总不会不相信五经。这是他的一个大错误!不错,皇帝有时信五经,但在当前,他更信图谶!桓谭得罪后,"忽忽不乐",是对自己这一次失言的无可挽回的痛惜!更使人惋惜的是,他本来是一个音乐家,他本来可以伴音乐而始终，平安度日。他做的官，是给事中，是皇帝身边的一个小官，皇帝喜欢他弹琴，关系处得并不错。如果就这样干下去说不定还会得到皇帝的宠爱，享受荣华富贵哩。

可惜的是，他那位荐举人宋弘，也是一个古板守旧的人。他见桓谭常常给皇帝弹琴，皇帝又喜爱"繁声"，他就非常不高兴。他召见桓谭，非常严厉地教训了他一顿。说荐他来是"辅国家以道德"的，不是叫他演奏流行歌曲。要治他的罪。这样，当桓谭再为皇帝弹琴时，一看见宋弘，就神色大变，很不自然，以致皇帝后来就不再叫他弹琴了。

桓谭自此以为应"忠正导主"，就屡屡上书言事。皇帝一想，你不过是个"倡优"，也敢如此，就恨上他了。这也是桓谭无自知之明，忘记了自己的身份和在皇帝眼中的地位。

同朝中，有一个叫郑兴的，就比桓谭聪明些：

> 帝尝问兴郊祀事，曰：吾欲以谶断之，何如？兴对曰：臣不为谶。帝怒曰：卿之不为谶，非之邪？兴惶恐曰：臣于书，有所未学，而无所非也。帝意乃解。（卷六十六郑兴传）

和皇帝对答，可不是小事，郑兴如果不说这样滑头的话，就会有桓谭同样的下场。

桓谭还著有《新论》一书，共二十九篇，多言"当世行事"，大部都不存。《书目答问补正》说有"说郛本"，我有张宗祥抄本《说郛》，但多次查阅，都没有找到。

读《后汉书卷五十八·冯衍传》

(一个文过其实的人)

传称:"衍幼有奇才,年九岁,能诵诗。至二十而博通群书。"他原来忠于更始,很晚才归顺光武。光武对他没有兴趣,又有人谗毁他,得不到重用。

冯衍自己有个想法。他说古代有个故事:有人挑逗两个女子,长者骂他,幼者顺从。他选了长者为妻。他以为皇帝用人,也应该这样,不要摒弃反对过自己的人。这个想法太浪漫了。他屡次上疏陈情,光武终以"前过不用";"显宗即位,又多短衍,以文过其实,遂废于家"。

耕堂曰:"文过其实",是什么意思呢?不过是指冯衍的为人并不像他写的文章那样好。这是可能的。很多文人,都不能用他的行实,同他的文字相比照。文章是做出来的,是代圣人立言,当然是正确的。一个人的行为,就很难说。它是一个人,一生之中的多种表现。是充满变化和矛盾的,要受社会现实、时代风尚的影响。"名不副实",或"文过其实",是历史的,自然普遍的现象。

另外,"文过其实",文章还是被肯定的。本传保存下来的，冯衍的几篇文章，从文字、见识、学问来看，就不是一般人所能做得出来的。

历史上，又常常有这样一种现象：本来，这个人的文章无可观，行为不足称，却不知为了什么，为当时权贵所重视，为小人所吹嘘。过不了几年，又证实：这个人，这个人的文章，这种重视，这些吹嘘，不过是一个连锁性的骗局。这当然不能叫做"实过其文"，只能说是文、实两空。在人民道德、文化素质普遍下降的时期，这种"人文"现象，是屡见不鲜的。

冯衍的为人，确是言行不一，文实相违。他一方面，在言志时，反复申述："游精神于大宅兮，抗玄妙之常操；处清静以养志兮，实吾心之所乐。"一方面，又不安于贫贱，向皇帝求情不得，又频频给权贵上书，请求支援，帮他找个官位。言词卑微，和文章大相径庭。

既无治国的机会，也没有"齐家"的办法。他两次离婚，名誉受损。第一次，只是因为他的夫人不让他纳妾。他非常气愤，在给妇弟的信中，竟胡言乱语地说："不去此妇，则家不宁；不去此妇，则家不清；不去此妇，则福不生；不去此妇，则事不成。"好像他的失败，都由于妇人。

休妻后，又娶了一个，这个更厉害，差一点没有把前妻留下的儿子毒死。结果又散了。只好自叹："贫而不衰，贱而不恨。年虽疲曳，犹庶几名贤之风，修道德于幽冥之路。"

他的命运，也只能说是不逢时，并不完全是自身的过错，还是值得同情的，应该原谅的。

耕堂曰：古之所谓少年奇才，因专心读书，遂丧失生活技能。即俗话所说：肩不能担担，手不能提篮。既不能耕，又不能牧。只剩"学而优则仕"一窄途。仕有遇，有不遇；有达，有不达。要看社会环境,要分时代治乱。所以说,士人的命运和前途,是很不乐观的。

"惟吾志之所庶兮,固与俗其不同;既倜傥而高引兮,愿观其从容。"这样说说,或是写写,都是容易做到的。如果遇到衣食不继,或子女号寒,甚至老婆闹着要离婚的时候,那就得另谋出路了。

即使还没有闹到这种地步,念了若干年书,又被人称做"奇才",也是不甘清苦的。他会看到比他得志的人,吃的什么,穿的什么,住的什么,坐的什么。为什么他能这样,我就不能呢?他是怎样得到的呢?我不会学习着来试试吗?于是冯衍之所为,就无需责怪了。

读《后汉书卷七十·班固传》

（一个为政治服务的文人）

传末，范晔论曰：

"司马迁、班固父子，其言史官载籍之作，大义粲然著矣。议者咸称，二子有良史之才。迁文直而事核；固文赡而事详。若固之序事，不激诡，不抑抗，赡而不秽，详而有体，使读之者，勉勉而不厌，信哉其能成名也。"

耕堂曰：范蔚宗之论班固，已成定论。其所谓：不激诡，不抑抗，就是对人、对事，不作主观的扬或毁，退或进。客观地记述其本来。这在史学上，是一个准则。

古来论述班马异同者，甚众。然多皮毛之见，又多出于个人爱好。范氏对两人的两句评语，实在明确恰当。

传载：

> 班固，"年九岁，能属文诵诗赋，及长，遂博贯载籍，九流百家之言，无不穷究。所学无常师，不为章句，举大义而已。性宽和容众，不以才能高人，诸儒以此慕之。"

他的汉书：

> 固自永平中始受诏，潜精积思二十余年，至建初中乃成。当世甚重其书，学者莫不讽诵焉。

传中保存了他写的几篇文章。其中《两都赋》的主题是："盛称洛邑制度之美，以折西宾淫侈之论。"《典引篇》的主题是："述叙汉德"。此外《窦宪传》里还保存了一篇《燕然山铭》。

班固的一生，他的全部著作，包括《汉书》，都是为政治服务的，是为一朝一姓服务的。

古代没有"为政治服务"这个口号，也没有人提出过这样的要求。但在中国古代文献中，存在大量为政治服务的作品。不是间接服务，而是直接服务。也没有人讳言或轻视为政治服务。文人都是自觉自愿的。这说明，文学可以为政治服务，文学和政治的这种关系，自古以来，就是很自然的。

自从有了这个要求，有了这个口号，问题就来了，议论也就多了。近的不说，稍远的有三十年代，成仿吾与鲁迅，钱杏邨与茅盾，左联与"第三种人"，越到后来，越是争论不休。前几年，把这个口号变通了一下，还是有争论。这就叫：有口号，就有争论。

世界上，当然有不为政治服务的艺术。但近代历史，也在不断证明：一些大声疾呼"艺术圣洁"的人，常常又是另一种政治的热烈追求者。差不多在他们反对文艺为政治服务的同时，他们的作品，已经成为他们在政治生活中的进身之阶。不只为"政治"服了务，也为经济服了务，使他们能够大发其财!

只要作家本人，不能完全与政治无关，那么文艺作品，就不能完全与政治无关。文艺为政治服务，并不一定就粗糙，就没有价值。不为政治服务，也不一定就高尚，就值钱。这要视作家而定。班固的作品，不是在永远流传吗？

关于班固和司马迁的比较，我也有些浅见。我以为，其不同之处有：

（一）家学、经历、气质之不同。司马谈和班彪留给儿子的思想遗产，并不相同。司马迁的任务是要继承《春秋》的事业；班固的任务，是整齐西汉一代之书。在为本朝服务这一点上，班固的思想比司马迁明确得多。司马迁在遭到不幸之后，生理和心理都造成很大伤害。这不能不影响他的思想、感情、甚至精神、意识。文学是精神的产物，我们很难估计，这一不幸，在司马迁文学事业上的作用和影响。班固固然也遇到过不幸，但他在第一次入狱时，却因祸得福。著作得以上达朝廷，自己也弄了个兰台令史的官儿，有了个很好的写作学习的环境。

（二）两个人的哲学思想不同。哲学思想是一切著作的基础，史学、文学均同。司马迁的哲学思想，很大成分是黄老，而班固则是儒家，并且是经过汉代大儒发掘、整理过的，训诂、章句过的儒家思想。司马迁作《史记》，几乎没有政治目的，没有想到要为谁服务。他写秦、项和写刘邦，态度是一样的。而班固作《汉书》，政治目的很明确，就是为了表彰汉德。

其相同之处为结局悲惨。然此中亦有分别。司马迁的悲惨在成书之前，而班固的悲惨在成书以后。

这两位文人之不幸，在于只熟悉历史，而不了解现实。深信圣人之言，而泥古不化。处官场而不谙宦情。因此，其伤亡也，皆在国家政治动荡，权贵剧烈倾轧之际。文人不知修检，偶以言语及生活细故，遂罹大难，为可伤矣！

范晔论曰："固伤迁博物洽闻，不能以智免极刑。然亦身陷大戮，智及之而不能守之。呜呼，古人所以致论于目睫也！"范氏之言是矣，然彼亦终未能自全，言不旋踵，而身验之，此又何故欤！

读《后汉书卷五十四·马援传》

（一篇好传记）

在小引中，我说马援传写得最好，其理由有三：

一、这篇传记，写了马援的一生，包括他的言行，他的政治活动，他的文事武功。写出了这个人的为人风格和一些精彩的言论。以上写得都很具体、生动，给人留下鲜明的印象。最后写了他奉命征五溪，师老无功，且遭马武等人的逸毁，以致死后都不能"丧还旧茔"。给这个人物增加了悲剧色彩，使读者回味无穷。

二、马援与光武、隗嚣、公孙述，都有交往。这是当时互相抗衡的三种势力。传记通过写马援，同时也写了三个人的为人、行事、政治和军事上的见识和能力。传记用对比的手法：

援素与述同里闬，相善。以为既至，当握手欢如平生。而述盛陈陛卫，以延援入，交拜礼毕，使出就馆。更为援制都布单衣，交让冠，会百官于宗庙中，立旧交之位。述鸾旗旄骑，警跸就车，磬折而入，礼飨官属甚盛。

下面紧接着,写光武如何接见马援:

> 援至,引见于宣德殿。世祖迎笑谓援曰:"卿遨游二帝间,今见卿,使人大惭。"援顿首辞谢,因曰:"当今之世,非独君择臣也,臣亦择君矣。臣与公孙述同县,少相善,臣前至蜀,述陛戟而后进。臣今远来,陛下何知非刺客奸人,而简易若是?"帝复笑曰:"卿非刺客,顾说客耳。"

后面,又紧接着,写马援与隗嚣的一段对话,使隗嚣的形象,跃然纸上。

三段文字,写得自然紧凑,而当时的政治形势,胜败前景,已大体分明,这是很高明的剪裁手法。写人物,单独刻画,不如把人物,放在人际关系之中,写来收效更大。

三、记录马援的日常谈话,来表现这一人物的性格、志向、见识。

> 封援为新息侯,食邑三千户。从容谓官属曰:"吾从弟少游,常哀吾慷慨多大志,曰:'士生一世,但取衣食裁足,乘下泽车,御款段马,为郡掾吏,守坟墓,乡里称善人,斯可矣。致求盈余,但自苦耳。'当吾在浪泊西里间,虏未灭之时,下潦上雾,毒气重蒸,仰视飞鸢跕跕坠水中,卧念少游平生时语,何可得也!"

马援确是一个"说客",他说话非常漂亮,有哲理。"闲于进对,尤善述前世行事。""闻者莫不属耳忘倦。"他的《诫侄书》尤有名，几乎家传户晓。像"穷当益坚，老当益壮"，这些成语，都是他留下来的。他言行一致，年六十岁，还上马给皇帝看看哩！

但据我看，光武对他一直不太信任，就因为他原是隗嚣的人。过来后，光武并没有重用他，直至来歙举荐，才封他为陇西太守。晚年之所以谗毁易人，也是因为他原非光武嫡系。

他兴趣很广泛，能经营田牧，还善相马。他留下的"铜马相法"，是很科学的一篇马经。

但好的传记，末尾还需要有一段好的论赞，才能使文气充足。范晔论马援："然其戒人之祸，智矣，而不能自免于谗隙。岂功名之际，理固然乎？"

耕堂曰：马援口辩，有纵横家之才，齐家修身，仍为儒家之道。好大喜功，又备兵家无前之勇。其才智为人，在光武诸将中，实为佼佼者。然仍不免晚年悲剧。范晔所言，是矣。功名之际，如处江河漩涡之中。即远居边缘，无志竞逐者，尚难免被波及，不能自主沉浮。况处于中心，声誉日隆，易招疑忌者乎？虽智者不能免矣。

至于范氏说的：

"夫利不在身，以之谋事则智，虑不私己，以之断义必厉。诚能回观物之智，而为反身之察，若施之于人，则能恕；自鉴其情，亦明矣。"

这种话，虽然说得很精辟，对人，却有点求全责备的意思了。

读《后汉书卷六十六·贾逵传》

(关于经术)

两汉经学大盛。但春秋左传一经,并得不到共识。从西汉末年,就为是否为左传立博士,争论不休。所谓"立博士",就是得到皇帝的承认,成为国家的一种学科。东汉初年,博士范升对左传持否定态度,他在光武帝亲自主持的讨论会上说:

> 左氏不祖孔子,而出于丘明。师徒相传,又无其人。且非先帝所存,无因得立。(同卷范升传)

他条奏"左氏之失,凡十四事"。和他辩论的人说:太史公多引左氏。他又"上太史公违戾五经谬孔子言,及左氏春秋不可录,三十一事"。

学者陈元,则主张左传,应立博士。他说范升的言论,不过是"断截小文,媒嬻微词"。"所谓小辩破言,小言破道者也。"

皇帝又叫他和范升辩论,他占了上风。"帝卒立左氏学,太常选博士四人。"但诸儒"论议讙哗",不久,"左氏复废"。

贾逵的父亲贾徽,从"刘歆受左氏春秋。""逵悉传父业,尤明左氏传、国语,为之解诂五十一篇。永平中,上疏献之。显宗重其书,写藏秘馆。"后来,他又给皇帝作了一篇《神鸟颂》。

肃宗时,他"摘出左氏三十事,尤著明者。斯皆君臣之正义,父子之纪纲"。给皇帝看。然后又说"左氏与图谶合"。更重要的一点论据是:"五经家皆无以证图谶,明刘氏为尧后者,而左氏独有明文。"

这就一矢中的:

> 书奏,帝嘉之。赐布五百匹,衣一袭。令逵自选公羊严颜诸生高才者二十人,教以左氏。

从此,春秋左传一经的地位,就牢固地确立了。贾逵实为左氏功臣。

耕堂曰:学术受政治制约。此余幼年所学;至今不容变异。以上史实凿凿,亦非晚近新潮所能打破。学术受政治制约,首先表现为学者受政治约束。郑玄一代大儒,八方仰慕。当病重时,袁绍一命,逼玄随军,他就不得不载病而行,死于路途。学者不能离政治而自由,而能产生自由的学术,这就是梦话。

且一经之立,非只关系一经,能广泛流传。精熟此经者,可得立为博士。博士也是一种官位,可得诸多好处。我们不能把贾逵的这种做法,单纯看做是迎合、投机。因为皇帝选用人才、学术,主要是看能否为当前政治服务。贾逵所谈,多为"安上理民"之策,与皇帝的希望正相合,就容易被接受。左氏的整个著作,也沾了光,随之大行于世。这和一些儒家主张为人要委蛇行事,以求通显,道理是一样的。无可厚非。

但范晔并不这样看,他说:

> 郑贾之学，行乎数百年中，遂为诸儒宗，亦徒有以焉尔！桓谭以不善谶流亡，郑兴以逊辞仅免。贾逵能附会文致，最差贵显。世主以此论学，悲矣哉！

好像我以上的看法太庸俗了。范晔是一个理想主义者。

理想终归是理想，在历史上，从来没有实现过。

另外，学术也不等于政治。有些大儒，固然因学术而显达，在政治上顺利。有的却不是做大官的材料。郑玄虽然那样用功，学术成就那样大，但看来他性情有些孤僻，不愿做官。也可能是感到，自己做不来。他说："别人都去做了大官，吾自忖度，无任于此。但念述先圣之元意，思整百家之不齐，亦庶几以竭吾才。"他是有自知之明的，也是有识见的，因为当时天下已大乱。

范升争论得那样凶，后来为"出妻所告，坐系。得出，还乡里。永平中，为聊城令，坐事免，卒于家"。官做得很小，时间又很短。

贾逵，"然不修小节，当世以此颇讥焉，故不至大官"。

耕堂曰：凡以知识学术干政者，贾逵可为师法矣。回忆"四人帮"时期，思想、文化界，此种人不少。率皆从经典中，寻章摘句，牵强附会，以合时势。迹其用心，盖下贾逵一等。其中，自然有人系迫不得已。但主动逢迎者，为多数。文艺创作亦如此。其作品，太露骨者，固已不为人齿，然亦有人，由此步入作家行列，几经翻滚，终于成为"名家"。此亦如范晔所言："徒有以焉尔！"这个词儿很新鲜，也很俏皮。意思是说：也不过就是那么回子事罢了！

读《后汉书卷七十三·朱穆传》

（关于交友）

古代主张绝交的人，大都性情孤僻。或处境不佳，遭遇悲惨。心情极度不好时，才这样做。

例如东汉的朱穆，就写过一篇《矫时》的绝交论。其中有："绝存问，不见客，亦不答也。"这样不通人情的句子。

后来，著名学者蔡邕，以为朱穆这种见解是"贞而孤"。就是狭窄，偏激，不开明。"又作正交以广其志。"蔡邕论交的主旨为：

> 盖朋友之道，有义则合，无义则离。善则久要不忘平生之言；恶则忠告善诲之，否则止，无自辱焉。故君子不为可弃之行，不患人之遗己也。信有可归之德，不病人之远己也。

后汉书的作者范晔，在朱穆传的后面，就交友问题，发了很长的议论，他引证了古来交友，正、反两方面的史实和教训，重申了孔子、老子两位圣哲对友道的主张，例举了当时一些善于交友的人物。

我以为，蔡氏和范氏的论述，很全面，也很正确，实在无懈可击。也正因为这样，他们的话，等于没有说。交朋友，是一种社会现象。人既不能脱离社会而生存，就像必须娶妻生子一样，交结朋友。但每个人的生活方式，每个人的生活能力，并不相同。所处时代、环境，也不一样。要求每人对待友道，持相同观点，是不可能的。

关于交友，孔子都说过了。"泛爱众而亲仁"，"以文会友，以友辅仁"，"益者三友"，是其要点，是千古不刊之论。

为什么在圣人门徒中间，又有很多人主张绝交呢？就是因为我前面所说的那些复杂情况。有些人生活能力差，应付能力小。想离群索居，又怕没有粥喝。想得到一时一刻的心境平衡，于是想到了绝交。朱穆所为，正是如此。他在梁冀这种人手下工作，劝说又不听。环境恶劣，前景茫茫，只能如此了。

他这个人，还有天生的病态：

> 及壮，耽学。锐意讲诵，或时思至不自知。忘失衣冠，颠坠坑岸。其父常以为专愚，几不知数马足。

这样的人，你叫他广交朋友，应付自如，岂不是赶鸭子上架吗？他终于"愤懑发疽"而亡。

但有人，生理、心理都正常，通达世情，并热心公益，乐于帮助他人，但对交友也持消极态度。这就值得注意了。

《后汉书卷五十七·王丹传》：

> 丹子有同门生丧亲，家在中山。白丹欲往奔慰，结侣

将行,丹怒而挞之,令寄缣以祠焉。或问其故,丹曰:交
道之难,未易言也。世称管鲍,次则王贡。张陈凶其终,
萧朱隙其末,故知全之者鲜矣。

范晔对他的评论是:"王丹难于交执之道,斯知交矣。"因为王丹这样做,不只是由于识见,也是根据经验,不能不令人信服。他的主张是:交友要慎重;朋友之间的来往,要清淡,不要过热。

耕堂曰:交友,是一种生活手段。幼时,在庙会上,见卖艺人开场,必言:在家靠父母,出门靠朋友。朋友与父母并论,可见其与吃饭穿衣有关。这种交友之道,可称做开放型,或进攻型。出门卖艺尚且如此,如果是出国卖艺,那交友一事,就更为重要了。相反,动不动就要与人绝交的人,可称封闭型,或保守型。要之,交友之道,从战术上说,要广交;从战略上说,要慎交。但凡关人事,变化莫测,不能自主。不是你要如何,便能如何的。

关于交友,我在《悼曼晴》一文的附论中,曾经胡扯过一通,这里就不再多说了。

读《宋书·范晔传》

一

范晔字蔚宗,是《后汉书》的作者。《后汉书》是我国前四史之一,与司马、班、陈的著作并称,是古史的经典。

范晔是南北朝时期宋朝人,在他以前,已经有很多人撰写《后汉书》。我的藏书中,有一部清末刻印的七家《后汉书》,其书目为:谢承《后汉书》、华峤《后汉书》、谢沈《后汉书》、薛莹《后汉书》、司马彪《续汉书》、袁山松《后汉书》、张璠《汉记》、佚名氏《后汉书》(附)。

这些《后汉书》,原书都已失传。以上所列,是后人从《北堂书钞》、《太平御览》等古书中辑录出来的零篇散句,实际已经不能成书,也无法阅读了。

但在当时,这些《后汉书》,都是卷帙浩繁的。例如谢承《后汉书》,《隋书·经籍志》和《旧唐书·经籍志》,都记录为一百三十余卷。

书籍的流传与消失,有时是因为战火灾情,但主要是优胜劣汰。著书也如积薪,后来居上。他可以有更多的机会,利用前人的成果，发见新的材料，证实过去的疑难之处。读者买书用书，自然也有所选择。这就是范书一出，他书俱废的原因。

我用的《后汉书》，是中华书局仿宋本，三函，共三十册。卷首书：宋宣城太守范晔撰；梁剡令刘昭补志；唐章怀太子贤注。帝后纪一十二；志三十；列传八十八。共一百三十卷。

《后汉书》原无志，范晔曾委托别人撰写。唐时，还有其他《后汉书》存在，章怀太子选中了范书，为它作注，使它成为权威著述。注中引用了不少其他《后汉书》的片断，标示异同，后世视为善本。

二

《范晔传》在《宋书》卷六十九，与《刘湛传》同卷。我用的《宋书》，是中华书局标点本。

兹就史传所载，摘录范晔行事如下：

范晔，顺阳人。母如厕产之，额为砖所伤，故以砖为小字。

少好学，博涉经史，善为文章，能隶书，晓音律。

做官以后，遇事怕困难。太妃殡葬时，饮酒，开窗听挽歌，被左迁宣城太守。"不得志，乃删众家《后汉书》为一家之作。"

晔长不满七尺，肥黑，秃眉须。

有个叫孔熙先的，做官久不得调，心怀不满，想制造皇家弟兄之间的矛盾，"以晔意志不满，欲引之"。先与晔赌博，故意输给他很多财宝。熟了以后，知道"晔素有闺庭论议，朝野所知，故门胄虽华，而国家不与姻娶"。熙先因以此激之。范晔就陷入了宫廷的斗争。

他们支持的是彭城王刘义康,是当时皇帝的哥哥。不久被人出卖,事败,死时四十八岁。

《宋书》的作者是沈约。他在写范晔的被捕、受审、在狱、行刑时的情景,以及对话、心理,都非常详细、真实、生动。是一篇很有味道的纪实小说。

出卖他的人,叫徐湛之,他对范晔的看法是:"倾动险忌,富贵情深。"皇帝对他的看法是:"意难厌满。"他哥哥对他的看法是:"此儿近利,终破我家。"此皆指宦情也。

三

耕堂曰:古人读书写作,是为了做官,也就是寻求富贵荣华。他们先以"时文"取得功名,做官不成或不顺利,才去著书。鲁迅诗云:无聊才读书。实不只此,著书亦多在无聊时。但有时,正在无聊著书,订下了庞大的写作计划,忽然官运亨通起来,就再也无聊不下去了,只好放下笔墨,先去赴任盖章。此为无聊期的结束,也就是文字生涯的终结。有的人虽说圣明天纵,不可一世,一边做着官,一边还在写文章。因为只有得意,没有无聊,那文章的成色,也就大不如从前,以后只是卖卖名气而已。无聊即寂寞,曹雪芹寂寞时,可以写出极度繁华的小说;做官即富贵,此情一深,文思即淡矣。连无聊的小说,也就写不出来了。

凡是"富贵情深"的人,大都"意难厌满"。他们的欲望是没有止境的,没有限度的,是要步步高升的。以"文革"为例,"四人帮"中有两位文士,本无多少才情,知识也不丰富,文字也不大通顺。但得遇机缘,官运可以说非常之好。还不满足,一定要攘夺盗窃国家神器。此二人,可说是近代史上，由蹩脚文人，发迹之后，成为政治流氓的典型。但他们绝不是历史的最后一例。证之"文革"期间，这样的文人，此伏彼起，层出不穷，即可明白。

至于等而下之的中小人物，时隔不到二十年，受害的一代人，还没有死完，他们已经认为：整个社会忘记了他们在"文革"期间的形象，他们的所作所为。他们的思想早已解放，仍把"造反有理"，作为行动的信条。有的装模作样，有的旧态复萌，有的想法翻案。此种现象，此种人物，今日实多见之，令人咋舌。富贵之梦，仍在萦绕着他们的灵魂。

四

范晔在狱中，给甥侄们写了一封信：

> 吾狂衅覆灭，岂复可言，汝等皆当以罪人弃之……文章转进，但才少思难，所以每于操笔，其所成篇，殆无全称者。常耻作文士。文患其事尽于形，情急于藻，义牵其旨，韵移其意。虽时有能者，大较多不免此累，政可类工巧图缋，竟无得也。常谓情志所托，故当以意为主，以文传意。以意为主，则其旨必见；以文传意，则其词不流。然后抽其芬芳，振其金石耳。此中情性旨趣，千条百品，屈曲有成理……
>
> 性别宫商，识清浊，斯自然也。观古今文人，多不全了此处，纵有会此者，不必从根本中来，言之皆有实证，非为空谈。年少中，谢庄最有其分，手笔差易，文不拘韵故也。吾思乃无定方，特能济难适轻重，所禀之分，犹当未尽。但多公家之言，少于事外远致，以此为恨，亦由无

意于文名故也。

以上是范晔就自己的心情、秉性、学识和为文之道写的话。信的下半，是谈他撰写的《后汉书》：

> 本未关史书，政恒觉其不可解耳。既造后汉，转得统绪，详观古今著述及评论，殆少可意者。班氏最有高名，既任情无例，不可甲乙辨，后赞于理近无所得，惟志可推耳。博赡不可及之，整理未必愧也。吾杂传论，皆有精意深旨，既有裁味，故约其词句。至于循吏以下及六夷诸序论，笔势纵放，实天下之奇作。其中合者，往往不减过秦篇。尝共比方班氏所作，非但不愧之而已，欲遍作诸志，前汉所有者悉令备。虽事不必多，且使见文得尽，又欲因事就卷内发论，以正一代得失，意复未果，赞自是吾文之杰思，殆无一字空设，奇变不穷，同合异体，乃自不知所以称之。此书行，故应有赏音者。纪、传例为举其大略耳，诸细意甚多。自古体大而思精，未有此也。恐世人不能尽之，多贵古贱今，所以称情狂言耳……

五

《史记》、《汉书》，都附有作者的自序，述作者身世、师承，以及著作体例及经过。后来成为大的著述的传统做法。《后汉书》没有自序，这是因为作者出了事，来不及写，可以把范晔这一封信，看做是他的自序。沈约引证了全文，并说："晔自序并实，故存之。"评价很高。

范晔一生行事，除《后汉书》外，无可称述，我很喜欢他这封信，认为是一篇很好的文字。人之将死，其言也哀。所说的话，都是从肺腑中来，不会再有虚妄。文章一事，他所知甚多，见解也非常精辟，是真正的经验之谈。对于历史著述，虽似夸耀，是亦真情。惟独到了这般时候，才流水一般，说出了天真的话语。

这时，范晔已经陷入了大痛苦、大寂寞、大无聊之中。四顾茫茫，生死异路。他想起了撰述《后汉书》时的情景，回归无聊之中。只有这一点，他无愧于心，暂时扶住了他倾斜的灵魂。人之将死，其言也善，他的话不只是真诚的，也是良善的。这就是为什么，不要以人废言的道理。

六

耕堂曰：余晚年阅读史书，多注意文士传记。发见：文士的官才，和他们的文才，常常成反比。又发见：文士官才虽少，而官瘾甚大。不让他们过一过官瘾，好像死不瞑目。有人，偶然一试，感受到官场的矛盾、烦扰、痛苦，知难而退，重操旧业，仍不失为文士；有的人却深深陷入，不能自拔，蹉跎一生，宦文两失。退得快的，多为文学真才，卓有成就；陷下去的，多为文学混混儿，其在文坛混，与在官场混，固自相同也。退之一途，又分主动与被动。主动则有抱负，被动则有激扬，皆有利于文字成功。所谓被动，即指政局变化，官场失利，刑罚贬逐之类。

至于官场不利之因，则有急功近利，轻浮躁进，不识大体，依附非人等等。范晔生于华族，喜好声歌，结交非类，参与赌博，已属于轻浮之流矣。而其初生时，头部触砖，或受震荡，因而举止乖张。此则余遵弗洛伊德之学说，从生理病理上揣想也。

读《旧唐书》记

一、旧唐书

《旧唐书》，中华书局四部备要本，共三十二册，价七元八角八分，削价出售之书也。记得此书，六十年代初，购于天祥二楼，抱书出商场后门，路有煤屑，滑倒，幸未跌伤，兴致仍不减。

此书，前有明人杨循吉、文徵明、闻人铨三序，皆述重刊之由，旧书之佳。末有清人沈德潜一跋，对于此书校刊经过及其源流特点，叙述简明扼要，抄录如下：

> 旧唐书成于后晋时宰相刘昫。因吴兢、韦述、柳芳、令狐恒、崔龟从诸人所记载而增损之。宋仁宗朝，奉诏成新唐书，而旧书遂废矣。后司马光作资治通鉴，转多援据旧书，以新书中所载诏令奏议之类，皆宋祁刊削，尽失本真，而旧书独存原文也。二书之成，互有短长。新书语多僻涩，而义存笔削，具有裁断。旧书辞近繁芜，而首尾该赡，叙次详明，故应并行于世。

耕堂曰：沈德潜的这段话，是很有见解的，所论甚是。中国传统，异代编史，也是有道理的。时近，固然容易翔实，然遇有忌讳之处，则反不如过一个时期，容易下笔。但也不能时间过长，要适时为之。有些历史现象，时间太长，后代人就难以想象，只能靠传说，仿佛其梗概。例如"文化大革命"，虽只历时十几年，青年人就难以印证。有时，甚至说也说不清楚。所以，每一种史书之成就，多是既有当时官方记录，又有同时代私人的多种记载，再经大手笔，总汇成书，垂诸后世。

在文字上，也没有成法。"义存笔削，具有裁断"，固然不错。如果弄得过头，就会失去多数的读者。我觉得，如能多存史实，文字即使繁芜一些，对于后人来说，还是有好处。人们读的是历史，要求多知道一些事情，记事详尽，文字又美，当然好。只求简练，减去内容，就不能叫做好史书了。

所以，笔削之说，常常是靠不住的。很多生动材料，存在于原始记录之中，后人笔削之时，常将一些灵魂性的材料，以各种理由删去，就造成不可弥补的损失。

我就爱读"繁芜"的史书。

史书一事，甚难言矣。司马迁一家之言。起自荒古，迄于汉武。其所据，有传说，有载记，有创意。要之，汉以前为笔削前人记载，定其真伪；汉以后，则为他家世职业所在。然人际关系，语言神态，全部实录乎？拟有所推演乎？后人不得而知。历史无对证，正如死人无对证一样，惟其无考，人皆信之，无二言也。此太史公著述质量所致，非其他人所能勉强。太史公著述，以客观取实为主，而贯以主观感情之激越。遂使古今之情一致，天人之理合一。史实之中，寓有哲理，琐碎之事，直通大局。后之史书，求其真实，已属不易，文史之美，无能与比者矣。

二、魏徵

魏徵传,在《旧唐书》卷七十一。传颇长,独占一卷,是名臣良将才能有的。

传称:魏徵字玄成,巨鹿曲城人也……少孤贫,落拓有大志,不事生业,出家为道士。好读书,多所通涉,见天下渐乱,尤属意纵横之说。

魏徵文章做得很好。先为元宝藏典书记,李密很欣赏他的作品。传中引了他为李唐安辑山东时,写给徐世勣的信,内有:

> 自隋末乱离,群雄竞逐,跨州连郡,不可胜数。魏公(指李密)起自叛徒,奋臂大呼,四方响应,万里风驰,云合雾聚,众数十万。威之所被,将半天下。破世充于洛口,摧化及于黎山。方欲西蹈咸阳,北凌玄阙,扬旌瀚海,饮马渭川。翻以百胜之威,败于奔亡之虏。因知神器之重,自有所归,不可以力争……

等语。可略见其措词说理之工。但魏徵所学为纵横之术,也就是帝王之学,其目的是辅佐王朝,展其抱负。这就是秦李斯、汉张良、三国诸葛亮所追求和实践的那种学问。他读书,并不是为了当作家或学者。《四部丛刊》中,有一部《群书治要》,就是他广泛读书的摘要。流传至今,学术价值很大。

治国安邦,魏徵用的是儒术。

传载:徵性非习法,但存大体,以情处断。我们不能把他列入法家。

当个法家，其实也并不容易。文词，口才，胆识，学问，缺一不可。"四人帮"以法家自居，看看他们的文章、学问，实在没有一人够格。他们以为法家就是打棍子，造冤案，是把中国的法家贬低成酷吏了。

魏徵善于争谏，为历代所称赞。魏徵在事唐太宗之前，曾事李密、窦建德、建成，这些人都是唐太宗的敌人。唐太宗曾说："朕拔卿于仇虏之中，任公以枢要之职。"就是指此。君臣相得，善始善终，是很不容易的。我们也可以想象，魏徵当时处境也有艰难之处。传中有一段他和太宗的对话，可以看出魏徵在争谏时的审慎态度。

> 太宗曰：然徵每谏我不从，发言辄即不应，何也？对曰：臣以事有不可，所以陈论。若不从辄应，便恐此事即行。帝曰：但当时且应更别陈论，岂不得耶？徵曰：昔舜诫群臣，尔无面从，退有后言。若臣面从陛下，方始谏此，即退有后言。岂是稷契事尧舜之意耶？帝大笑曰，人言魏徵举动疏慢，我但觉妩媚，适为此耳。徵拜谢曰：陛下导之使臣言，臣所以敢谏，若陛下不受臣谏，岂敢数犯龙鳞。

以上，可以看出，魏徵之进谏，唐太宗之纳谏，是有一定的时机的。太宗初年，励精图治，正需要有一个魏徵这样的人。这就是宋代人所说的：赶上了好时候。但魏徵说话，也是要看势头的。

至于传说：太宗玩鹞子，魏徵至，遂藏于怀中。魏徵奏事，故意延长时间，鹞子终于闷死。恐怕不一定是事实。

魏徵晚年，屡次称疾请逊位，这也是留侯故智，自求保全。其最后所上四疏中，有言：

> 昔贞观之始，闻善若惊，暨五六年间，犹悦以从谏。自兹厥后，渐恶直言。虽或勉强，时有所容，非复曩时之豁如也。

帝王的心态，如此变化，大臣进谏，也就难以从容了。历史如此，圣贤无术。

魏徵一生还不错。死后，不久：

> ……太宗始疑徵阿党。又自录前后谏诤言辞，以示史官起居郎褚遂良，太宗知之，愈不悦。先许以衡山公主，降其长子叔玉，于是手诏停婚。顾其家渐衰矣！

传的最后，"赞曰：智者不谏，谏或不智。智者尽言，国家之利"，是对负有言责者的鼓舞之词。然自古迄今，机缘难得。上下之间，情投之日少，猜忌之时多耳。

魏徵引用《文中子》的话：同言而信，则信在言前；同令而行，则诚在令外。我曾抄写在台历上。

三、郭子仪

过去读《资治通鉴》，关于郭子仪，有三件事，牢牢记在心中。其一为郭子仪平日见客，姬妾环侍，从不避讳。"及闻杞（卢杞）至，悉令屏去，独隐几以待之。杞去，家人问其故。

仪曰：杞形陋而心险，左右见之必笑。若此人得权，即吾族无类矣。"其二是："盗发子仪父墓，捕盗未获，人以鱼朝恩素恶子仪，疑其使之。子仪心知其故。及自泾阳将入，议者虑其构变，公卿忧之，及子仪入见，帝言之。子仪号泣奏曰：臣久主兵，不能禁暴，军士残人之墓亦多矣。此臣不忠不孝，上获天谴，非人患也。朝廷乃安。"其三是："麾下老将，若李怀光辈数十人，皆王侯重贵。子仪颐指进退，如仆隶焉。"

郭子仪的功业大得很，我不知为什么单单记住了这样三件小事。其他谋略争战，都忘记无遗。今读《旧唐书·郭子仪传》（卷一百二十），二、三两事，都在其中。第一事，也于《卢杞传》（卷一百三十五）中检出。文字或与《通鉴》略有出入，内容毫无加减，可以证明前文所记，司马光是如何重视《旧唐书》中的材料了。司马光是很有眼光，有见解的。他像司马迁一样，知道要把一个历史人物写活，缺少这种具体事件，即细节，是做不到的。这种具体事件，联系着当时的社会、政治。联系着所写人物的生活、思想、性格、心理，以及他周围的人事。写这样一位大人物，如果像写帝王本纪一样，逐年记下他的攻城略地，斩获俘虏，成为一本功业账簿，那就太没意思了。

别人或者以为前面所记三件事为小事。而司马光却把它作为大事来记载。这样，我们才能见到一个真实的、活动的、有思想有感情的郭子仪。他不只是一位名将，还是一个普通的人。他也要处处小心，防备他人。他也得深思熟虑，把自己的切身问题处理好。因为这些小问题，都和他那政治上的大功业、大问题有关。

我没有做过官，更没有军旅生活的经验。不知为什么，也满有兴趣地，记住了那第三件事。想来是觉得郭子仪能得部下如此，是使人羡慕和"当如是也"的吧？另外想到，如果不是这样，郭子仪的晚年，也就不会有安全感了。

传中引述史臣裴垍的评论：

> 权倾天下，而朝不忌；功盖一代，而主不疑；侈穷人欲，而君子不之罪。富贵寿考，繁衍安泰，哀荣终始，人道之盛。此无缺焉！

身为名将，能有这样的下场，确是少见的了。

四、卢杞

因为上文提到了卢杞，我又读了他的传。传在卷一百三十五。

卢杞字子良，他的祖父怀慎，做官的名声很好，他的父亲奕，天宝末死于安禄山之乱，所以，他还可以称为烈士的儿子。他是以门荫做官的，官升得很顺利，很快就做到了门下侍郎同中书门下平章事，也就是宰相。

传记先对他的外形及行径，作了丑化：

> 杞，貌陋而色如蓝，人皆鬼视之。不耻恶衣粝食，人以为能嗣怀慎之清节，亦未识其心。

耕堂按：蓝，是一种植物，可以制成颜料，叫做靛。卢杞的面色如此，可能是一种皮肤病。至于恶衣粝食，则系生活小节，平民如此，值得同情；如果做了官，还是这样，则容易被人指为造作虚伪。宋代的王安石,也曾因此,遭到一些上层人士的嘲讽。

对于他的政治作风,传记开门见山,淋漓尽致地说:

> 既居相位,忌能妒贤,迎吠阴害,小不附者,必致之于死。将起势立威,以久其权。杨炎以杞陋貌无识,同处台司,心甚不悦,为杞所谮,逐于崖州。德宗幸奉天,崔宁流涕论时事,杞闻恶之,谮于德宗,言宁与朱泚盟誓,故至迟回,宁遂见杀。恶颜真卿之直言,令奉使李希烈,竟殁于贼。初,京兆尹严郢与杨炎有隙,杞乃擢郢为御史大夫以倾炎;炎既贬死,心又恶郢,图欲去之。宰相张镒,忠正有才,上所委信,杞颇恶之……

耕堂按:我们读唐宋历史,常常见到,很多大官,特别是宰相一级的官,失势后,被放逐到崖州。古时,这可以说是最边远、最苦的地方了。很多人死在贬所,杨炎也是。读史还看到:甲派得势,把乙派首脑放逐到崖州去了。等乙派得势,照样又把甲派的首脑放逐到那里去,报仇泄愤。崖州,在古时,是个不祥之地,做官的,平时都不愿提到这个地名,也不愿看到这幅地图。心理压力很大,那里的天空,一定充满冤抑之气的。

史书称卢杞这种做法为"阴祸贼物"。在卢杞当权之日,"天下无不扼腕,然无敢言者"。失势后的情况,就大不一样了。卢杞因为得罪了大军阀李怀光(这人物,我们上文提到过),闯下祸来:"物议喧腾,归咎于杞,乃贬为新州司马……遇赦移吉州长史。"皇帝想给他落实一个刺史,遇到了很大阻力：

> 给事中袁高宿直，当草杞制，遂执以谒宰相卢翰刘从一曰：杞作相三年，矫诬阴贼，排斥忠良。朋附者，咳唾立至青云；睚眦者，顾盼已挤沟壑。傲很背德，反乱天常，播越銮舆，疮痍天下，皆杞之为也。幸免诛戮，惟示贬黜，寻以稍迁近地，更授大郡，恐失天下望。

谏官们也都出来讲话，无限上纲，什么词儿都用上了。什么"外矫检简，内藏奸邪"呀，什么"公私巨蠹，中外弃物"呀。结果，皇帝只能给卢杞改授个澧州别驾，卢杞就死在那里了。

耕堂按：草制，就是学士们替皇帝立言。任命要草制，贬官也要草制。执笔多系名流，文集多载之。唐宋两代，好像特别注意这个玩艺，三言两语，骈体。措词极端华丽，俏皮。尤其是对贬官，极尽挖苦之能事。不只人身攻击，而且殃及三代，甚至暴露阴私，涉及床闱。是文人墨客的逞能报复机会。唐朝张鷟，有一本书叫《龙筋凤髓判》，文体虽稍有不同，实际是这类文字的共同范本。

耕堂曰：细观卢杞所为，不外当权者排斥异己，并未出争权固宠之常格。且所用手段，也只是"潜毁"，如皇帝英明，不致为大害。至于传中所记，度支乖张，赋敛繁重，官吏扰民，是处国家兵荒马乱之时，不可过多责备宰相。大概，太平时宰相好当些，政局动荡，而宰相无兵柄，则不易为。卢杞处大局危急、朝廷不能作主之秋，自身又伤人过多，一旦失势，群情必力阻其复位，丑诋之词，乃成千古定论。李勉所谓：

"卢杞奸邪,天下人皆知,惟陛下不知,此所以为奸邪也!"也就成为名言了。卢杞的儿子元辅,"自祖至曾,以名节著于史册。简絜贞方,绰继门风,历践清贯,人亦不以父之丑行为累,人士归美。"可见唐代看人,也是区别对待的。

五、王叔文

因为就在同一卷书里,我接着又读了王叔文的传记。王叔文这个名字,是我过去读柳宗元的文集时知道的。

王叔文并没有祖荫,在政府也没有后台。他是以偶然的机会上到这个舞台,充当了短时间的重要角色,得到悲剧下场的。

传记说他"以棋待诏,粗知书,好言理道,德宗令直东宫"。在一次讨论中,他说出了与众不同的道理:即当太子时,不要干预外面的事,得到太子的信任。"由是重之,宫中之事,倚之裁决。"

棋艺是小技,说这番话也是老生常谈,但得到太子的青睐,可不是一件小事。"每对太子言,则曰:某可为相,某可为将,幸异日用之。"这种话,不只违背了他规劝太子的初心,个人的野心,也大大膨胀起来了。太子并没有觉察到这一点,可能正中了他的下怀。

从此,王叔文"密结当代知名之士,而欲徼幸速进者"。与韦执谊等十数人,"定为死交",就是今天说的哥们义气。

这些死交,史传只提到九个人的名字,柳宗元排在倒数第二。分工时,他也不过是"唱和"和"采听外事",并不是重要人物。

王叔文的当权,带有偶然性和传奇的色彩。史称:

> 德宗崩，已宣遗诏，时上寝疾久，不复关庶政，深居施帘帷，阉官李忠言、美人牛昭容侍左右，百官上议，自帷中可其奏。王伾常谕上属意叔文，宫中诸黄门稍稍知之。其日，召自右银台门，居于翰林，为学士。叔文与吏部郎中韦执谊相善，请用为宰相。叔文因王伾，伾因李忠言，言因牛昭容，转相结构，事下翰林，叔文定可否。

他这个权的来源和基础，就以我们毫无做官经验的人来看，也太玄乎了。他的死友们，官迷心窍，却不承认这点，还在外面，同声唱和："曰管，曰葛，曰伊，曰周。凡其党侗然自得，谓天下无人。"

果然不久，"内官俱文珍恶其弄权，乃削去学士之职。制出，叔文大骇"。

本来，王叔文不一定是做大官的材料，他驾驭不了那么复杂的政局，应付不了多方面的牵扯关联。在宫中动动笔还容易，后来又兼上度支盐铁副使，这是要见效率的官，就有点无能为力了。因此：

> 智愚同曰：城狐山鬼，必夜号窟居以祸福人，亦神而畏之；一旦昼出路驰，无能必矣。

周围的人，显然都在看他的笑话了。

王叔文是一个书生，好感情用事。他母亲死前之一日，他宴请学士和内官，发了很多牢骚，说了很多不应该说的近似市井语言的话。

不久，因顺宗久病，皇太子监国，政局大变，王叔文"贬为渝州司户,明年诛之"。

耕堂曰:史称王叔文任气自许,观其行事,亦无大过,实不同于"阴贼"一型。罹此惨局,亦可伤矣。他的过错,顶多只能说是"揽权急进",然于仕途,此亦常规。要之,不自量力所致耳。谚云:政局如棋局,王叔文虽善于弈,其于政治,则经验甚不足矣。但因此失败,而使柳宗元"涉履蛮瘴,崎岖埋厄",文章大进,成为中国文学史上一大奇葩,亦不幸中之幸欤?

六、初唐四杰

《旧唐书》卷一百九十,是《文苑传》。前有序论,首谓:

> 臣观前代秉笔论文者多矣。莫不宪章谟、诰,祖述诗、骚,远宗毛、郑之训论,近鄙班、扬之述作。谓"采采苤苢",独高比兴之源;"湛湛江枫",长擅咏歌之体。殊不知世代有文质,风俗有淳醨,学识有浅深,才性有工拙。昔仲尼演三代之易,删诸国之诗,非求胜于昔贤,要取名于今代。实以淳朴之时伤质,民俗之语不经,故饰以文言,考之弦诵。然后致远不泥,永代作程,即知是古非今,未为通论。

序论做得并不漂亮,都是老生常谈,且有矛盾之处。不过为了推出有唐一代作者,才提出以上论点。最后说:

> 其间爵位崇高,别为之传。今采孔绍安以下,为文苑三篇。觊怀才憔悴之徒,千古见知于作者。

《文苑传》分上中下三篇。上篇主要作家有卢照邻、杨炯、王勃、骆宾王。

　以上四人，文学史称为初唐四杰，他们的文集，除杨炯外，我皆购置。王勃集为木刻本，不知系何种丛书之零种，共六册，题《王子安集》，纸张刻印，均不甚佳。卢照邻集系四部丛刊本，题《忧幽子集》。骆宾王集，系中华书局近年出笺注本，题《骆临海集》，我都没有细读过，印象不深。他们的文体，还沿用六朝时的骈体，典故连篇，读起来很费劲。我不怕骈体，骈体自然协调，增加文字的韵味，就是近代的白话文体，也不排斥这类句法和修辞。我怕典故，我头脑中典故很少，一边读文章，一边又去看注，这实在是一种苦事。古人抒发感情，描述事物，不用直接自然的语言，而用典故去代替，这也真不是一件容易的事，但究竟对感情、思想的抒发，是一种局限。文章之事，伤了自然，任你对仗怎样工整，用典如何巧妙，总是得不偿失的。为什么王勃那么多文章，惟有《滕王阁序》那么通行？《滕王阁序》中对仗的句子那么多，为什么又只有"落霞与孤鹜齐飞，秋水共长天一色"一联，那么脍炙人口？还不是因为作家触景生情，冲口而出，既尽描绘之能事，又流畅自然，通俗易懂所致？骆宾王的名句："一抔之土未干，六尺之孤何托"，所以能那么动人，千古传诵，也是因为出于自然，得其本真。

　文学史上说，他们四人的文风，已不同于六朝，开始向自然活泼的方面发展，我因体会不深，就不在这里讨论了。

　卢照邻的传记很短，只有六行。说他"因染风疾去官"。又说，"照邻既沉痼挛废，不堪其苦，尝与亲属执别，遂自投颍水而死，时年四十"。也不知得的是什么病。他曾向当时的大医学家孙思邈请教,我读过那篇文章,孙思邈也没有提供什么处方,只是向他讲述了人易得病之由,及天人一致,顺应自然,才得养生,并没有什么奇妙之处。《旧唐书》有孙思邈的传,也引述了这段文字。

王勃的传记较长。他的祖父王通,即文中子,是著名学者,著有《中说》。"勃六岁,解属文,构思无滞,词情英迈。"可以说是早熟了,但亦早逝。传载:

> 久之,补虢州参军。勃恃才傲物,为同僚所嫉。有官奴曹达犯罪,勃匿之,又惧事泄,乃杀达以塞口。事发,当诛,会赦除名。时勃父福畤为雍州司户参军,坐勃左迁交趾令。上元二年,勃往交趾省父,道出江中,为采莲赋以见意,其辞甚美。渡南海,堕水而卒,时年二十八。

骆宾王的传记更短,只有四行。内载:

> 少善属文,尤妙于五言诗。尝作《帝京篇》,当时以为绝唱。然落魄无行,好与博徒游。高宗末,为长安主簿,坐赃,左迁临海丞,怏怏失志,弃官而去。文明中,与徐敬业于扬州作乱,敬业军中书檄,皆宾王之词也。敬业败,伏诛,文多散失。

四杰在当时,就被识者认为:"虽有文才,而浮躁浅露,岂享爵禄之器。"中间,杨炯算是比较"沉静"的,还当了临川令,传记里也说:

> 炯至官，为政残酷，人吏动不如意，辄捶杀之。又所居府舍，多进士亭台，皆书榜额，为之美名，大为远近所笑。

耕堂曰：四人皆早年成名，养成傲慢之性，举止乖张，结局不佳。人皆望子弟早慧，不及学龄，即授以诗书技艺。此如种植，违反自然季节，过多人工，虽亦开花结果，望其丰满充实，则甚难矣。神童之说，弊多利少，古有明证，人多不察也。

文字之事，尤其如此。知识开发，端赖教育。授书早，则开发早，授书晚，则开发晚。然就其总的成就来说，开发晚者，成果或大。此因少年感情盛，文思敏捷，出词清丽，易招赞美。个人色彩重，人生经验不足，亦易因骄傲，招致祸败。晚成者，其文字得力处，即不止情感属词，亦包蕴时代社会。然冲淡谦和，易失朝气。固知此道，甚难两全，实则不可偏废也。

七、陈子昂、宋之问

《旧唐书·文苑传》中，包括著名作家陈子昂、宋之问等。

我有陈子昂集，近年中华书局排印本。宋之问集，为四部丛刊本。

传载陈子昂：

> 家世富豪，苦节读书。褊躁无威仪。文词宏丽，为当时所重。卒时年四十余。

传载宋之问:

> 弱冠知名,尤善五言诗,当时无能出其右者。
> 易之兄弟,雅爱其才,之问亦倾附焉。预修三教珠英,常扈从游宴。则天幸洛阳龙门,令从官赋诗,左史东方虬诗先成,则天以锦袍赐之。及之问诗成,则天称其词愈高,夺虬锦袍以赏之。及易之等败,左迁泷州参军。未几,逃还,匿于洛阳人张仲之家。仲之与驸马都尉王同皎等谋杀武三思,之问令兄子发其事以自赎。及同皎等获罪,起之问为鸿胪主簿,由是深为义士所讥。
> 睿宗即位,以之问尝附张易之、武三思,配徙钦州。先天中,赐死于徙所。

耕堂曰:陈子昂、宋之问同事武则天,为后人所讥,然情况甚不一样。其主要区别为:陈在做官过程中,言行正大;宋言行谄媚。且告发自赎,出卖朋友,市井所不忍为,出之于知名文士,其人格,不问可知矣。

唐太宗干掉了两个亲兄弟,才当上了太子。在他晚年,为了选定太子,真费了心思,曾急得"自投于床"。废了一个,选定一个,即后来的唐高宗。这个人实在不怎么样,昏庸无能,又弄出一个武则天来,杀了那么多无辜,用了那么多酷吏,闹了那么多丑闻。但因为是中国历史上惟一的女皇,历来被一些文人学士,另眼相看。其实,她对文人学士,也并没有什么好感。例如前面记的赠锦袍一事吧,就是拿两个文士开心。她是在举行诗歌大赛,发的是实物奖。她是皇帝,多预备几件锦袍,把得奖面扩大一些,或一年举行一次,使更多的人有机会获得这一荣誉,并不费什么,更用不着请别人赞助。她却夺一个给一个。被夺的当场无趣。得奖的,自己或以为荣,有识者或以为耻。

陈子昂忠心耿耿,给她上了那么多建议,临死之前,并没有得到她的保护。在武则天当权的时候,一些名臣良将,并没有辞职不干,不能单单责备陈子昂。

我在读小学时,就知道有个武则天。国文课本上有她的画像,头戴皇冠,很是美丽。究竟如何评价她,我还是相信骆宾王的讨伐文章。因为时间那么接近,能看出当时人民对她的想法。

后来也有皇后、皇太后,想向她学习,诛杀勋旧,提拔心腹。但成功的少,失败的多。也有人用诗文赞颂,都像一场幻梦过去了。得到锦袍的,只好收起,不再穿着了。

汉高祖听任吕后杀人,唐高宗听任武后杀人,包括他原来的妻子和亲娘舅,都是为了保住自己。再以后的事,他们是想不到也管不了。遇上这样的时代,做官和作文,都是很不容易的。正直的,自取灭亡,趋媚者,也常常得不到好下场。

宋之问还是唐诗名家,留下了一本薄薄的诗集。中国的文化传统,是宽容的,并不以人废言。文人并无力摆脱他所处的时代。也不是每个文人,都能善处自己的境遇的。

八、韩愈

《韩愈传》在《旧唐书》卷一百六十。传载:

> 父仲卿,无名位。愈生三岁而孤,养于从父兄。愈自以孤子,幼刻苦学儒,不俟奖励。

韩愈成进士之前,"投文于公卿间,故相郑余庆颇为之延誉,由是知名于时"。做官以后,"发言真率,无所畏避,操行坚正,拙于世务"。因此接连贬官,屡上屡下。

传中收录了他三篇文章:《进学解》、《谏迎佛骨表》和《祭鳄鱼文》,可见这三篇,在当时已被认为是他的代表作。

传又载:

> 愈性弘通,与人交,荣悴不易,少时与洛阳人孟郊、东郡人张籍友善。二人名位未振,愈不避寒暑,称荐于公卿间,而籍终成科第,荣于禄仕。后虽通贵,每退公之隙,则相与谈宴,论文赋诗,如平昔焉。而观诸权门豪士,如仆隶焉,瞪然不顾。而颇能诱厉后进,馆之者十六七,虽晨炊不给,怡然不介意……常以为自魏、晋以还,为文者多拘偶对,而经诰之指归,迁、雄之气格,不复振起矣。故愈所为文,务反近体,抒意立言,自成一家新语。

耕堂曰:由以上所记,可略知韩愈的性格及为人。韩愈没有祖上官荫,出身寒苦,他的性格比较开朗,遇事有耐力,遭到那么多的挫折,他顽强地活下来了。对朋友亲属,也多义举,对后学,非常热心。作为一个文人,这都是好品质。文章能创新,自成一家,和他这些素质,也不无关系。

《柳宗元传》,亦在此卷中。柳,先世显赫,少年好胜,偶遇挫折,几乎一蹶不振,陷于绝望之境。他的性格脆弱,文章多反省之言,虽亦成家,其风格与韩文,乃大不相同。

文章,与遭遇有关,然与性格更有关。同时代,同遭遇,而文章判然有别,性格实左右之。

至于文风的改变,绝不是一个人的力量所致。《韩愈传》的开头,已提到:

> 大历、贞元之间,文字多尚古学,效扬雄、董仲舒之述作,而独孤及、梁肃最称渊奥,儒林推重。愈从其徒游,锐意钻仰,欲自振于一代。

《文苑》中《富嘉谟传》,亦载:

> 与新安吴少微友善同官。先是文士撰碑颂,皆以徐庾为宗,气调渐劣。嘉谟与少微属词,皆以经典为本,时人钦慕之。文体一变,称为富吴体。

所以说,文体的一次大变革,必须经多人的努力,时代的推移,才能成功。正如五四白话文体之兴,是经过前前后后,多少人的努力,又由思想革命的促使,才能一呼百应,普及天下的。但个人尝试提倡之功不可没,故胡适之为人推重。韩文起八代之衰的褒词,也是在成就大、有代表性的意义上提出的。

我的《韩昌黎集》,是商务印书馆涵芬楼大字排印本,毛边纸印,天地极宽,布函两套,今日已甚难得。而购置时,只花了六角钱。

有文才,不一定有史才。传记说:

> 及撰顺宗实录,繁简不当,叙事拙于取舍,颇为当代所非。

在我早年印象中，韩愈是个老夫子，非常古板。传记说他"拙于世务"，他自己也宣称，"受性愚陋，人事多所不通"。其实，也不完全是这么回事。

韩愈因谏迎佛骨，招来大祸，几乎杀头，流放到潮州以后，上表皇帝，文词凄苦，希望得到皇帝哀怜。能得到皇帝哀怜，并不是一件容易的事。他这篇表写得有路数，有策略，证明韩愈不只是个非常天真的人，还是个非常聪明的人。皇帝好长生，谏佛是错了。皇帝还好大喜功，喜欢人颂扬。他就在这方面做文章：

> 惟酷好学问文章，未尝一日暂废，实为时辈推许。臣于当时之文，亦未有过人者。至于论述陛下功德，与诗、书相表里，作为歌诗，荐之郊庙，纪太山之封，镂白玉之牒，铺张对天之宏休，扬厉无前之伟迹，编于诗、书之策而无愧，措于天地之间而无亏。虽使古人复生，臣未肯多让。

他的这些话，确实打动了皇帝的心，引出了怜悯之词！

> 宪宗谓宰臣曰："昨得韩愈到潮州表，因思其所谏佛骨事，大是爱我，我岂不知？……乃授袁州刺史。"

当然有的皇帝，就是说这些话，也不起作用。如清之乾隆，对待杭世骏（大宗），就是一例，必置之死地而后快也。

九、刘禹锡

同卷有《刘禹锡传》。

刘禹锡也曾卷进王叔文事件。传载:"禹锡尤为叔文知奖,以宰相器待之。"是个重要分子。当时的侍御史窦群奏:"禹锡挟邪乱政,不宜在朝。"群即日罢官。可见后台之硬,信任之专。传记并说:"既任喜怒凌人,京师人士不敢指名,道路以目,时号二王、刘、柳。叔文败,坐贬连州刺史,在道,贬朗州司马。"又见招怨之深,报复之重。

但是,这一遭际,也大大助长了他的文学成就,并给了刘禹锡一个接近群众,体验生活,从民间艺术吸取营养的机会。

地居西南夷,土风僻陋,举目殊俗,无可与言者。禹锡在朗州十年,惟以文章吟咏,陶冶情性。蛮俗好巫,每淫祠鼓舞,必歌俚辞。禹锡或从事于其间,乃依骚人之作,为新辞以教巫祝。故武陵溪洞间夷歌,率多禹锡之辞也。

当贬官时,"有逢恩不原之令"。但政治空气,总在变化,后来"执政惜其才,欲洗涤痕累,渐序用之"。就是说,忘记他过去的错误,慢慢提拔上来,又终于遭到一些人的反对。

禹锡积岁在湘、澧间,郁悒不怡。因读张九龄文集,乃叙其意曰:"世称曲江为相,建言放臣不宜于善地,多徙五溪不毛之乡。今读其文章,自内职牧始安,有瘴疠之叹。自退相守荆州,有拘囚之思。托讽禽鸟,寄辞草树,郁然与骚人同风。嗟夫,身出于遐陬,一失意而不能堪,矧华人士族,而必致丑地,然后快意哉。议者以曲江为良臣,识胡雏有反相,羞与凡器同列,密启廷诤,虽古哲人不及，而燕翼无似，终为馁魂。岂伎心失恕，阴谪最大，虽二美莫赎耶？"

这是因为自己失意，借题发挥，迁怒于人。不只进行人身攻击，还连上了籍贯遭际，也可以说是"失恕"了。我有《张曲江集》，广东丛书本，印得非常讲究，也附录了刘禹锡这段话。因为这段话，并不能损害张曲江的整个形象，只能说是形象中的一笔一画。既是做大官，就得提建议，定政策，立制度。不能因为后来他本人也出了事，作法自刑，就报以快意之辞。刘禹锡性格中的这一特征，贯穿在他一生之中。也没有改悔之意。作诗作序，多涉讥刺。"人嘉其才，而薄其行。""终以恃才褊心，不得久处朝列。"

耕堂曰：唐朝文士，必先挟文章以邀名誉，然后挟名誉以求仕禄。在此中间，必有依附，必有知与不知，必有恩怨存焉。

文人想做官，不可厚非。文人因性格偏激，感情用事，常常得罪一些人，并不奇怪。但他们不是得罪所有的人，他们还要依附一些人。依附必系权贵，权贵是多方面的，正在政治圈里，矛盾着，斗争着。这样，文士们就像坐在颠簸的船只上，前途未卜了。史称：刘禹锡，"甚怒武元衡、李逢吉。而裴度稍知之"。等到裴度失势，他就跟着下来了。

不过，刘禹锡的结果还不错，活了七十一岁。赠户部尚书。他还遗留下相当可观的诗文，因他曾充太子宾客，人称《刘宾客文集》，我有丛书集成本。

他虽然名位不高，当时的公卿大僚，都与之交。白乐天和他关系很好，对于他的诗才，很是推崇。认为像"沉舟侧畔千帆过,病树前头万木春"这样的诗句,神妙极矣。这两句诗,在"文革"时很流行,领袖吟咏,人皆以为是对被打倒者的嘲弄快意之词。但实是刘禹锡的失意自伤之词。大相径庭,大为误解矣。

十、元稹、白居易

《元稹传》在卷一百六十六。

元稹的十代祖,是后魏昭成皇帝。他八岁丧父,家贫,母亲教他读书,早年就成名了。

传记说:"稹性锋锐,见事风生。"一生之中,虽然为皇帝所喜爱,却一直官运不顺,屡遭排挤。还遭遇过如下事件:

> 仍召稹还京。宿敷水驿。内官刘士元后至,争厅,士元怒,排其户,稹袜而走厅后,士元追之,后以箠击稹伤面。执政以稹年少后辈,务作威福,贬为江陵府士曹参军。

可以看出,唐时的年轻人,一旦显耀,容易遭到各方面的歧视。

元稹自述:"初不好文,徒以仕无他歧,强由科试。"又说:"自御史府谪官,于今十余年矣,闲诞无事,遂专力于诗章。"可见他的文学成就,也是由官运不佳逼出来的。

他在诗歌上的要求,努力的方向,是"常欲得思深语近,韵律调新,属对无差,而风情宛然"的作品。思深(即有思想深度)、语近(即通俗)、调新(即创新)、无差(即合规律)、有风情(即艺术性高)。这种主张,我以为,不只适于诗歌,也适于一切文学作品，一切艺术作品。

他说自己在诗歌上的成就，以及为人处世，是"莫非苦己，实不因人，独立性成，遂无交结"。

我有《元氏长庆集》，白纸，四册，四部丛刊本。

《白居易传》在同卷中。他家世代做官业儒。居易幼年，聪慧绝人。

白居易和元稹一样，也是先以才名，见知于皇帝。出于忠心，好上书言事。因此，官运也不佳，还遇到过这种事：

> 宰相以宦官非谏职，不当先谏官言事。会有素恶居易者，掎撼居易，言浮华无行，其母因看花堕井而死，而居易作赏花及新井诗，甚伤名教，不宜置彼周行。执政方恶其言事，奏贬为江表刺史。诏出，中书舍人王涯上疏论之，言居易所犯状迹，不宜治郡，追诏授江州司马。

可见：先是有人罗织罪名，随后就有人落井下石，都是看当时的宰相，即执政的眼色行事的。这是官场上的习惯斗争方式。

好在白居易"儒学之外，尤通释典，常以忘怀处顺为事，都不以迁谪介意"。他对官场，也少留恋，很快就远离政治漩涡，宦而隐了。晚年过得还算不错。诗歌自编，分送佛寺，保存得法，后人才能得到一部这样丰富多彩的《白氏长庆集》。我有的是四部丛刊毛边纸本。

白居易的文学主张："文章合为时而著，歌诗合为事而作。"我是信奉不疑的。惭愧的是，自己因为各种原因，不能很好做到。

文人的不被人理解，文人的苦恼，古今一致。白居易说：

> 不相与者，号为沽誉，号为诋讦，号为讪谤。苟相与者，则如牛僧孺之诫焉。乃至骨肉妻孥，皆以我为非也。

他又说：

> 然仆又自思，关东一男子耳。除读书属文外，其他懵然无知。

其他一切，也就只能听之任之了。"策蹇步于利足之途，张空拳于战文之场。""始得名于文章，终得罪于文章。"这好像是古今文人的一条规律。文学家的自白，能写得像白居易这样坦白自然的，还是少见的。元稹的传记中，自叙之作，就有三篇。有上书宰相的，有上书皇帝的，有专为自己辩诬的，都没有白居易这篇写得好。

史书对元白二人的比较是：

> 就文观行，居易为优，放心于自得之场，置器于必安之地，优游卒岁，不亦贤乎。

耕堂曰：统观唐代文士，其有成就者，幼年多家境不好，自觉努力。及为政，多遇不顺，遭贬谪，然后放情于文字。当时文人，先应举成进士，做官后，就要应付皇帝，对付宰相，言官，方镇，以及中贵美人等等，处境也是很困难的。其中，有政才者，遂以宦显，不失为功名。有文才者，虽政途多乖，终以文显。至于少数文人,过于疏放狂大,遭罹大难,亦有可取鉴者矣。

《元稹传》后附《庞严传》。此人为元稹和李绅所提拔。传记说他"聪敏绝人,文章峭丽"。为人有些类似元稹。"以强干不避权豪称,然无士君子之检操,贪势嗜利,因醉而卒。"读时牵连及之,本无可记。但他有一个朋友,名叫于敖:

> 李绅为宰相李逢吉所排,贬端州司马。严坐累,出为江州刺史。给事中于敖素与严善,制既下,敖封还,时人凛然相顾曰:"于给事犯宰相怒而为知己,不亦危乎!"及覆制出,乃知敖驳制书贬严太轻,中外无不嗤诮,以为口实。

耕堂曰:这一段文字,类似小说家言,写得有声有色。可见古人,对于偶遇风险,友朋落难,就立即与他划清界限,并顺手下石的人,也是不以为然的。这种事情,也不知道是古代多有,还是近代多有。但自搞政治运动以来,其数量,必远远超越前古,则无疑义。为此行者已不只朋友间,几遍于伦理领域。人亦习以为常,不似古人之大惊小怪。传统道德观念,从此日渐淡薄,不绝如缕。

我少年时,追慕善良,信奉道义。只知有恶社会,不知有恶人。古人善恶之说,君子小人之别,以为是庸俗之见。及至晚年,乃于实际生活中,体会到:小人之卑鄙心怀,常常出于平常人的意想。因此,惧闻恶声,远离小人。知古人之论,并不我欺。变化如此,亦可悲矣!

买《世说新语》记

我们知道，鲁迅先生不好给青年人开列必读书目，但他给许寿裳的儿子许世瑛开的那张书目，对我们这一代青年，却发生了意想不到的影响。我记得在进城以后，大家都争先恐后地搜集那几本书。《世说新语》就是其中的一种。

我先在南市地摊上，买了一本启智书局铅印的本子，只有上册。这本书后来送人了。

不久我在南开区一家废纸店，买了一部四部丛刊黑纸本的《世说新语》。那时，四部丛刊流落街头的很多，旧书店只收一些成套的白纸本，黑纸本无人过问，就都卖给废纸店了。这部书一共三册，我给他三角钱，他已经很高兴了。

四部丛刊本的《世说新语》，是影印的明袁氏嘉趣堂刊本，首页有袁褧写的序，他说：

> 晋人话言，简约玄澹，尔雅有韵，世言江左善清谈，今阅新语，信乎其言之也。临川撰为此书，采缀综叙，明畅不繁。孝标所注，能收录诸家小史，分釋其义，训诂之赏，见于高似孙纬略。余家藏宋本，是放翁校刊本。

目录后所附的高氏纬略说:

> 宋临川王义庆,采撷汉晋以来,佳事佳话,为世说新语,极为精绝,而犹未为奇也。梁刘孝标注此书,引援详确,有不言之妙。

从以上两段引文,可见古人对此书的评价。这是当之无愧的。

后来,我又在天祥市场,买了一本唐写本《世说新书》。是罗振玉印的,极讲究,大本宣纸。这是《世说新语》最古的本子,系长卷,分藏四个日本人家,罗氏借来合印的。末附罗振玉手写的长跋,其中包括杨守敬初见此卷时的题跋。

这个写本,后来附印在中华书局一九六二年影印的宋绍兴八年广川董弅据晏殊校定本所刻的《世说新语》的后面,当然是大大缩小了。这部书,我也购存一部,末附宋人汪藻所作叙录,包括书名篇数考证、考异、人名谱各一卷。

我买唐写本时,并不是打算考证《世说新语》的源流,对于这种学问,我是一无所知的。是为了习字。唐人写经,我已经有了几种,很喜欢这种楷法,这个写本,字更精彩,也大一些。

买来以后,我临写过两次。发现:这个写本,虽为考古家所重,当做字帖也很好。如果当做书籍来读,就很费劲。抄写时,脱字、错字很多,很多地方读不成句,或不明其义。此外,有些字的写法也很特别,虽系古法,已不适用于今日。

唐时,书籍靠抄写,为人抄写经卷,是一种职业。但这些书手,只写得一手好字,文化却不高明。抄写错漏之处,也不愿修改，因为那样一来，会使得卷面不干净，引起主人的不满。如果主人再不察，随即束之高阁，那就只能以讹传讹了。

无论是晏殊校本，还是陆游校本（实际也是根据的晏殊校本，即董弅刻本），都是在传写的基础上经过整理的。古籍经过整理，总要进一步，但也要看整理者是什么人。如果遇人不淑，不学无术，妄自尊大，那古书的命运就很难说了。晏、陆二家，一代名宿，所校当然可靠。但四部丛刊本陆游跋语甚简略，并未说曾经他校改。文字可疑之处，已经后人校出，列于书后。

四部丛刊本《世说新语》，虽系明刻，实际上重开宋本，仅次真迹一等，确是善本。我现在阅读的，主要是这个本子。

我还从天津古籍书店买过一部光绪十七年，湖南思贤讲舍刻的，经王先谦、叶德辉校勘的本子，共四册。第一册多题跋、释名，各一卷，第四册多考证、校勘小识，引用书目、佚文各一卷。材料多一些，但读起来，还是不如四部丛刊本醒目。

这部书，在书店翻阅时，标的定价是四元，当时我没买。后来，请他们给我送来，书价已改为六元。临时加码，装入私囊，这是一些书商的惯技，所遇已非一次，我只好任他敲了一下轻轻的竹杠，权当送他的车马费。

杨守敬跋唐写本云：

> 自规箴篇孙休好射雉起，至张闿毁门止，其正文异者数十字，其注异文尤多，所引管辂别传，多出七十余字，窃谓此卷不过十一条，而差异若此。

这是考据家的发见,应该尊重,但与读书关系不大。后来的整理本,删去管辂别传七十余字,是因为这一注文过长,有些文字与正文关联不大。其他个别字的差异,则因为写本的遗漏或错误。如元帝过江犹好酒一条,末句:"酌酒一酣,从是遂断。"写本作"酌酒一唾从此断",显然不雅。远公在庐山一条,"执经登坐,讽诵朗畅"句,写本脱"朗畅"二字,使句子不整。

像《世说新语》这类书,记载的是历史人物的言行,在古代,曾被列入史部,后来才改为子部小说类。史评家刘知幾,曾对这样的"史书",作如下评论:

> 孝标善于攻谬,博而且精,固以察及泉鱼,辨穷河豚。嗟乎!以峻(孝标名——耕堂注)之才识,足堪远大。而不能探颐彪峤,纲罗班马,方复留情于委巷小说,锐思于流俗短书,可谓劳而无功,费而无当者矣。(《史通》)

但真正的历史家,例如司马光,在他撰写《资治通鉴》时,却常常取材于这类"小说",读者信之,不以为非。

在古代,历史和小说,真是难分难解,能否吸取它的精华,全看自己的鉴裁眼光如何。

《世说新语》这部书的好处和价值,已见开篇引文。为更使览者明确,再引鲁迅论断:

> 《世说新语》,今本凡三十八篇,自《德行》至《仇隙》,以类相从,事起后汉,止于东晋。记言则玄远冷俊,记行则高简瑰奇,下至谬惑,亦资一笑。孝标作注,又征引

浩博，或驳或申，映带本文，增其隽永。所用书四百余种，今又多不存，故世人尤珍重之。(《中国小说史略》)

我读这部书，是既把它当做小说，又把它当做历史的。以之为史，则事件可信，具体而微，可发幽思，可作鉴照。以之为文，则情节动人，铺叙有致；寒泉晨露，使人清醒。尤其是刘孝标的注，单读是史无疑，和正文一配合，则又是文学作品。这就是鲁迅说的"映带"，高似孙说的"有不言之妙"。这部书所记的是人，是事，是言，而以记言为主。事出于人，言出于事，情景交融，语言生色，是这部书的特色。这真是一部文学高妙之作，语言艺术之宝藏。

虽是小品，有时像诗句，有时像小说梗概，有时像戏剧情节。三言两语，意味无尽。这是中国一种特殊的文体，一种文史结合，互相生发的艺术表现形式。

人言东晋，清谈误国，是否如此，不得而知。统观此书，其谈吐虽冲远清淡，神韵玄虚，然皆有助于世道人心之向善，即所记人物行止，亦皆备惩劝之功能，绝非虚无出世之释道思想，所可比拟也。

此书尚有清代纷欣阁刻本，亦称善本，寒斋未备。

读《李卫公会昌一品集》

进城以后,我买了不少丛书集成的零种书,其中包括一些政治家的文集。书籍发还以后,我还住在小屋里,大书靠墙垒好,这些小型书本,就堆在方桌底下。那时与张君同居。一天我下班回来,张告诉我,她把那些小书都处理了。处理是很方便的,出门就是一个废品收购站。我没有说什么,除去一些杂书,有几部成套的文集,也被处理掉了,包括《范文正公全集》,都是很新的书,道林纸本。

惋惜之情,与日俱增。商务当年印的这些书,版本小巧轻便,印刷清楚,校对可靠,断句可信。现在有些新印的古籍,前言说明根据的什么珍本,参校了多少善本。别的不讲,只看标点,就错误百出,有的实在是笑话。书装订得很厚,是为省工;用纸粗糙,是为了料贱,与商务印本相比,有今不如昔之叹。张君处理书,以书本大小为取舍,不懂书的内容,因为她只读过一些唐诗宋词和外国小说。也可能只是为了走路方便,吃饭时脚下清爽。

还好,床铺下面的没有动。这部《李卫公会昌一品集》,当时就屈尊在那里。

《李卫公会昌一品集》，丛书集成初编，据畿辅丛书本排印。不到三百页的书，却分装四册，老年人读起来，轻巧方便，有不可言之妙。

李卫公就是李德裕，唐武宗时名相，新旧唐书均有传，传都写得很长，记其功业事迹。

旧书卷一百七十四，史臣称赞他的"禁掖弥纶，岩廊启奏"时说："语文章，则严马扶轮；论政事，则萧、曹避席。"评价很高。谈到他的缺点，则说："不能泯是非于度外，齐彼我于环中。"这指的是他同牛僧孺等人的朋党斗争，"与夫市井之徒，力战锥刀之末，才则才矣，语道则难。"

新书卷一百八十，对他的缺失，说得比较委婉："宁明有未哲欤？"

道与哲，都是很玄妙的，很难捉摸，也就很难判断有无。对历史人物，我们只能信任史书的论断评价。近人吕思勉著《隋唐五代史》，称李德裕为人贼险阴狠。鲁迅在《唐宋传奇集·稗边小缀》中，也说这人最后流窜岭南，是因为伤人太多，自食其果。鲁迅是从那篇传奇小说《周秦行纪》谈起的。李的门徒写了这篇小说，署上牛僧孺的名字。小说是自述体，内容不止对当今皇帝大不敬，主人公并于冥冥之中，与前代皇后杨贵妃结合。然后，李德裕作《周秦行纪论》，咬牙切齿，罗织罪名，落实到牛的身上，欲置之死地而后快，那文字真可以说是带有血腥味道。

奇怪的是，这篇小说，一直署着牛僧孺的名字，流传下来。当时皇帝，并未追究此事，牛本人也不曾辩诬自解，遂成为文学史上一桩奇异公案。这是因为，李党的这种栽赃做法，手段和目的太明显了。皇帝不会相信，读者也不会相信的。

小说写得确实好,为历代文学史家们称许。在当时可以说是富有开拓精神,并闯入了一个禁区。使人又奇怪的是,作者既有这般才能,为什么不自行创作,却去干这种事?为什么除此以外,又别无作品流传,却把版权白白送给了敌手?

李慈铭在他的日记中说,唐代的传奇小说,多是考不中进士,或考中进士而穷极无聊的人所为。故多荒唐之言,并好造作、揭露他人阴私。这当然不能一概而论。

我现在读的一品集目录中,原有这篇小说和李德裕的《周秦行纪论》,都为编者删去。注云:朋党之见,不足示后。盖为乡贤讳也。李德裕是赵郡人。

古代的所谓朋党,大概就是政见相同的集团;其间的斗争,就是政见不和吧?

李德裕在《论侍讲奏孔子门徒事状》一文中说:"西汉刘向云:昔孔子与颜回、子贡,更相称誉,不为朋党。禹稷与皋陶,转相汲引,不为比周。何则?忠于为国,无邪心也。"在《朋党论》中,他又说:"治平之世,教化兴行,群臣和于朝,百姓和于野。人自砥砺,无所是非,天下焉有朋党哉!仲长统所谓:异同生是非,爱憎生朋党,朋党致怨隙是也。"

这些见解、说法,都是无可挑剔的。实际斗争起来,剑拔弩张之际,恐怕就做不到,甚至反其道而行之了。唐宋以来,朋党间的斗争,得势者都是把对手流放得越远越好。

耕堂曰:今读李卫公失意后所作诗文,亦多悟道之言。岂人之一生,穷极潦倒之时,则与道近;而气势焰盛之时,则与道远乎!

读唐人传奇记

一

鲁迅论唐传奇：

（一）小说亦如诗，至唐代而一变。源出于志怪。（二）虽尚不离于搜奇记逸，然叙述婉转，文辞华艳。与六朝之粗陈梗概者较，演进之迹甚明。（三）而尤显者，乃在是时则始有意为小说。《唐宋传奇集·序例》，首引胡应麟说："凡变异之谈，盛于六朝，然多是传录舛讹，未必尽幻设语。至唐人，乃作意好奇，假小说以寄笔端。"先生称：其言盖几是也。（四）屡于诗赋，旁求新途，藻思横流，小说斯灿。文人往往有作，投谒时或用之为行卷。（五）实唐代特绝之作也。而大归究在文采与意想。（六）然而后来流派，实亦不昌。宋好劝惩，摭实而泥，飞动之致，眇不可期，传奇命脉，至斯以绝。

以上综录先生论及传奇之言，稍加穿插，共得六则。余以为对唐传奇之研究，可谓发其端而尽其意矣。

二

鲁迅说唐人"始有意为小说"。胡应麟说"作意"、"幻设",都是有意识的创造之意。

唐人的小说,已经超越单纯的记录,进入复杂的创作活动。小说的境界,已经不只是客观世界的描绘,而涌进了作家主观的想象。

主观包括两方面:"文采与意想"。文采与意想,是文学创作的精魂。但这两点,在唐人传奇上,表现得非常突出。这不只使它明显地区别于过去的小说,也使它明显地区别于以后的传奇。在中国文学史上,独放异彩。

任何现象,都有其由来,有其基础。唐代文人的文化素质,实不一般。表现在诗歌创作上,已经有目共睹。这些文士,多是从幼年就用功于此,有些人,甚至是几代相传。他们重读书,重旅行,重交友,重唱和。互相鼓励,互相帮助,共同提高。文化素质的提高,必然引发道德、道义的提高。必然引发丰盛的想象力,引发出高尚的意象。高尚的人品,才能有高尚的想象;卑劣者,只能有卑劣的想象。其文章内容、风格、理想,自不相同。

唐代文人,在一种较高的文化素质根基上,创作小说,自有可观。又因为在诗歌领域的想象力,已经非常发达旺盛,表现在小说创作上,亦必不同一般。

三

这可以从比较上说明。此前不论矣。宋代传奇,胡应麟的话是:"宋人所记,乃多有近实者,而文采无足观。"鲁迅的话,已见上文,谓其主要缺点,是失去了"飞动之致"。

"飞动"二字,自幼即深印我心,以为是文学之命脉所在。然究竟什么是飞动,如何才能做到飞动,则一直不甚了了。壮年以后,从事此业,见闻稍多,反复思考,所谓飞动即日常所谓神来之笔,得意文章。然此尚为玄虚之谈,未能得其要领。

后来读李白《谢朓楼诗》:"蓬莱文章建安骨,中间小谢又清发。俱怀逸兴壮思飞,欲上青天揽明月。"才有所领悟。所谓飞动,就是"逸兴"和"壮思"的出现。就是在事实之上出现的创造。或是在描述现实时,突然出现的奇思妙想。这些奇思妙想的连续,就形成了作品的"飞动之致"。只有富于想象,诗作最飞动的李白,才能这样透彻地帮助我把问题解释清楚。凡是伟大的艺术品,都必具备"飞动之致"。雕塑、绘画如此,音乐、诗歌亦如此。文学名著《阿Q正传》、《红楼梦》、《水浒传》,都因富于此"致",而得为小说上乘。

四

历来对宋人传奇的评价,意见也不完全一致。胡应麟把"近实"看做是宋传奇的优长之处,所以鲁迅说他的那一段话,只能是"几近是"。

近人吕思勉说:"惟小说究以理致为主。唐人所为,好用辞藻,故其品实不逮宋人。"并说:"……小说也,皆唐人启其端,至宋而后臻于大成,唐中叶后新开之文化,固与宋当画为一期者也。"(《隋唐五代史》第二十一章)这只能说是历史家的一种见解,不必深辩矣。因为文学的飞动,不只靠奇思妙想,而且还要靠足能传达这种奇思妙想的词藻。这一点,较之唐，宋传奇就大大失色了。

词藻——语言的作用，绝不可忽视。此文人之法宝，久炼而成：小说之精华，非此莫属。

宋人并非不追求词藻，有时还常常在文中点缀诗词。不过总的说来，它的文词呆滞，不传神韵。失去魅力，失去读者。读者不能无精神食粮，平话小说乃乘运而兴。

五

唐人传奇之漂亮词句，幼年初读时，即拍案叫绝，至今仍能背诵。如《虬髯客传》之"张氏以发长委地，立梳床前。""不衫不履，裼裘而来，神气扬扬，貌与常异。"《柳毅传》："蛾脸不舒，巾袖无光，凝听翔立，若有所伺。"《霍小玉传》："引谕山河，指诚日月。句句恳切，闻之动人。""时春物尚余，夏景初丽，酒阑宾散，离思萦怀。"都非强作美词，眩人眼目。而是触景生情，发自作者心中，所以能感人，并呈飞动之致。

唐人做诗做惯了，善于推敲，遣词造句，变化神奇，有如魔术。这自然影响到小说的修辞上。

六

唐人传奇的形式，多种多样，有长有短。其内容也包罗万象。就其主要作品来看，已从记述怪异逐渐进入现实人生。即如写梦幻，实亦为写人间。彰彰者如《南柯太守传》与《枕中记》，写的就是官场的沉浮，人生的荣辱。鲁迅说，唐代文人，"歆羡功名"。所以写这种题材多。名为警世，实亦渲染。

有的是写政治。《虬髯客传》，目的在于政治，即天命不可违，神器不可夺，为李唐着笔，虽有男女间的相遇相慕，只是陪衬，最终是为政治服务的。《东城老父传》、《开元升平源》两篇，更是直言不讳地写政治，写国家的治乱兴衰。而《庐江冯媪传》，实际上是一篇现实性很强的农村小景。

完全进入现实生活，目的在于描绘世态的，是《李娃传》。这是唐人传奇中的一篇杰作。白行简不愧为大作家。它的优长之处，在于布局的完整、舒展，行文的自然、大方。对比之下，沈亚之等人的作品，则有些局促。鲁迅所说的"施之藻绘，扩其波澜"，它兼而有之。《霍小玉传》，虽亦缠绵，而波澜不敌。《无双传》，虽有波澜，而不自然。结尾处，为报一己之私情，草菅人命，伤害多人，以增传奇之意，虽步司马迁游侠遗意，然过于残酷，有失人道，不可取也。

《莺莺传》，作自名家，后人锦上添花，声名最显赫，然鲁迅谓"文章尚非上乘，篇末文过饰非，遂堕恶趣"。有贬义。但在唐传奇中，仍为佼佼。至于后来施之弹唱，演为戏曲，则文章之遭遇，亦如人生，有幸有不幸矣。

这篇小说，故事本极平淡，人物除红娘外，性格亦各平平。然千百年来，家传户诵，其理即在于爱情二字。悲欢离合之情，固通于千家万户，通于群众之心。以平淡之造意，获传奇之硕果，元稹之文字工力，究不可没也。

唐人之创作传奇，态度严肃，每有所作，必于篇前篇后，记录自己以及友朋姓名，写作缘起，以及事件发生年月，虽为小说，亦取信于人之意。

七

然记有人名、地址者，不一定皆为传奇，有的则是寓言。

余幼年时，不明这种区分，曾把韩愈的《圬者王承福传》和柳宗元的《种树郭橐驼传》，也视为唐人传奇。鲁迅则说，这种文字，"无涉于传奇"，因为它是"以寓言为本，文词为末"的。

这也很难分。从道理上说：作者宣传一种思想，一种见解，借用一个人物的事迹，或通过他的语言，把一种思想和见解宣扬出来，这就是寓言。传奇当然有时也是为了宣扬一种思想，但采取的方式，不是直接说教，而是用具体形象。

我看，寓言和传奇，就是在文学史上，也很难分得清楚。读者会把它们，一样看做是小说。

跋

我在中学读书时，在保定"马号"一家兼营文具的小书铺，买了一本"毛边"的《中国小说史略》（一九三二年七月第八版，版权页有鲁迅印章），现在还在我的身边。这真可以说是一个奇迹。抗战前所有书籍，都已化为灰烬。这本书是我在土改时，从家中带到饶阳大官亭，在贫农团办公的大院里，拣了一小块办丧事用的黄绫子，把书脊糊裱了一下，又带进天津来了。

一九五二年二月，人民文学出版社出版了《唐宋传奇集》，三月，我就买了一本。此后，我还买过一本旧日中华书局为中学生选的唐宋传奇。还买过一本神州国光社的唐人传奇。前者，"文革"后回故乡时，带着路上看，被同村的一位教书先生拿走了。此人已逝去，书不知流落何方。后者，则忘记送给谁了。

以上两件事，说明我对中国小说及其历史很早就发生了兴趣，并从鲁迅的著作中得到一些知识。但自己并没有什么研究成果。直到今天，写这篇稿子，还是以先生这两本书为主要依据，自己也没有什么发明与增补。这同时说明，先生的论述非常精确，是历久不刊之论。因为他是从作家的角度，研究古代小说的。

不过，因为眼下我的藏书多了一些，为文时，又按照先生的指引，参阅了：

一、太平广记　一九六二年中华书局排印本。

二、顾氏文房小说　上海涵芬楼影印本。

三、资治通鉴考异　同上。

四、文苑英华　近年中华书局影印本。

五、说郛　涵芬楼排印张宗祥抄本。

实际也未细读，翻翻而已。

呜呼，晚年无聊，侧身人海。未解超脱，沉迷旧籍。虽古人称，优于博弈，实亦如鲁迅所云："顾旧乡而不行，弄飞光于有尽，此亦岂所以善吾生？"有可悲者矣！

谈笔记小说

中国的所谓笔记小说，由来已久，汉晋已有，就是先秦经籍中，也有类似的断片。至唐、宋而大兴，推演至明清，这种书籍，可以说是浩如烟海，杂列并陈，在中国文化遗产中，占有很大的部分。在寒斋的藏书中，也占很大的比重，几乎有三分之一。

这原因是，我学习小说写作，初以为笔记小说与这一学问有关。后来才知道，虽然历代相沿这样一个题目，其实是两回事：笔记是笔记，小说是小说，不能混为一谈。就是合编在一本书里，也应有所区别。古时，把这种文章是称为笔记的，如《西京杂记》、《太平广记》，后人才加上小说二字。再后又有人汇刊为《小说大观》、《说郛》、《类说》、《稗海》等书，就以为其中都是小说了。古时既以街谈巷议为小说，因此类似街谈巷议的笔记，也定为小说，自无不可。但从此笔记和小说含义也就混同起来了。笔记小说的含义，和后来小说的含义，有很大不同。

我们按照今天小说的含义，去分析古代的笔记小说，其中大部分是笔记，但也有一小部分，可以称为小说。例如《西京杂记》、《酉阳杂俎》这些古书，里面就包含一部分小说。

中国小说史，把《世说新语》列为小说。因为这部书主要记的是人物的言行，有所剪裁、取舍，也有所渲染、抑扬。而且文采斐然，语言生动，意境玄远。至于后来这一体系的书，如《续世说》、《今世说》、《新世说》、《唐语林》、《何氏语林》等，因既无创造，亦无文采，就只能称之为笔记，不能再称为小说了。

亦有虽标笔记之名，而实为小说者。如纪昀之《阅微草堂笔记》。乍看也可算是笔记，然所记中，既有作者的主观寓意，又多想象描写，文采副之，实是文学作品，不是零碎材料。流风所至，清朝末年产生了一批仍以笔记相称，而实际已脱离笔记轨道的小说，如《淞隐漫录》等。其中上乘者少，下乘者多，内容与形式，都流于肤浅无聊。

所以，今天中华书局等出版部门，整理这类书籍，都已经正其名曰"笔记"，如唐宋笔记、明清笔记，不再称"小说"。

笔记主要是记载一朝一代的军国大事，朝政得失，典章文物。或是记述一代人物的思想言行。其目的都标榜是为补正史之不足，或是以世道人心为念，记述前事，作为借鉴，教育后人。文字都是简短的，每条自成起讫。

我的唐人笔记，有十几种。宋人笔记有数十种。宋人的笔记，流传下来的这样多，是因为印刷术的进步。也因为有很长时期，国家太平无事。

这些书，有些是过去商务编印的丛书集成的另种，有些是涵芬楼校印的线装宋元笔记，有些是近年古籍出版社和中华书局的新印本。元、明、清的笔记，也有几十种。其中石印本的清人笔记，多已送人。但重要的著作，近年新整理的本子，还有不少。还有一些木版的笔记，大都是过去木版丛书的另种。其中知不足斋丛书另本最多。

既然购置了如许多的笔记，当然也看过一部分。我的印象是：唐人的笔记，多系名家作品，文笔好，内容也扎实，有意义，最可读。宋人的笔记，多出自名公臣卿，内容也充实，有史料价值。但有些已经杂乱起来，因此有高下之分。要之如司马光之《涑水纪闻》，欧阳修之《归田录》，识见，文笔，取材，都高人一等。因为这些大人物既能见闻大事，所记能存真，又有修养，对材料能取舍，有判断。不像后来明、清的一些笔记，以山野草茅，妄谈朝堂宫苑之事，辗转传闻，致有千里之失。笔记也像其他著作一样，越古老越可观，因所记材料宝贵也。明清笔记虽多，没有经过时间的淘汰，还处在一种糠米不分的状态。

有笔记式的小说，有小说式的笔记。如《夷坚志》，笔记式的小说也。如《东轩笔录》，则有很多条目，是小说式的笔记。

笔记以记载史实，一代文献典故为主，如宋之《东斋记事》、《国老谈苑》、《渑水燕谈录》，所记史料翔实，为人称道。如《梦溪笔谈》、《容斋随笔》，则以科学研究学术成绩，及作者之见解修养为人重视。

笔记，常常也有所谓秘本、抄本的新发见，然不一定都有多大价值。有价值之书，按一般规律，应该早有刊刻，已经广为流传，虽遭禁止，亦不能遏其通行。迟迟无刻本，只有抄本，自有其行之不远的原因。我向来对什么秘籍、孤本、抄本，兴趣不大。过去涵芬楼陆续印行之秘籍，实无多少佳作。

有的笔记，名声赫赫，印刷亦精，但也不一定就证明其杰出。如清之《两般秋雨盦随笔》，各种印本，一再发行，只为其文字浅近，内容亦为浅识者所喜而已。亦有虽系名家所记，然内容杂乱无章，比较零碎，如《随园随笔》。

元明笔记，就其内容规模而言，仍以《南村辍耕录》及《万历野获编》为佳。

笔记以内容真实客观，作者态度端正为主。文胜于质，不如质胜于文。金刘祁《归潜志》中，载《录崔立碑事》一则，对自己参与为叛将撰写碑记，详叙经过，自我反省。人以为诚信，推重其著作，所记史实，多为正史所收取。宋蔡絛《铁围山丛谈》，多文过饰非之作，正与其处世为人同。然此等书，不可因人废言，认真察看，亦有可取之处。

清代的笔记虽然多，我认真地即是通篇读过的，有《啸亭杂录》、《永宪录》、《郎潜纪闻》等。《郎潜纪闻》共"三笔"，作者陈康祺。文字流畅，叙述亦生动，能读下去。但在第一部，发现两处墨笔眉批。一处记作者经历，眉批曰："毫不知耻，抑何厚颜！"一处记他人事迹，眉批曰："阁下愧此多矣，何仍作欺人语耶？"这恐怕是同时代人阅读时批注的，愤愤之情，溢于言表。当然不能根据两处眉批，就否定这部书的价值，但也不能怀疑，这种看来深知作者底细，推敲文字并揭疮疤的人，是出于嫉妒或是报复。总之，著述要修辞立诚，立身尤其要谨慎端正。

以上所谈，当然都是古道，会被时髦文士，看做"四旧"陈言。时髦文士，专攻时文，闻鸡起舞，举一反三。他们在"四人帮"时代，初露角刺，已经写下不少造谣生事，伤天害理的文章。有人至今秉性不改,仍以善观风向气色自居。对过去文字,不只无刘祁的良心发见,悔恨之辞,别人偶有触发,仍惯于结帮连伙,加以反噬。不怕云山罩,就怕老乡亲。难得有知其老底之人,将其前前后后文字,汇编成册,批注点明。如此一来,或将使其通体虚伪善变之情状,暴露于读者眼前。

读《东坡先生谱》

王宗稷编,在《东坡七集》卷首。

一

此年谱字数不多,非常简要。记述精当,绝不旁枝。年月之下,记东坡居何官,在何地曾作何诗文,以相印证。东坡诗文,多记本人经历见闻,取材甚便。诗文有不足以明,则引他人诗文旁证之。余以为可作文人年谱之楷模。

二

据年谱:苏东坡二十一岁举进士;二十五岁授河南府福昌县主簿;二十六岁授大理评事、凤翔府签判;三十岁判登闻鼓院,直史馆;三十四岁监官告院;三十六岁,因与王安石不和,通判杭州;四十岁,通判密州;四十二岁,知徐州;四十四岁移湖州。

此间出事,年谱云:是岁言事者,以先生湖州到任谢表以为谤。七月二十八日中使皇甫遵到湖追摄。按子立墓志云:予得罪于吴兴,亲戚故人皆惊散,独两王子不去,送予出郊曰:

死生祸福天也，公其如天何？返取予家，致之南都。又按先生上文潞公书云：某始就逮赴狱，有一子稍长，徒步相随，其余守舍皆妇女幼稚。至宿州，御史符下，就家取书，州郡望风，遣吏发卒，围舡公搜取，长幼几怖死。既去，妇女恚骂曰：是好著书，书成何所得，而怖我如此，悉取焚之。

耕堂曰：余读至此，废卷而叹。古今文字之祸，如出一辙，而无辜受惊之家庭妇女，所言所行，亦相同也，余曾多次体验之。

然宋时抄家，犹是通过行政手段：有皇帝意旨，官吏承办，尚有法制味道。自有人提倡和尚打伞以来，抄家变成群众行动，遭难者受害尤烈矣。司马相如死后，汉武帝令人至其家取书（是求书不是抄家）。卓文君言：相如无书也，有书亦为人取去。所答甚得体，有见识，不愧为文君也。朱买臣之妻尤有先见之明，力阻其夫读书，不听，则与之离婚，盖深明读书无益，而为文易取祸也。此两位妇女，余甚佩服，故曾为两篇短文称颂之。

四十五岁责授黄州团练副使。五十一岁哲宗元祐元年，入侍延和，迁翰林学士，知制诰。——这是苏东坡一生中最得意的几年，曾蒙太皇太后及哲宗皇帝召见，命坐赐茶，并撤御前金莲灯送归值所。

耕堂按：这在旧日官场看来，是一种殊荣。但令不喜官场的人看来，这不过是妇人响响之恩，买好行善而已。

五十四岁，出知杭州。五十七岁在颍州。五十八岁再入朝，任端明、侍读二学士。五十九岁，即绍圣元年，又不利，出知定州、英州，再贬宁远军节度副使，惠州安置。过虔州，又责授琼州别驾，昌化军安置。即过海矣。六十三岁在儋州。

六十六岁,放还,死于常州。

耕堂按:"安置"即管制。后之"随意居住",即解除管制矣。

三

纵观东坡一生为官,实如旅行,很少安居一处。所止多为驿站、逆旅、僧舍,或暂住朋友处,亦可谓疲于奔命矣。其官运虽不谓佳,然其居官兴趣未稍减。东坡幼读东汉书,慕范滂之为人,为母所喜,苏辙作墓志,及宋史本传均称引之。可知其志在庙堂,初未在文章。古人从不讳言:学而优则仕,因士子于此外,别无选择。如言:学而优则商,在那时则不像话。既居官矣,则如骑虎,欲下不能,故虽屡遭贬逐,仍不忘朝廷。

东坡历仁、英、神、哲、徽五朝,时国土日蹙,财政困难,朝政纷更多变,虽善为政者,亦多束手,况东坡本非公卿之材乎。既不能与人共事,且又恃才傲物,率意发言,自以为是。苏辙作墓志,极力罗列其兄政绩,然细思杭州之兴修水利,徐州之防护水灾,定州之整顿军纪,亦皆为守土者分内之事,平平而已,谈不上大节大能。此外,东坡两度在朝,处清要之地,亦未见其有何重大建树。文章空言,不足据以评价政绩也。

远古不论,中国历史上,在政治上失意而在文学上有成者:唐有柳宗元,宋有苏东坡。柳体弱多病,性情忧郁,一贬至永州,即绝意仕途,有所彻悟。故其文字,寓意幽深,多隐讳。苏东坡性情开放,乐观,体质亦佳,能经波折,不忘转机,故其文字浅近通达,极明朗。东坡论文,主张行所当行,止所当止，并以为文止而意不尽，乃是文章极致。然读其文章，时有激越之词，旁敲之意，反复连贯，有贾谊之风，与柳文大异。然在宋朝，欧公之外，仍当首选。其父与弟，以及王安石、曾巩，皆非其匹。以上数人，在处理政事上，皆较东坡有办法，有能力，因此也就不能多分心于文学。人各有秉赋、遭际，成就当亦不同。

苏东坡生活能力很强，对政治沉浮也看得开，善于应付突然事变，也能很快适应恶劣环境。在狱中，他能吃得饱，睡得熟；在流放中，他能走路，能吃粗饭。能开荒种地，打井盖屋。他能广交朋友，所以也有人帮助。他不像屈原那种人，一旦失势，就只会行吟泽畔，也不像柳宗元，一遇逆境，便一筹莫展。他随时开导娱乐自己，可以作画，可以写字，可以为文作诗，访僧参禅，自得其乐，还到处培养青年作家，繁荣文艺。然其命运，终与柳宗元无大异，亦可悲矣！

四

宋史本传，全袭苏辙所作墓志铭，无多新意，唯末尾论曰：

呜呼！轼不得相，又岂非幸欤？或谓轼稍自韬戢，虽不获柄用，亦当免祸。虽然，假令轼以是而易其所为，尚得为轼哉！

还是有些见解的。

读《船山全书》

这是岳麓书社近年正在进行的一件大工程,实际负责编校者为杨坚同志。每出一册,必蒙惠赠。书既贵重,又系我喜读之书,深情厚意,使我感念不已。我每次复信,均望他坚持下去,期于底成,因为这是千秋大业,对读书人有很大功德。

过去,寒斋藏书中,有金陵书局,曾氏木刻本《读通鉴论》,上等毛边纸印,字大行稀,天地宽广,虽字体有些笨拙(就是后来常见的金陵刻经处所刻佛经那种字体),然仍不失为佳本。

书有棕色大漆木板夹,全书有一尺多厚,搬动起来,很不方便,然分册甚薄,把持方便,甚便于老年人阅读,故为珍藏之一种。

此外,我还买过世界书局出版的《读通鉴论》,洋装厚本。因素不喜世界书局所印书籍的字型和版式,后送给邹明。今邹明逝世,彼家恐无人问津此类读物矣。

又在天津古籍书店,见过太平洋书店所印之《船山遗书》,平装,大字,分册多,阅读亦方便,当时尚不知重视王氏著作,疏忽未收,价钱不会太贵的,至今很是后悔。

我还藏有四部备要本《宋论》。

近年，我还陆续购买了中华书局印行的王氏零星小书，如《楚辞通释》、《黄书》、《噩梦》等。

现在，岳麓所印全书，我已经收到六册，王氏的主要著作，已包括在内。他们是在前人的工作基础上，再进行精细的工作，并用新发现的珍贵抄本作依据，重新进行编校。其优越之处，是不言自明的。

我对王氏发生敬仰之情，是在读《读通鉴论》开始。那是六十年代之初，我正在狂热地购求古籍。我认为像这样的文章，就事论事，是很难写好的。而他竟写得这样有气势，有感情，有文采，而且贯彻古今，直到《宋论》，就是这种耐心，这种魄力，也非常人所能有的。他的文章能写成这样，至少是因为：

（一）他有自己的政治思想、政治经验；（二）他有丰富的人生阅历，了解民情；（三）他有表达自己思想感情的文字能力；（四）他有一个极其淡泊的平静心态，甘于寂寞，一意著述；（五）这很可能是时代和环境造成的，无可奈何的人生选择。

等到我阅读了他另外一些著作后，我对他的评价是：

（一）他是明代遗民，但有明一代，没有能与他相比的学者；（二）他的著述，在清初开始传布，虽并没有得到应有的重视，但有清一代，虽考据之学大兴，名家如林，也没有一个人，能与他相比；（三）清初，大家都尊称顾炎武，但我读他的《日知录》，实在读不出个所以然来。他的其他著作，也未能广泛流传。人们都称赞他的气节，他的治学方法，固然不完全是吹捧，但也与他虽不仕清廷，却有一些当朝的亲友、学生,作为背景有关。自他以下的学者,虽各有专长,也难望王氏项背。因为就博大精深四字而言,他们缺乏王夫之的那种思想,那种态度,那种毅力。

他是把自己藏在深山荒野,在冷风凄雨,昏暗灯光之下,写出真正达天人之理、通古今之变的书的人。

他为经书作的疏解,也联系他的思想实际,文字多带感情,这是前人所未有的。即以楚辞而论,我有多种注释本,最终还是选中他的《楚辞通释》一书为读本。

读《清代文字狱档》记

前言

清代文字狱档，民国二十年五月，北平故宫博物院文献馆编印第一辑，六月出版第二辑。第三辑改题为故宫博物院·北平研究院出版。至第九辑，又改为国立北平故宫博物院文献馆出版。此盖官场建制之变易，实际工作人员，并未改动。

我购到九辑原印本，张继题署，线装，粉连纸，有行格，四号字精印。近闻上海古籍书店有重印本，未见。

据凡例，其材料来源为：一、军机处档；二、宫中所存缴回朱批奏折；三、实录。其内容为上谕，奏折，咨文，供状等。前八辑皆为乾隆朝案件，第九辑曾静一案，则上连雍正一朝。

此书购于"文革"之前，我好像粗略读过。今春无事，乃逐辑细读，记各案大略，并加分析，略有评论。随读随记，不知能否卒业也。

谢济世著书案

（乾隆六年九月起，七年正月止）

皇帝不喜欢做官的人著书立说，谢济世做官又注经书，有人告发。皇帝著湖广总督孙嘉淦查办。上谕说：

> 朕闻谢济世将伊所注经书刊刻传播，多系自逞臆见，肆诋程朱，甚属狂妄。从来读书学道之人，贵乎躬行实践，不在语言文字之间，辨别异同。况古人著述既多，岂无一二可以指摘之处？以后人而议论前人，无论所见未必即当，即云当矣，试问于己之身心，有何益哉！况我圣祖，将朱子升配十哲之列，最为尊崇，天下士子，莫不奉为准绳。而谢济世辈倡为异说，互相标榜，恐无知之人，为其所惑，殊非一道同风之义，且是为人心学术之害。朕从不以语言文字罪人，但此事甚有关系，亦不可置之不问也。

此谕来势很猛。孙嘉淦随即从严办理，可能有些过头。皇帝又谕：

> 谢济世著书，识见迂左则有之，至其居官，朕可保其无他也。

这样一来，孙嘉淦就明白，皇帝是保谢济世的，他不便再投井下石，就也转口说：

谢济世为人朴直,颇知自爱,其居官操守甚好,奉职亦勤诚如圣谕,可保无他也。

只将书籍、版块销毁完事。皇帝最后朱批:所办甚妥,止可如此而已。

耕堂按:这是皇帝对谢济世怀恨不深,只是听了一些人讲他的坏话。大概后来看到,说他坏话的人,也有私心偏见,于是就如此结案了。这是一次有惊无险的文字狱,皇帝转弯之快,也是很少见的。

王肇基献诗案
(乾隆十六年八月起,本年九月止)

山西巡抚兼管提督事务,臣阿思哈跪奏:为奏闻事,窃照乾隆十六年八月初九日,据汾州府知府李果禀称:有流寓介休县居住之直隶人王肇基,忽赴同知图桑阿衙门,呈献恭颂万寿诗联,后载语句,错杂无伦,且有毁谤圣贤,狂妄悖逆之处。佯做似癫非癫之状。现在押发介休县收禁,跟踪来历,研究确实,另行呈报等语。臣查借名献颂,妄肆狂言,大干法纪。未便以其佯作疯癫,少为轻纵。臣恐该府县不知轻重,办理不善,臣随密嘱按察使唐绥祖,饬令该府,将王肇基押解赴省,并将所献诗联,封送查阅,以便臣与藩臬两司,亲加研审,务必追究来历,查其如何狂悖,有无党羽,讯得确情,恭折具奏,另行委办。一面密谕介休县亲赴王肇基家中,逐细搜查,有无收藏别样字迹及违禁器物,并查其同居,有无父母伯叔兄弟妻子,及平日交结何人,祖籍直隶何县,逐一跟追,悉心穷究,不许该府县稍有讳饰。

我连篇累牍地抄录奏折,是想向读者说明,清朝定鼎以后,经历顺治、康熙、雍正三朝,大规模的文字之狱,已经有过多次。一些封疆大吏和一些老练的幕僚师爷,都从中吸取了不少的经验教训。最主要的有这样几点:

一、遇到有关文字的案件,当地大员要亲自抓,且要一抓到底。

二、处理案件的尺度,要宁严勿宽,用今天的话说,就是要宁左勿右。法网要撒得远,撒得密,就是要广泛株连,不使一人脱漏。

三、要立刻派人去犯人家抄查,财产入册上报。

我们现在看到的这篇奏折,可以说是写得颇为得体,无懈可击,一定是出自老练的师爷之手,当然也和这位巡抚的做官经验有关。

上奏折事,可不是一件简单的事,弄不好,轻则申饬,重则交部议处,可以把官帽丢掉。

所以,奏事时第一要弄清朝廷的基本政策,或者说是"精神"。第二要了解皇帝当时的心理状态,或者说是"感情"。不然,你严了,他会说你不识大体,甚至说你不懂人事;宽了,他会说你"瞻顾",甚至说你"徇私"。这些词儿,在皇帝的"朱批"中,是经常遇见的。

人人都愿做官,人人都愿做大官。其实做官有做官的难处,大官更有大官的难处。像这里说的这位山西巡抚,大概也是皇帝派下来的心腹。这些人自称是"满洲世仆","奴才",

为皇帝所"豢养",办事可谓忠心,但还是常常因处理案情不当,受到责骂。

明白了以上道理,然后再去读读这篇奏折,你就可以知道巡抚措施之得当,以及奏折措词之得体了。

关于纪昀的通信

柳溪同志：

收到你十月十五日从盘山写来的信。因为我又闹病，迟复了几天，甚歉！

虽然我们相识几十年了，我还不知你是纪昀（晓岚）的后裔，实在不敬得很。我是很佩服他的，这倒不是因为在我们北方，有许多关于他的民间传说。

你的太高祖的官阶，并不止于"编修"，他历任过侍读学士、内阁学士、兵部右侍郎、左都御史，一直到礼部尚书。

他编纂的书，不叫《四库备要》，叫《四库全书》，他是四库全书馆的总纂官，就是现在的"主编"或"总编"。他的主要工作，是为这些书撰写"提要"。

《四库全书总目提要》并不是近年来才得到好评。这是一部非常伟大的学术著作。我曾有一部商务出版的万有文库本，那样小的字，还有四十多本，是一部内容浩瀚的大书。它一直享有盛誉，随着年代的推移，它的价值，将越来越高，百代以后，它一定会成为中国文化的经典著作。

令太高祖为四库书所作的"提要"，在有清一代，已经被誉为:"大而经史子集,以及医卜辞曲之类,其评论抉奥阐幽,词明理正,识力在王仲宝阮孝绪之上,可谓通儒矣!"

我以为更难得的是,像这样的学术著作,使人读起来,并不感觉枯燥,并且时常有他那独特的幽默犀利的文笔出现,使人于得到明确的知识之外,还能得到文学艺术的享受。

鲁迅对他的评价是很高的,见于《中国小说史略》。我并不记得鲁迅骂过他"汉奸"。

当然,乾隆皇帝修《四库全书》有其政治上的目的,经过这一次纂修,中国文化遭到了一次浩劫。但事物总是要一分为二的,这一反动措施,也带来一些正面好处。除去它辑存了一些已佚的古籍(如从《永乐大典》辑录的一些书),最大的成就,就是纪氏所撰述的《四库全书总目提要》和《简明目录》。

此外,你来信说:"我常想,如果我这位太高祖,当年不是乾隆的编修,而像蒲松龄那样一生贫困、治学、读书、著书,当比留存下来的《阅微草堂笔记》会好些。不知你同意我的看法否?"

我不同意你的看法。第一,作家和作品,不能作等同比较。第二,贫困并不是决定作品质量的因素。虽然,中国有一句"穷而后工"的说法。但这个穷字并非专指贫困。第三,《阅微草堂笔记》的成就,并不能说就比《聊斋志异》低下。

《阅微草堂笔记》是一部成就很高的笔记小说,它的写法及其作用,都不同于《聊斋志异》。直到目前,它仍然在中国文学史上,占有其他同类作品不能超越的位置。它与《聊斋志异》是异曲同工的两大绝调。

这是一部非常写实的书,纪昀用他亲身见闻的一些生活琐事，说明社会生活中的因果问题。它并不是唯心宿命的，它的道理是从现实生活中演绎出来的。因果报应，并不完全是迷信的，因果就是自然规律。

至于文字之简洁锋利，说理之透彻周密，是只有纪昀的文笔，才能达到的。我常常想，清代枯燥的考据之学，影响所及，使文学失去了许多生机。但是这种一针见血、无懈可击的刀笔文风，却是清朝文字的一大特色。

评价历史人物，一定要考虑到他的历史处境。令太高祖的处境，是并不太理想的。姑不论在异族统治之下，就是这位乾隆皇帝，虽然表面上有改父风，但仍然是很不好对付的。特别是在他手下做文字工作。这位皇帝当面骂纪昀为腐儒，就是说，他把文人还是作为"倡优畜之"的。另一次因为受别人牵连，他把纪昀充军乌鲁木齐，这是大家都知道的。

问题在于，在这位皇帝面前，纪昀以怎样的态度做官呢？事隔久远，我的历史知识很差，不能凭空臆测，但据一些记载，纪昀是采取了"投其所好"的办法。

什么叫"投其所好"呢？比如纪昀看准了乾隆皇帝的性格特点是好"高人一等"，是最高的"自是"人物。他在精心校对《四库全书》的时候，就故意留一两处漏校的地方，这些漏校，都放在容易发见之处。把书缮写清楚之后，上呈御览。

皇帝很容易就发见了这种错处，于是得意洋洋地下一道谕旨：对总纂官加以申斥，并且罚俸！

就这样，纪昀在担任总纂官的年月里，被申斥罚俸很多次。

像这样的自屈自卑，以增强统治者的自尊自是感，已经超出了中国古代美誉归于尊者的教训，叫我们现在看来，是有些莫名其妙的。其实，这是封建社会做官的一种妙诀，很多人就是因为这样，才能为皇帝容纳、喜欢，一直升官的。

这当然不能概括纪昀的全部，只能说是他的一种逸闻，我提到这一点，并不是存心对他不恭敬。

比他早一些，康熙朝有一位高士奇，这也是一位有名的文士。他在扈从皇帝到你目前所在的盘山一带，行围射猎的时候，皇帝的马惊了，皇帝掉了下来，身上沾了一些泥土，很不高兴。高士奇得知后，自己故意滚到泥洼里，带着浑身泥水跑到皇帝跟前，诉说自己的不幸遭遇，使皇帝变恼怒为高兴。他这种做法，比起纪昀，就更等而下之了。如果我们只看他的文集，能想象出他的这种作为吗？有些影射小说的爱好者，说高士奇是《红楼梦》里薛宝钗的模特儿。你想，薛姑娘无论如何不好，能做出这种勾当吗？

另有一件关于纪昀的逸事是：纪昀死去老伴，有悼亡之戚。皇帝问他心中如何，他给皇帝背诵了《兰亭集序》中"夫人之相与"一段，引逗得皇帝大笑。这种文字游戏，不只有砧名篇，也略见君臣之间日常相处的风格面貌。

这只是说明，纪昀当时的处境，并不像一般人所羡慕的那样得意，是有很多难言之苦的。

他是真正的才子，他的毕生才力都灌注到了前面提到的那部大书里。他所留下的《纪文达公遗集》，实在没有什么内容，都是应酬之作，纤细轻浮，故流传不广。但他弄的那些楹联之类的小玩艺，却很有意思，是别人不能及的。所以说，受时代限制，他的才力并没有得到充分的发挥，这是非常可惜的。

至于他为官的政绩，只能说是平平，无可称述，这也是时代环境使然。

  基于对他的尊重，我写了对他的一些极其肤浅的印象。我想你应该根据家乘材料，对他作一些系统研究，写成文章。我这封信，算是对你的鼓动吧！

读《求阙斋弟子记》

一

求阙斋,系曾国藩斋名,撰者王定安曾供职他的幕中,小有文名,过去提到的《湘军记》,也是他的著作。文师桐城,对自己的史才,也颇自负,实际上并不高明,但史法还是可以看出一些来的。这部书,实际上是曾国藩的传记资料。

据扉页,此书光绪二年,刊于都门,版存琉璃厂东门桶子胡同龙文斋。李鸿章题署。

书价十六元,购自何地,已不能记忆。白粉连纸印,刻工不精,笔画时有错乱,京版之通病。有七千卷书楼孙氏记印章,朱、黄二色断句,通读到底,可谓用功之士矣。

全书共十六册,三十二卷。分《恩遇》,《忠谠》,《平寇》,《剿捻》,《抚降》(李世忠),《驭练》(苗沛霖),《绥柔》(包括天津教案),《志操》,《文学》,《军谟》,《家训》,《吏治》,《哀荣》等节。

此书购于读太平天国史料兴趣正浓之时,然书到较迟,不久即逢浩劫,未及细读。今又检出,心情已非往日。太平天国史料，多已束之高阁，兴趣已成过去。写来写去，读来读去，所谓天国之梦，不过惊醒于"自相残杀"四字而已。非曾氏兄弟之功业也。

当金田骚动之时，天主耶稣，本非中国之物，塾师炭夫，亦非群众景仰之人，何以登高一呼，万夫云从？此因人民深陷水火，求生之念甚切，亟思有人拯救，并不顾及前途吉凶，到底如何。遂于短期之内急转直下，掩有半部江山。曾、左之徒，初以封建道统，号召地主子弟反抗异端，而旷日持久，未见成效。终以天国内讧，乃告功成。此非曾、左封建道统之胜利，乃洪杨本身封建道统之胜利也。历史如此嘲弄人民可不知畏乎？

今读此书，《平寇》一节，略而不读，从《剿捻》开始。

由弟子记其先师言行，成为著述，古代多有。《论语》就是一部弟子记。但像《求阙斋弟子记》这样卷帙浩瀚的书，还是少见的。这是因为曾国藩去世不久，威名未消，他手下文武，仍在掌权。把老师的文功武略，弄得冠冕一些，大家的脸面，都会增添光彩。

曾国藩对付太平军，是用深沟高垒，长期围困的办法。对付捻军的办法，则经过几次改变。最初，鉴于僧格林沁的惨败，他向皇帝疏奏：他本人不能骑马，不能像僧亲王那样，身不离鞍，昼夜穷追。他主张用重镇堵截的办法，并说这是他的所长。然而他的措施并不见效，引起朝廷的不满，有的御史还上折子，请求对他"略加贬抑"，朝廷虽然没有采纳，但对他的态度，已经远不像"发逆"未平时那样倚重了。

后来，他又采用追、堵并重的办法；收效也不大。捻军之败，还是败在潘鼎新属下的洋枪队上，正像帝国主义参与其间,遂使太平天国失利一样。

捻军的马队,实在厉害。王定安描述道:

> 然旋灭旋起,且益狡悍。每侦官军至,避走若不及,或穷追数昼夜,乃反旗猛战,以劲骑分两翼,抄我军马。呶人谨慓,疾如风雨,官军往往陷围不得出。贼尤善用长锚,巨者逾二丈。我军以枪炮轰击,贼马闻枪声,腾扑愈猛,瞬息已逼阵,枪不得再施。又喜以一步挟一骑,为团阵滚进,官军以此益畏之。

曾国藩屡次承认,官军的马队,远不及捻军。不过他提出的清圩政策,确实给捻军造成了很大的困难。王定安写道:

> 自捻逆扰乱以来,据蒙亳村堡为老巢,居则为民,出则为捻,若商贾之远行,时出时归。其回窜也,皆有莠民勾引。

清圩以后的情形,则是:

> 厥后任赖由泗宿入怀远,牛烙洪由永城入亳州,皆欲回巢,纠党装旗。各圩寨闭门与贼绝,贼徘徊怀远,几及一月,卒不得逞。从此贼遂四出不归,以迄于灭。

但是,曾国藩的"剿办流寇,原不可以无定之贼踪,改一定之成局"的老成持重的主张,因师老无功,朝廷不再耐烦,就叫李鸿章把他换掉了。

同治七年正月，西捻首领张宗禹，从陕西转战到京畿以南，雄县一带。京师戒严，清廷大恐，几乎把全国得力的将领都调来会剿。左宗棠到了定州，他向皇帝疏陈的方略中，也有一段对捻军的描述：

> 臣维捻匪惯技，在飘忽驰骋，避实乘虚。始犹马步夹杂，近则掠马最多，即步贼亦均乘马。临阵则步贼下马，挺矛攒刺，而骑贼分剿官军之后。其乘官军也，每在出队收队，行路未及成列之时。遇官军坚不可撼，则望风远引，瞬息数十里，俟官军追及，则又盘折回旋以疲我。其欲东也，必先西趋；其欲北也，必先南下。多方以误我……

从以上所引，可略见当时捻军之声势、军容、战术，以及进止聚散的情形。此次，捻军曾打到我的家乡安平、深泽、深县、饶阳一带，给当地人民留下了深刻印象。我幼年还听到母亲讲"小阎王造反"的故事，当时不知小阎王是谁，现在才知道是张宗禹的绰号。

那么多马队，驰骋在大平原，可谓壮观。闭目凝思，宛如再现。故乡近代，凡经战争逃难生活三次：一即小阎王造反；二义和团抗击洋人；三抗日。前二次，母亲一辈经历之。

二

王定安撰写的《求阙斋弟子记》中的《家训》部分，实际就是我们常见的《曾文正公家书》，不过免去了上下款及年月日。分为《寄诸弟》、《寄弟国潢》、《寄弟国华》、《寄弟国荃》、《寄弟贞干》、《谕二子》、《谕子纪泽》、《谕子纪鸿》。所收亦略少，只有薄薄一册。

中国自古以来，有很多家书、家训行世。然多流传不广，有些只存在自家的祠堂中。曾国藩的家书，却不得了，流传了几十年，差不多读书人家，都会有一部。因为他是近代"闻人"，官职又高，他的思想，为封建统治者所推崇，儒学子弟所信仰。"五四"以后，才逐渐冷落下来。但在一部分家长心中，还认为是教育子弟的必读之书。

我上中学的时候，父亲寄给我一部《曾文正公家书》，是大达图书公司的排印本（即当时所谓一折八扣书）。父亲还附了一封信，大意是：他幼年家贫，读书不多，今以此书授我，愿我认真阅读。信写得很带感情。我年幼不懂事，那时正在阅读革命书籍，对曾国藩等人很反感，且甚瞧不起大达印的书，随即给父亲回了一封信说：以后不要再买这种书，这种书在保定街头，到处都有，没有人买……我想父亲接到信，一定会很不高兴，但也没有来信责备我，以后也没有再给我寄过书。我带回家中的书，父亲从来也不看，也不问，只说我是个书呆子。中年以后，我才认真读了这部书。

因此我想到：所谓家书、家训之所以流传，不一定是因为它的内容，多半是由于写信人的权势和声望。他的说教，即使当时，受信人也不一定听信。例如曾国藩的家书，前后言论，并不完全一致。对于一个人，例如对曾国荃，在曾国荃未显达与已显达之后，所谈所论，就有很多不一样。有很多顺时应势，矛盾依违，甚至吹嘘拍马之辞。这还说得上是兄弟间的真诚感情吗？

再说，家庭已经是朱门侯府，子弟已经是纨袴少爷，还教他"书、黍、鱼、猪",会有效果吗?

对于广大读者,则有环境和时代不同,心意能否相通的问题。我幼年时,在中学课本上,读曾国藩的家书,就觉得不如读郑板桥的家书亲切。因为郑虽是县令,他弟弟究竟是农民,和我的生活距离小,所谈事物,容易理解。曾国藩是太子太保,是爵相,即使他谈的也是普通道理,总觉得和我们平民的心思,不能相通,因此也就不能完全相信,总觉得其中有什么虚伪的地方,言行不一致的地方。

这当然不是一笔抹杀曾国藩的家书。他的家书,自有它多方面的价值,现在还有很多人在研究。另外,他的家书和他同时代的要人们的家书相比,在指导读书、谈论诗文、讨论书法、研究刻书等方面,见解虽不见得高明,读后还是使人有些收获的。比起左宗棠的家书,就显得有学问多了。左氏的家书,我有仿宋排印本两册。其中多谈家务杂事,少谈文史。

至于时代不同,思想变化,那就更难说了。我认为,现在不会有家长,再叫孩子们去读曾氏家训。八十年代的中国青年,将不知他的"进德、修业"为何物。

我的结论是:凡是家书、家训,只能对当家长的人,有影响,有用处。对于青年人,总是格格不入的。

但是,什么话也不能说得太绝对。听说,曾氏的后人,情况还是不错的。这也可能是他们先世的遗泽,包括家书、家训,起了一定的作用。

耕堂曰:咸同之世,湘乡曾氏,号称伟人。对内尽忠于异族,对外屈膝于列强。接连讨伐起义之民众,极尽残酷。杀人日多,声势益隆。曾氏自言其初衷:为解君父之忧,不畏后世之讥。后虽亦自省:内疚神明,外惭清议,盖饰词耳。早已盖棺论定，实已无案可翻。然政治风云，究非个人私事，时代如彼，对曾氏亦应论世知人。

当其显赫之时，正如长江上往来船只；无一艘不插曾氏旗号，他的一言一行，亦无不为人师法。其所著述，人手一编，众口一词，不敢异议。然仅至民国初年，新的学说兴起，革命者已视彼为粪土矣。因知伟人之言论，其价值，随时代之变化，或因其权势之消长，必有所升降。其升也迅，其降也速；其势也隆，其消也无声。万世不移，放之四海而皆准，乃夸张之说法。伟人之论如此，名人之论亦如此。在历史长河中，一种言论，一种学说的沉浮现象，是常见的。它是与时代要求、社会现象相关联的。但一种学说沉落之后，有机会再为浮起，无论如何，不会再有当年的声势和影响。对曾国藩的家书、家训，也要这样去看。

三

"天津教案"列在本书的《绥柔》中一章。著者王定安记其梗概云：

> 同治九年五月二十五日，上谕曾国藩，著前赴天津，查办事件。初天津有奸民张拴、郭拐以妖术迷拐人口，知府张光藻、知县刘杰捕诛之。而桃花口民团，复获妖人武兰珍。兰珍迷拐幼孩李所，鞫讯得实。讪言受迷药于教民王三。闾阎大哗，疑西洋天主教堂所嗾，或言洋人抉幼孩目，剖其心为药料，城外义冢内尸骸暴露，皆教堂所弃。津民益怒，时相聚语谋报复。三口通商大臣崇厚檄天津道周家勋等，会法国领事官丰大业，至天主堂公讯。兰珍语

言殊支离，案弗能决。适士民观者麇集，偶与教堂人有违言，抛砖石相击。丰大业负气，径至崇厚公署，诉其状。崇厚出见，以枪狙击不中。崇厚抚慰之，且戒勿轻出激民愤，弗从。恚愤出署，路遇杰，复以枪击之，误伤其仆。居民见者皆哗噪，殴丰大业毙焉。遂焚毁教堂洋房数处，教民及洋商死者数十人……

著者对这次事件的叙述，还是比较真实客观的，也很简练，头绪也清楚。在叙述中，又以夹注的形式，引用了当时天津知府张光藻写给曾国藩幕宾吴汝纶的信，详细地叙述了事件的经过，并在文字中透露了知府本人的看法。这是官场的一种手法，所谓先通关节，以便使即将来查办此案的曾国藩先入为主，听信他的报告。

但现任直隶总督的曾国藩，已经是久经仕宦的老奸巨猾，他所注意的不只是下情，更注意的是上情——即朝廷的意图。而朝廷的意图，又是常常变化的，对涉外的事件，尤其如此。掌握不好，不只是事无补，甚至会弄得身败名裂。所以，这次皇帝（实际是慈禧太后）叫他查办此案，对曾国藩来说，实在是一个大难关，关系他一生荣辱利害的大考验、大关键。

我有一部石印的《曾文正公手书日记》，不妨再利用一下。在日记第三十六册，五月十五日，他上了续病假的折子。但朝廷催得紧，他在二十六日记道："廷寄派余赴天津查办事件。因病未痊愈，踌躇不决。"二十七日记道："思往天津查办殴毙洋官之案，孰筹不得良策，至幕与吴执甫一商。"三十日记道："天津洋务，十分棘手，不胜焦灼。"六月初二日记道："余日内因法国之事，焦虑无已。"初三日记道："将赴天津，恐有不测，拟写数条，以示二子。"六月初六日记道："是日启行赴天津。"二十二日记道："因奏请将府县交刑部治罪，忍心害理，愧恨之至。"二十四日记道："崇帅来谈，夜接廷寄二件，罗使照会一件，阅之郁闷之至，绕室行走而已。"二十五日记道："是日竟日昏睡，盖心绪烦闷，而病又作也。"七月十六日记道："非刑拷讯习教人，坚嘱拿混星子及水火会。"八月十九日记道："是日天津陈镇及委员二人，在余寓审案，敲搒之声，竟日不绝。"

在知府写给吴汝纶的信中，是痛爱自己的"子民"，反对崇厚的袒护教民和向洋人屈服的。但崇厚是旗人，又是当时执政的恭亲王手下的，洋务得力人士，曾国藩不得不分清轻重，分清去向。与崇厚这个有强硬后台的人，站在一边，当然是上策。他迁就法国公使罗淑亚的要求，奏请将府县交刑部治罪（罗淑亚的要求，是将天津府县抵命）。这样做不能不引起朝野的议论。朝廷固然害怕外国人，但一时也不好大伤人民爱国御侮之气，一直在观望，没有决心。曾国藩对朝廷最终还是要屈服于外人这一点，尤其明白。他洞悉清政府的实力空虚，外强中干，反复无常的习性。他下定决心：不惹恼外国人。他警告朝廷，自道光以来，对外常常是"先战后和"的，也就是先硬后软的。又说：现在外国还是强盛的。外国人是只重实力，不讲道理的。他先辩挖眼剖心之说，纯属谣言，然后捉拿凶犯，迅速结案。

王定安记述，当曾国藩初到天津，曾张榜通衢，"仰读书知理君子，悉心筹议。于是至公署条陈者，或欲借津民义愤，驱逐洋人；或欲联俄、英之交，以攻法国；或欲调集兵勇，以为应敌之师。公既谕津民不许擅起兵端，其致崇厚书，有祸则同当,谤则同分之语。报友人则云:宁可得罪于清议,不敢贻忧于君父"。

这就是说,他不听或没心思听群众那些很正确很有见地的建议,而是一心一意保定清王朝,也就是保定他自己的官帽。

此案,"正法之犯二十人,军徒各犯二十五人"。其中有冯瘸子、罗生瓜旦子、小锥王五等名号。多系拷打成招,即所谓"但取情节较真,不能拘守成例",变通办理,而定案的。其结果,曾国藩自己承认:"民气既已大伤,和局仍多不协,不能不鳃鳃过虑也。"

人民反抗的骚乱,表面被压制下去了。但人民的愤怒之火,不会因压制而熄灭。压制越重,复燃之势也越凶。它种下了义和团兴起之火。

耕堂曰:平心而论,外交固以国势强弱为准。然清王朝何以衰败至此,还不是因为连年剿杀过多,使国家菁英,陷于无类。曾、左、胡、李,实参与执行,尚望此等人,珍视民气、民心?此次所开外交模式,不只为以后李鸿章、袁世凯所重蹈,民国以后之外交亦因循之。呜呼,实国家民族深重灾难之源也。曾国藩复郭筠仙中丞书:"然古来和戎,持圆之说者,例为当世所讥,尤为史官所贬,智者有戒心焉。"其内心矛盾,自亦可见。然利令智昏,遂使有些中国人,在外国人面前,低三下四,恬不知耻矣。

读《义门读书记》

在我大量购书那些年,我买了多种名人的读书记,就是没有买《义门读书记》。也不是没有遇见过。有一次在天津古籍书店,见到一部木版的,但看来书品不佳,且又部头大,就放过了。

近年,已经很少买书,因为已经看不了多少。但有时听说有合意的书,还是想买一点。傅正谷告诉我,他买了一部中华新印的《义门读书记》。我托人去买,天津却买不到。又叫在北京工作的女孩子,到中华书局的门市部去问,才买到了。

书分上、中、下,共三册,是前几年出版的,定价八元,还算便宜。

翻阅一过,知为何焯读书时,随时记在书册之上的文字,又经后人从他读过的书册上,摘抄下来,整理成书的。

都是零碎的考定、评语,毫无系统,谈不上著述。

这类书,我一向没有兴趣。所买的清人王念孙、王鸣盛、钱大昕、赵翼等人的著作,都一直放在那里,没有细读。其实,较之何氏,他们的书,还算是有些系统的。

但何氏是很有名的人物,他的这部书,也为考据家所重视。所校两汉书、三国志尤有名。

我先细读了书后有关他的身世的附录材料。这是我一向的读书习惯。从中得知他一生经历坎坷，并能看出清初读书人的特殊遭际。即使不读正文，钱也不算白花了。

何氏少年时即好学不倦，读书特别细心用功。他曾选印四书文、历代程墨，并评定坊社时文行世。全祖望说他，"是以薄海之内，五尺童子皆道之"。这种工作，就像目前编印儿童少年读物一样，既出名，又有利可图，且不会有什么问题。后来，他由拔贡，选送太学，渐渐有了点名声。

人一有了名声，便充满了危险。先是一些要人，开始对他注意，拉拢他，想叫他出于自己的"门下"。如果能坚持淡泊，不去上钩也好。无奈读书人，又羡慕富贵，不耐清苦。他先后依附过徐乾学、翁叔元、李光地，一直被荐到康熙皇帝身边。不久，又奉旨侍读皇八子贝勒府。这表面光荣，实际已被推到火山口上去了。

果然，"康熙在热河，有人构谗语上封事。康熙返京，何焯于道旁拜迎，即被收系，驰送狱中，并籍没其邸中书"。他能活下来，已经是万幸了。

耕堂曰：文人与官人，性格多不同。官人与官人之间，矛盾又很多。因此名士多与贵官相处日久，必争论失欢。贵官或被仇家告讦，名士则易成为"东家"的替罪羊。伴皇子读书，则很容易被看做参与了皇统之间的明争暗斗。雍正皇帝上台，何焯幸已早死，不然，确实要够他受的了。

读《胡适的日记》

因为长期不入市,所以见不到新书。过去的书店,总印有新书目录送人,现在的出版社,是忙着给别人登广告,自己的出版物,也很少印在书的封三、封底上。过去商务、中华都是利用这些地方,分门别类地介绍自己的出版物。对人对己,都很有利。这一传统,不知道为什么,不被当代出版家留意。

《胡适的日记》也是宗武送来的。上次他送我一部《知堂书话》,我在书皮上写道:书价昂,当酬谢之。后来也没有实现。这次送书来,我当即拉抽屉找钱。宗武又说:书很便宜,不必,不必。我一看定价,确实不贵,就又把抽屉关上了,实在马虎得很!后来在书皮上写道:书价不昂,又未付款。可笑,可笑。

这书是中华书局前些年印的,但我一直不知道。我现在不能看长书,所以见到此书,非常高兴。当晚,就把别的功课停了,开始读它。

《胡适文存》和他写的《中国哲学史》(半部)、《白话文学史》(半部),在初中时,就认真读过了。现在已经没有多少记忆。因为,很快思想界就发生了变化,胡适的著作,不大为当时青年所注意了。

文化，总是随政治不断变化。五四文化一兴起，梁启超的著作，就被冷落下来；无产阶级文化一兴起，胡适的文化名人地位，就动摇了。就像他当时动摇梁启超一样。这是谁也没有办法的，无可奈何的。

这只是就大的趋势而言。如果单从文化本身着眼，则虽冷落，梁启超在文化史上的地位，胡适在文化史上的地位，仍是存在的，谁也抹不掉的。

我以为胡的最大功绩，还是提倡了白话文，和考证了《红楼梦》。近来听说他晚年专治《水经注》，因为我孤陋寡闻，没有见到书，未敢随便说。但专就一部旧书，即使收集多少版本，研究多么精到，其功绩之量，恐怕还是不能和以上两项相比。

提倡白话，考证红楼，都是一种开创之功。后来人不应忘记，也不能忘记。提倡白话，又是一种革命行动。考证红楼，则是提供了一种新的方法。

不过，什么事，也不能失去自然。例如，《胡适的日记》这个"的"字，加上好，还是不加上好，是可以讨论的。文字是工具，怎样用着方便，就怎样用。不一定强求统一，违反习惯也不好，会显得造作。

我还以为，近年的红学，热闹是热闹了，究竟从胡适那里走出了多少，指的是对红楼研究，实际有用的东西，也是可以讨论的。

读《刘半农研究》

载《新文学史料》一九九一年第一期。

材料共三篇：刘氏日记通读；徐瑞岳作刘氏研究十题摘读；其他一篇未读。

刘氏著作，我只买过一本良友印的他的杂文二集，精装小型，印刷非常精美，劫后为一朋友借去未还。

记得刘氏逝世后，鲁迅先生曾写一文纪念，我至今记得的有两点：一、刘氏为人，表现有些"浅"，但是可爱的；二、有"红袖添香夜读书"的思想，常受朋友们的批评。我一向信任鲁迅先生的察人观世，他所说虽属片面，可能是准确的。

红袖添香云云，不过是旧日文人幻想出来的一句羡美之词，是不现实的。悬梁、刺股、凿壁、囊萤，都可以读书。唯有红袖添香，不能读书。如果谁有这种条件，不妨试验一下。

但文人性格中，往往会存在这么一种浪漫倾向。以刘氏请赛金花讲故事为例：当时赛流落在北京天桥一带，早已经无人提起她。是管翼贤（实报老板）这些人发现了她，当做新闻传播出去。最初听赛信口开河的有傅斯年、胡适等人，听得欣然有趣。但傅和胡只是听听而已，不会认真当做一件事，去收集她的材料,更不会认真地为她树碑立传。因为这两位先生,城府都是深远的,不像刘半农那么浅近。

赛虽被写进《孽海花》一书,但并非正面人物,更无可称道之事。当时北京,经过八国联军入侵之痛的老一辈人还很多,也没人去恭维她。刘送三十元给她,请她讲故事六次,每次胡乱说一通,可得五元,在当时处于潦倒状态的老妓女来说,何乐而不为?

刘就根据这个谈话记录,准备为她立传,因早逝,由他的学生商鸿逵完成,即所谓《赛金花本事》一书,一九三四年出版。当时东安市场小书摊,都有陈列,但据我所知,很少有人购买。因为华北已处于危亡之际,稍有良知的,都不会想在这种人物身上,找到任何救国图存的良方。有人硬把赛金花的被提起,和国难当头联系起来,是没有道理,也没有根据的。

刘氏这一工作,是彻底失败了。当然,他成功的方面很多,这也不值得大惊小怪。

使我深受感动的,是徐瑞岳文章中,引叙齐如山对刘的劝告。齐说:"赛金花自述的一些情况,有些颇不真实,尤其是她和瓦德西的关系,似有生拉硬扯和修饰遮掩之嫌,撰稿时要多加谨慎。"并说:"以小说家、诗家立场随便说说,亦或可原,像你这大文学家,又是留学生,若连国际这样极普通的情形都不知道,未免说不过去。而且你所著之书,名曰本事,非小说诗词可比,倘也跟着他们随便说,则不但于你名誉有关,恐怕于身份也有相当损处。"朋友之间,能如此直言,实属不易。

同样,我也佩服钱玄同对商鸿逵的训教。徐氏原文称:"时在北大研究院的钱玄同听说此事后,甚为生气,把商鸿逵叫去狠狠训了一顿,认为一个尚在读书的研究生,不应该去访问什么赛金花,更不应该为风尘女子立传。商鸿逵从钱玄同那儿恭恭敬敬地退出来,又跑到时任北大文科主任的胡适之处,向胡氏详尽地汇报了撰书的起因和经过,并得到了胡适的首肯。"

从这一段文字,可同时看出:钱、商、胡三个人的处世为人的不同。

耕堂曰:安史乱后,而大写杨贵妃;明亡,而大写李香君;吴三桂降清,而大写陈圆圆;八国联军入京,而大写赛金花。此中国文人之一种发明乎?抑文学史之一种传统乎?不得而知也。有人以为:通过一女子,反映历代兴亡,即以小见大之义,余不得而明也。当然,文学之作,成功流传者亦不少见。《长恨歌》、《桃花扇》、《圆圆曲》,固无论矣。即《孽海花》一书,亦不失为佳作。然失败无聊之作,实百倍于此,不过随生随灭,化作纸浆,不存于世而已。而当革命数十年之后,人民处太平盛世之时,此等人物,又忽然泛滥于文艺作品之中,此又何故使然欤?

书长书短

我的书目书

要购买一些古籍旧书,书目是不可缺少的,虽不能说是指路明灯,总可以增加一点学识,助长一些兴趣。但真正实用的书目,也并不很多。建国初期,我是按照鲁迅先生开给许世瑛的书目,先买了一部木版《四库全书简明目录》,是在天津鬼市上以廉价买的,两函,共十二册。后来又买了《四库全书总目》,是商务印书馆的万有文库本,共四十册,在"文化大革命"中散失了。在浩劫中,我丢失了不少书目书,其中包括印得非常豪华的《西谛书目》,以及《四库简明目录标注》这种很切实用的书。我一直很奇怪,为什么有人喜欢这种近于无用之物呢?过了好久,才领悟出来:原来这些书目,是和《辞源》、各种大词典一类工具书放在一起,抄家时捆在一起运出去了。到了什么地方,一定是有人想要那些《辞源》、词典,就把捆拆散了。因此那些书目,就堆落在地下,无人收拾,手扔脚踢,就不见了。书籍发还时,我开列了一张遗失书籍单,共近百册,还都是古旧书,颇引起一些人的惊异,问道:你平日记忆力那样坏,为什么对于这些破书,记得如此清楚?执事者倒也客气,回答说:你丢的那些书,我们的书堆里都有,就是上面没有你的图章。我平日买书很多,很少在上面打图章,也很少写上名字。当时好像就有一个想法,书籍这种东西,过眼云烟,以后不知落于谁人之手,何必费这些事呢?后来给我找来一本偶尔印有图章的《贩书偶记》,我一看已经弄得很脏,当场送给了别人,也就不想再去查寻这些书目了。

闲话少说,且说我那一部《四库总目》,是万有文库本,我还配购了查禁、抽毁、销毁书目。这种万有文库,无论从版式、印刷、纸张、装订上讲,都是既实用、又方便,很好的古籍读本。书籍印刷,正如一切文化现象,并不都是后来居上的,它也是迂回益折的。至少在目前,就没有这样一种本子:道林纸印,线密装,封皮柔韧,字号行间,都很醒目。我现在用来补救的,是又买了一本中华书局影印的大本。姑无论这么一块长城砖头似的书,翻阅极为不便;又因为它是一页之上,分三栏影印,字体细密,亦非老年人轻易所能阅读。但我还是买了一本,炉存似火,聊胜于无。

总目学术价值很大,但并不是购置旧书的门径书。因为它所采用的版本,已经近于史书的艺文志,现在无从寻觅。其他一些古代公私书目,也是如此。比较实用的,则是《四库简明目录标注》,现在归上海古籍出版社印刷,很易得。我原有一本丢失了,又买了一本。它的好处是在各书的后面,都注明近代的版本。张之洞的《书目答问》,也有这个好处,且更简明。近年更有人辑录小说书目,杂剧书目,对于研究此道者,更为方便。

我有一部清末琉璃厂书肆编印的《书目汇刻》,正续两编,有当时出版的各种丛书的细目,很便查考。另有一部《直隶津局运售各省书籍总目》,是李鸿章当政时刻印的。据此,可以略知当时各省书局所印的书。还附有上海制造局所印的一些地理、数学、机械、化学方面的书籍目录，反映了当时崇尚新学的特点。并从价目上，可知当时印书用纸的名目，如官堆、料半宣、杭连、赛连、头太、毛太之类。

我的经部书

因为我特别爱好书,书就成了生死与共之物。

发还抄家书籍,好像是在一九七三年,那时我还住在佟楼。第二年春天,迁回多伦道旧居,书籍亦随之回归。那时我正在白洋淀,参加一个剧本的制作,搬家的事,由同居张氏照料,报社文艺组同人帮忙。后来文艺组同志们打扑克,谁要是牌运不佳,就说:孙犁搬家,总是书(输)。从这一歇后语的形成,可见当时书的盛况。

等我回来以后,书籍还堆积在屋当中的地板上,如同一个土丘。冬季,稍事安排整理,我记录了一本《残存书籍草目》,是逐柜填写的,很杂乱无章。后又在一本《书目答问》上,用红铅笔,把我所有的,点一个记号在书目之上。这是单凭记忆做的,那时对书籍的记忆犹新,很少遗漏,现在再想这样做,是做不到了。

从这些红点上,可以看出我藏书的大略。当然,《书目答问》以外的书,不在此列。也可以看出,进城以后我读书的过程。

但经部书寥寥,在书目上,几乎看不到红点。有红点的,也是一些无关紧要的小书，如《考工记图》、《白虎通义》、《燕乐考原》之类，这证明我当时对经书是没有多大兴趣的，买以上小书，也并非是为了"明经"，而是当做杂记之类的书买的。

其实，几种主要的经书，我还是收藏了的，不知为什么没有面上红点。《周易》，王弼注，四部丛刊影印宋本。《礼记》，郑氏注，四部丛刊影印宋本。《论语》，何晏集解，四部丛刊影印日本正平刊本。《孟子》，赵氏注，四部丛刊影印宋本。

这些，都是古本古注，字大清楚，眉目整齐，翻翻看看，实在痛快，不能不叹古人印书之下工夫。

《春秋左传》，杜预注。商务印书馆大字排印本，油光纸，线装十二册。这是当时的一种普通读本，现在看起来，无论纸张、印刷、装订，都还是难得的。此书装修于一九七六年三月五日。时家庭有事，居室不安，我在新包书皮上，写有几段文字，实为当时个人私虑，一时心声。后念不雅，恐异日得此书者，不能理解，徒增疑闷，乃剪去之。用同类纸贴补，又嫌不好看，用近年一些青年人为我刻的图章，装饰了一下。这一切种种，都证明老年人的神魂颠倒，情意无聊。也证明我实在没有能从经书中，得到什么修养。

此外，书架上还有四部备要本的《毛诗正义》、《尚书古今文注疏》等等。

我自幼上的是洋学堂，没有念过四书五经，总觉得是个遗憾。上初中时，曾先后两次买过坊间石印的四书，和商务的大字排印本，好像也没有细读，这些书，后来也就都丢了。抗战时期，我赴延安，书袋里还装着一本线装的《孟子》。这说明，我是一直想补上这一课，而终于不能无师自通，没能补上。

过去的学龄儿童，真不知道是怎样对付四书五经的，靠死背硬记，逐渐领会，居然能读懂，并能学以致用，我想象不出这个过程。

崔东璧介绍他父亲教孩子们读经书的办法是：

> 教人治经，不使先观传注。必先取经文，熟读潜玩，以求圣人之意。俟稍稍能解，然后读传注以证之。

这就更玄了。"熟读"，是可以想象的；"潜玩"就有些莫名其妙。一个小孩子如何能够去"求圣人之意"呢？

但崔东璧绝不会是说诳话，他就是用这个办法，造就成的一位大经学家。

崔东璧又说：

> 奉先人之教，不以传注杂于经，不以诸子百家杂于经传……然后知圣人之心，如天地日月，而后人晦之者多也。

以上两段文字，均见他的《考信录自序》。后面一段，是和上段相承，谈他自己治经学的方法的。

学问一事，确实是有多种方法，多种渠道，不能刻舟求剑的。

我天性驽钝，基础差，读古籍，总是要靠注的。但也不喜欢过于繁琐的注，并相信古注。也发现有些注，确是违反了著作的原意。

我对经书,肯定是无所成就了。难道就是因为我没有上过私塾吗?

难道中国的经书,必须在幼年时背过,才能在一生中得到利用吗?

当初,孔子向老子问道的时候,老子只简单地回答了几句话:

> 子所言者,其人与骨,皆已朽矣,独其言在耳。且君者,得其时则驾;不得其时则蓬累而行。

自古以来,经书对于人,人对于经书,不过如此而已,吾何恨焉!

我的史部书

按照四部分类法,史部包括:正史、编年、纪事本末、古史、别史、杂史、载记、传记、诏令奏议、地理、政书、谱录、金石、史评,共十四类。每类又分小项目,如杂史中有:事实、掌故、琐记。这显然不很科学,也很繁琐。但史书,确实占有中国古籍的大部。经书没有几种,占据书目的,不是经的本文,而是所谓"经解"。

历代读书界,都很重视史书,经史并重,甚至有六经皆史之说。我国历史悠久,史书汗牛充栋,无足奇怪。

人类重史书,实际是重现实。是想从历史上的经验教训,解释或解决现实中存在的问题。

我在青年时,并不喜好史书。回想在学校读书的情况,还是喜欢读一些抽象的哲学、美学,或新的政治、经济学说。至于文艺作品,也多是理想、梦幻的内容。这是因为青年人,生活和经历都很单纯,遇到的,不过是青年期的烦恼和苦闷,不想也不知道,在历史著作中去寻找答案。

进城以后,我好在旧书摊买书,那时书摊上多是商务印书馆的书,其中四部丛刊、丛书集成零本很多,价钱也便宜,我买了不少。直到现在，四部丛刊的书，还有满满一个书柜。丛书集成的零本，虽然在佟楼，别人给糊里糊涂地卖去一部分，留下的还是不少，它的书型和商务的另一种大型丛书——万有文库相同，现在合起来，占据半个书柜。剩下的半个书柜，叫商务的国学基本丛书占用。

此外，还买了不少中华书局的四部备要零本，都是线装——其中包括十几种正史。

这些书中，大部分是史部书。书是零星买来的，我阅读时，并没有系统。比如我买来一部《建炎以来朝野杂记》，认真地读过下，后来又遇到《建炎以来系年要录》，我就又买了来，但因为部头太大，只是读了一部分。读书和买书的兴趣，都是这样引起，像顺藤摸瓜一样，真正吞下肚的，常常是那些小个的瓜，大个的瓜，就只好陈列起来了。

还有一个例子。进城不久，我买了一部《贞观政要》，对贞观之治和初唐的历史，发生了兴趣，就又买了《大唐创业起居注》、《隋唐嘉话》、《唐摭言》（鲁迅先生介绍过这本书）、《唐鉴》、《唐会要》等书。这些书都是认真读过了的。

还有一个小插曲：五十年代当一个朋友看到我的书架上有《贞观政要》一书，就向别人表扬我，说："谁说孙犁不关心政治？"其实，我是偶然买来，偶然读了，和"关心政治"毫无关系。

又例如：我买了一部《大唐西域记》，后来就又买了《大唐玄奘法师传》。这部书是大汉奸王揖唐为他父亲的亡灵捐资刻印的，硃印本，很精致，只花了八角钱，卖书小贩还很高兴。再例如，因为从《贞观政要》，知道了魏徵，就又买了他辑录的《群书治要》，这当然已非史书。

买书就像蔓草生长一样，不知串到哪里去。它能使四部沟通，文史交互。涉猎越来越广，知识越来越增加。是一种收获，也是一种喜悦。

我买的史部书很多，在《书目答问》上，红点是密密的，尤其是杂史、载记部分。关于靖康、晚明、清初、太平天国的书，如《靖康传信录》、《松漠纪闻》、《荆驼逸史》、《绥寇纪略》、《痛史》、《太平天国资料汇编》，都应有尽有。对胜利者虽无羡慕之心，对失败者确曾有同情之意。

但历史书的好处在于：一个朝代，一个人物，一种制度的兴起，有其由来；灭亡消失，也有其道理。这和看小说，自不一样。从中看到的，也不只是英雄人物个人的兴衰，还可看到一个时期广大人民群众的兴奋和血泪，虽然并不显著。

经过抗日战争、解放战争、土地改革、全国胜利，进入天津以后，我已经到了不惑之年。本来可以安心做些事业了，但由于身体的素质差，精力的消耗多，我突然病了。

有了一些人生的阅历和经验，我对文艺书籍的虚无缥缈、缠绵悱恻，不再感兴趣。即使《红楼》、《西厢》，过去那么如醉如痴，倾心的书，也都束之高阁。又因为脑力弱，对于翻译过来的哲学、理论书籍，句子太长，修辞、逻辑复杂，也不再愿意去看。我的读书，就进入了读短书，读消遣书的阶段。

中国的史书，笔记小说，成了我这一时期的主要读物。先是读一些与文学史有关的，如《武林旧事》、《东京梦华录》、《梦粱录》、《西湖游览志》等书，进一步读名为地理书而实为文学名著的：《水经注》、《洛阳伽蓝记》。由纲领性的历史书，如《稽古录》、《纲鉴易知录》，进而读《资治通鉴》、《十六国春秋》、《十国春秋》等。

这一时期,我觉得历史故事、历史人物,比起文学作品的故事和人物更引人入胜。《史记》、《三国志注》的人物描写,使我叹服不已。《资治通鉴》里写到的人物事件,使我牢记不忘。我曾把我这些感受,同在颐和园一起休养的一位同行,在清晨去牡丹园观赏时,情不自禁地述说了起来,但并没有引起那位同行的同调。

阅读史书,是为了用历史印证现实,也必须用现实印证历史。历史可信吗?我们只能说:大体可信。如果说完全不可信,那就成了虚无主义。但尽信书不如无书的古训,还是有道理的。

读一种史书之前,必须辨明作者的立场和用心,作者如果是正派人,道德、学术都靠得住,写的书就可靠。反之,则有疑问。这就是司马迁、司马光,所以能独称千古的道理。

我的子部书

子部书，在我的印象里，应该是那些古代思想家的书，例如周秦诸子，或汉魏时期，能成一家之言的著作。翻看《书目答问》，才知不然。子部的引首说：

> 周秦诸子，皆自成一家学术。后世群书，其不能归入经史者，强附子部，名似而实非也。

所以，这种旧的图书分类法，在子部表现得最为混乱。它包括：周秦诸子、儒、法、兵、农、小说、释道、医、杂各家。还包括天文算法、术数、艺术、类书。现把我所有的子部书，过去没有谈到的，择要叙述如下：

我的《荀子》，是王先谦集解本，思贤讲舍木刻本，字体工整，白纸。书的原主，还裱糊了一个极别致的书套，可以保护书的各个方面。《孔丛子》是万有文库本。《孙子》是近年中华印本。

我没有买到好版本的《管子》。《韩非子》现存的，是顾广圻校过的木刻本，远不如王先谦集解本阅读方便。这部书我青年时读过,"文革"后期,又抄录过重要篇章。《墨子》是孙诒让的《墨子间诂》,商务国学基本丛书本。书前有俞樾序,作于光绪二十一年。首称:

> 孟子以杨墨并言,辞而辟之。然杨非墨匹也。杨子之书不传,略见于列子之书,自适其适而已。墨子则达于天人之理,熟于事务之情。又深察春秋战国百余年间时势之变,欲补弊扶偏,以复之于古。郑重其意,反复其言,以冀世主之一听。虽若有稍诡于正者,而实千古之有心人也。尸佼谓孔子贵公,墨子贵兼,其实则一。韩非以儒墨并为世之显学。至汉世犹以孔墨并称,尼山而外,其莫尚于此老乎?

这说明墨学的重要,是晚清学者的一种见解。俞樾著述颇多,其《诸子平议》很有名,寒斋有之。我的这两本《墨子间诂》,虽是极普通的版本,但原主在书根上写的书名,秀整非常,可知也是很爱惜书的人,书保存得很干净。书后附有丰富的参考材料。

我的四部丛刊零本中,有《老子道德经》,是影印的宋本。此外有国学基本丛书本魏源撰《老子正义》,作为日常读本。《老子》一书,我虽知喜爱,但总是读不好,至今依然。《庄子》是影印明世德堂本的《南华真经》,共五册。此外有日常读本《庄子集解》。《庄子》一书,因中学老师曾有讲授,稍能通解。

民国初年,夏曾佑著《中国古代史》,第二章第十二节,是《三家总论》,简单扼要地介绍了老、孔、墨三家学说的优缺。录其要点如下：

> 九流百家，无不源于老子。
> 道家之真不传。今之道家，皆神仙家。
> 老子于鬼神数术，一切不取，其宗旨过高，非多数人所解，故其教不能大。
> 凡学说与政论之变，其先出之书，所以矫前代之失者，往往矫枉过正。老子之书，有破坏而无建立，可以备一家之哲学，不可以为千古之国教。
> 孔子留数术而去鬼神，较老子近人，然仍与下流社会不合，故其教只行于上等人。
> 墨子留鬼神而去数术，然有天志而无天堂之福；有明鬼而无地狱之罪。是人之从墨者，苦身焦思而无报；违墨子者，放辟邪侈而无罚也。故上下之人，均不乐之，其教遂亡。

我读古书少，不求甚解，面对玄虚深奥之作，常常不得要领。夏氏讲解通俗，遂笔记焉。然他说：

> 佛教西来，兼老、墨之长，而去其短，遂大行于中国。

这就有些过头了。民初学者的见解，已和晚清大有不同。学术总是随时代而变化其研究动向。学者对古代文化的评价，也是适应当时的政治要求和社会意识的。

以上为周秦诸子。汉魏子书我有：《法言》（汉扬雄）、《新语》(汉陆贾)、《新书》(汉贾谊)、《盐铁论》(汉桓宽)、《论衡》(汉王充)、《申鉴》(汉荀悦)、《潜夫论》(汉王符)、《人物志》(魏刘劭)等书,版本不一,有几种是《两京遗编》本。此丛书除字大悦目外,并无多少优长之处。好在我还有一些商务出版的,便于阅读的本子。读子书的要点:一是文字;二是道理。

此外,考订的书,我买得不少,是作为笔记小品读的。至于小说家的书,买得就更多了,书目所列,几乎全有。其中有一些好版本,因在别的文章中提到过,这里就不重复了。

释道书,也在子部。《宏明集》、《广宏明集》,都是辩论性的。我买的佛书有:《般若心经》,短小,读过,觉得好懂。《大乘起信论疏》、《大乘入楞加经》、《维摩诘所说经》,无兴趣,未细读,都是佛经流通处刻本。《妙法莲花经》是常州一名寺的木刻大字本,似僧尼用过。念经时一些音义,不直接注在经上,而是用小白方纸块写好,贴在经文旁边,非常奇特。经虽不很污旧,但我不愿翻阅,一直放在那里。还有一部谢灵运参加翻译的《大般涅槃经》,读过一部分。《法苑珠林》,共三十二册,四部丛刊本,都是佛经故事,号称妇女的佛经。读过一些。对于佛经,我总是领略不到它的妙处,读不进去,证明我尘心太重。我以为佛教之盛行,并不在它的经义,而在于它的宗教形式的庄严。所谓形式,包括庙宇、雕塑、音乐和绘画等。

补记

耕堂曰:周秦诸子,号称百家,不过形容当时学术之盛。书目著录,已不过三十家,且多有逸伪,盖多数已消亡矣。清末浙江官书局，印有所谓百子全书，余曾购置零种，其书版大而纸劣，墨色不匀，字大而扁，颇不悦目。甚不喜之，已送人矣。因未见全书，不能断言，想系连同后代子书，拼凑而成。闻近有重印者，亦未过问。

百家争鸣之说，亦后人渲染耳。儒家为诸子之首，其学术主要为政治与教育两项，孔孟首发之，为历代帝王所尊用。其他诸子，有争鸣者，亦有自鸣者；有得意者，有不得意者。然其著述，则皆哲理多于实用，理想强于现实，虽皆有为而作，皆难施于生活。文化日渐发达，生活需要增多，学者遂不得不改弦更张，趋向实用。汉魏以后，多议论经济之书，如《盐铁论》、《齐民要术》等。此等书不多见，宋代又以朱子理学为子书之要。稍实际者，则为见闻杂志，读书笔记，或就事论事，或吸取经验。其杰出者如《梦溪笔谈》、《容斋随笔》等书。生活用书，门类增多。这是子部著述的必然趋向。

张之洞在《书目答问》中，用极大篇幅，著录农、医、天文、算术、艺术各家之书，就是适应当时政治、教育的需要。他作为儒门弟子，感到只是儒家那一套，已经不中用了。

我的藏书中，以上各家的书，也略有购置，曾已述及。惟天文算术一类，因一窍不通，一本也没有。

《四库全书总目提要》子部总叙曰："自六经以外立说，皆子书也。"六经经儒家注释解说，实已成为樊篱。如上所言，子书实樊篱以外之说，笼外之鸣。总叙又说，"虽有丝麻，无弃菅蒯"，"狂夫之言，圣人择焉"。表面上还是继承百家争鸣的传统的。这实是对修订《四库全书》这一政治行动的极大讽刺!这也说明:"凡能自鸣一家者,必有一节之足以自立。"有价值的学术、言论、著作,是可以不胫而走,流传万世,不会轻易被消灭的。

我的集部书

汉魏六朝:
蔡中郎集,四部丛刊本
曹操集,中华书局近年印本
曹子建集,四部备要本
嵇中散集,四部丛刊本
陆士衡集,同上
陆士龙集,同上
陶靖节集,四部备要本
鲍照集,四部丛刊本
谢宣城集,丛书集成本
昭明太子集,四部丛刊本
江文通集,四部丛刊本
何水部集,四部备要本
庾子山集,湖北先正遗书本
徐孝穆集,四部丛刊本

此外还购有《汉魏六朝名家集》第一集,共四十人。因此,多有重本。《书目答问》所列,只差诸葛亮一集。该集旧本，曾于旧书店遇到过，一时犹豫，交臂失之，并非忽视也。近日友人送《前后出师表字帖》一本，翻到"亲贤臣，远小人，此先汉之所以兴隆；亲小人，远贤臣，此后汉之所以颓败"一节，掩卷欷歔，几至流涕。汉魏文章之可贵，即在于此。身世与政治相关联，作家情感，密切国家民生，责任感很强。非同后来文人之只知哀叹自己也。另有《东汉文纪》一部，故宫印宛委别藏抄本。盖从《后汉书》辑录。两汉文章，多赖史书以存，班、范有功焉。

唐、五代：

王子安集，木刻本

骆临海集，中华书局近年印本

幽忧子集，四部丛刊本

陈子昂集，中华书局近年印本

张曲江集，广东丛书本

李太白集，四部丛刊本，另有商务国学基本丛书本

杜工部集，湖北先正遗书本。另有《杜诗镜铨》，四川木刻本，及傅正谷所赠中华书局排印本。又有《杜工部草堂诗笺》，丛书集成本。

颜鲁公集，四部备要本

刘随州集，同上

昆陵集，四部丛刊本

韩昌黎集，涵芬楼排印本，两函

柳河东集，蟫隐庐影印本，国学基本丛书本

刘宾客文集，丛书集成本

张籍诗集，中华近年印本

李长吉歌诗，四部丛刊本，文瑞楼石印本
　　沈下贤集，观古堂汇刻书本
　　李卫公会昌一品集，丛书集成本
　　元氏长庆集，四部丛刊本
　　白氏长庆集，同上
　　姚少监集，四明丛书木刻本
　　李义山诗文集，石印两函
　　温飞卿集，四部备要本
　　浣花集，中华近年印本
　　甲乙集，四部丛刊本
　　桂苑笔耕集，四部丛刊本
　　才调集，同上
　　我藏唐集，与《书目答问》所列相校，互有出入，所差无几。
　　此外有四部丛刊缩印本：《玉川子诗集》、《司空表圣文集诗集》、《玉山樵人集》、《皮子文薮》、《甫里先生集》、《白莲集》、《禅月集》、《浣花集》、《广成集》。
　　又有《唐四家诗集》，包括：王辋川、孟襄阳、韦苏州、柳柳州。胡丹凤刻本。《宋本唐人合集》，包括高常侍、岑嘉州、王摩诘、孟浩然。医学书局影印本。商务据汲古阁本《唐四名家集》，包括：窦群、李贺、杜荀鹤、吴融。《五唐人诗集》，包括：孟浩然、孟郊、李绅、温庭筠、韩偓。《唐六名家集》，包括：常建、韦应物、王建、鲍溶、姚合、韩偓。商务书印刷精良，带有布套，书亦颇新。此外尚有《唐人选唐诗》及近年科学院文研所的《唐诗选》。总集有《全唐诗》、《唐文粹》。
　　其实，这些年，我很少读诗词。说不喜欢诗词，是假的，但比起青年时期，是差一些了。我愿意读一些与我当前思想感情吻合的，有真实记载的书，读一些能消愁解闷的、历史经验的书。按说在唐诗中，是可以找到一些篇什的。有时翻翻杜诗，也读不下去。买了那么多诗集，有很多是重复的，不是为了读，而是为了藏。有些是慕名（汲古阁），有些是好古（宋本），有些是贪图大而全（全唐）。

我的经验是：人在书籍极端缺乏时，才能精读、细读，才能受益。古人借书、抄书，终于有成，这是有道理的。农村有句俗话，儿多不如儿少，儿少不如儿好。可以移用于读书。儿少、儿好，反可以得济，书的道理相同。

对于唐文，还是读了一些，可谈些看法：

一、读唐文，还是先读一些有代表性的作品，如韩、柳、元、白的文章。元，诗不如白，但文章可读。韩文虽以载道自居，而时见真感情，有时表现得很强烈、直率。这一点，与柳文不同。文章重比较，一比较就可以看出，他的弟子们，如李翱之辈，望尘莫及。

二、读选本，过去我也反对过。其实，人生时间，实在有限，只能读一些选本。选本读细，也就很不容易。《唐文粹》，编选得还是不错的。姚铉在序文中说："文有江而学有海，识于人而际于大。"又说："志其学者，必探其道；探其道者，必诣其极。然后，隐而晦之，则金浑玉璞，君子之道也。发而明之，则龙飞虎变，大人之文也。"我一直是当做座右铭的。新的选本，常常注解不明，校对不精，弄不好还要终身受害。

三、对代表作家，有可能，要读其全集。零碎文章，也不放过。这样才能真正了解一个作家，一个时代。

四、要读唐人传奇，这是唐文的一种极致。

宋：
苏舜钦集，中华书局近年印本
司马温公文集，丛书集成本
欧阳文忠集，商务国学基本丛书本
元丰类稿，四部丛刊本
嘉祐集，同上
东坡七集，四部备要本，另有施注苏诗，小木刻本
栾城集，四部丛刊缩印本
临川集，四部丛刊本
山谷内外集，小石印本
淮海集，四部丛刊缩印本
诚斋集，四部丛刊本
渭南文集、剑南诗稿，四部备要本
叶适集，中华近年印本

所藏与书目相较，相差已很多。北宋不到三分之一，南宋几乎无有，只存三人。

宋之苏氏父子，号称文学大家。然清代学者王夫之，于所著宋论，屡屡讥评之，以为所学为申、商之术，志在显达。然存此心以为文，则有违艺术之道，如同水火之不相容。挟此术以从政，官亦很难做得好。多次失意，成就了苏轼的文学事业。东坡在海南期间，在田间曾遇一送饭的老妇人，她对东坡说："苏内翰，你做了一场春梦！"春梦指的就是官场沉浮。苏洵、苏辙，虽有文集遗世，然于文学，均无多大建树。秦、黄气魄，亦无多少惊人之处。

文章一事，时代气运，天人合一之说，不能不信，作家于天地（社会）接触不广，于义理（哲学）承受不深，则文章甚难

做好。元明(元以异族统治，明以流氓政治)以后，文章已渐露浮浅，文人亦多轻薄。归有光明代大家，只有《项脊轩志》、《寒花葬志》少数篇章流传。至明末，乃不得不推侯方域、钱谦益为文首。诗词、文说、戏曲，尚可驰骋，深厚文章，则甚难寻觅矣。元、明、清文集，我收藏寥寥，不赘。

附记

　　耕堂曰：今人之文章、文集多矣，余择善而从。亦有三不读。

　　一、言不实者不读。例如昨天还在为了某种目的，极力在历史垃圾中，去搜求、探索、描述、研讨、渲染、暴露"民族弱点"的人，今天又大言不惭地声称：要"弘扬"民族文化了。这样人的文集、文章，不读。

　　二、常有理者不读（"常有理"为赵树理小说里的人物）。这种人，"文革"时造反有理；动乱时，动乱有理；安定团结时，还是有理。常有理的人，最可怕，文章也最不可读，因其随时随地在变化也。

　　三、文学托姐们的文章，不可读。她们把不正确的，说成是正确的；把不对头的，说成是对头的；把没有个性的，说成是有个性的；把没有影响的，说成影响很大；把赔钱的，说成销路很广，或是已经脱销，或是已行销国外……这种人的文章，尤其不可读，最没有价值。

我的《廿四史》

一九四九年初进城时，旧货充斥，海河两岸及墙子河两岸，接连都是席棚，木器估衣，到处都是，旧书摊也很多，随处可以见到。但集中的地方是天祥市场二楼，那些书贩用木板搭一书架，或放一床板，上面插列书籍，安装一盏照明灯，就算是一家。各家排列起来，就构成了一个很大的书肆。也有几家有铺面的，藏书较富。

那一年是天津社会生活大变动的时期，物资在默默地进行再分配；但进城的人们，都是穷八路，当时注意的是添置几件衣物，并没有多少钱去买书，人们也没有买书的习惯。

那一时期，书籍是很便宜的，一部白纸的《四部丛刊》，带箱带套，也不过一二百元，很多拆散，流落到旧纸店去。各种《廿四史》，也没人买，带樟木大漆盒子的，带专用书橱的，就风吹日晒的，堆在墙子河边街道上。

书贩们见到这种情景，见到这么容易得手的货源，都跃跃欲试；但他们本钱有限，货物周转也不灵，只能望洋兴叹，不敢多收。

我是穷学生出身，又在解放区多年，进城后携家带口，除谋划一家衣食，无暇他顾。但幼年养成的爱书积习，又滋长起来。最初，只是在荒摊野市买一两本旧书，放在自己的书桌上。后来有了一些稿费，才敢于购置一些成套的书，这已经是一九五四年以后的事了。

最初，我从天祥书肆，买了一部涵芬楼影印本的《史记》，是据武英殿本。本子较小，字体也不太清晰。涵芬楼影印的这部《廿四史》，后来我见过全套，是用小木箱分代函装，然后砌成一面小影壁，上面还有瓦檐的装饰。但纸张较劣，本子较小是它的缺点，因此，并不为藏书家所珍爱。很长一段时间，人们喜爱同文书局石印的《廿四史》，它也是根据武英殿本，但纸张洁白而厚，字大行稀，看起来醒目，也是用各式小木箱分装，然后堆叠起来，自成一面墙，很是大方。我只买了一部《梁书》而已。

有一次，天祥一位人瘦小而本亦薄的商人，买了一套中华书局印的前四史，很洁整，当时我还是胸无大志，以为买了前四史读读，也就可以了，用十元钱买了下来。因为开了这个头，以后就陆续买了不少中华书局的《廿四史》零种。其实中华书局的四部备要本《廿四史》，并不佳。即以前四史而言，名为仿宋，字也够大，但以字体扁而行紧密，看起来，还是不很清楚。以下各史，行格虽稀，但所用纸张，无论黑白，都是洋纸，吸墨不良，多有油渍。中华书局的《廿四史》，也是据武英殿本重排，校刊只能说还可以，总之，并不引人喜爱。清末，有几处官书局，分印《廿四史》，金陵书局出的包括《史记》在内的几种，很有名，我也曾在天祥见过，以本子太大、携带不便，失之交臂之间。

我的《南史》和《周书》，是光绪年间，上海图书集成印书局校印本,字体并不小,然字扁而行密,看起来字体联成一线,很费目力。清末民初,用这种字体印的书很不少,如《东华录》、《纪事本末》等。这种书,用木板夹起,"文化大革命"中,抄书发还,院中小儿,视为奇观,亦可记也。

我的《陈书》是商务印书馆《四部丛刊》的百衲本。这种本子在版本学术上很有价值,但读起来并不方便。我的《新五代史》,是刘氏玉海堂的覆宋本,共十二册,印制颇精。

国家标点的《廿四史》,可谓善本,读起来也方便。因为有了以上那些近似古董的书,后来只买了《魏书》、《辽史》。发见这种新书,厚重得很,反不及线装书,便利老年人阅读。

这样东拼西凑,我的《廿四史》,也可以说是百衲本了。

我的丛书零种

把几种书合起来印行，起个书名，叫做丛书。这种做法，据说宋代已经有了，明季渐渐多起来，至清朝而大盛。我们在顾修编的《汇刻书目》，傅云龙和罗振玉的《续汇刻书目》上见到的，大部分是丛书。其中书的部数多至数千种。

清代的学者，如钱竹汀、李莼客、张之洞辈，都提倡丛书，鼓吹丛书。张之洞甚至劝有钱有力的人刻丛书，以为既对古人有好处，又惠及今人，自己也可名留千古。这就是要求别人赞助。

清人刻书之风，嘉庆道光时已盛。同光之际，达到了高潮。这是有原因的：一、太平天国平定以后，政治暂时表现安定。朝廷为显示"中兴"，学者为粉饰太平，遂大做其学问。二、文禁已经松弛，很多"秘籍"，开始流传。三、西洋文化如潮水涌进来，一些保守之士，期以固有文化抵御之。四、人们希望政治维新，在文化上作些促进。

有以上几种原因，丛书乃形成大观。但持续的时间不长，民国以后，因印刷技术进步，石印、铅印书大行。文化内容，以介绍新文化、新知识为主向，刻印古书之事，遂不多见。偶然有，也是一些遗老、遗少所为，已引不起读书界的普遍注意。

商务印书馆，一向以介绍新文化，与流通古书两手经营为己任。民国二十四年，在张元济的提议下，王云五又编纂丛书集成。"综计所选丛书百部，原约六千种，今去其重出者千数百种，实存约四千一百种"（见王云五所作缘起）。是为初编，以后也未有继续。所选丛书，起自宋，至清末为止。

大商家做大生意。为了这部书，零零碎碎的丛书，遂不足道。

进城以后，我买了很多丛书集成的零本，已经谈过。其实，那时买一整套，带着书柜，也花不了几个钱。我有两个同行朋友，经常到一家餐馆吃饭，那里有几个书柜，里面放的是丛书集成。主人知道他们是作家，就问他们买书不买书。他们说：不想买书，看这几个书柜不错，倒有意想买。主人说，这是商务印书馆，特为这套丛书制造的书柜，是一套。后来经过几次商量，结果是主人把书从柜子里掏出来，卖给收破烂的，把书柜卖给了作家们。这真是典型的买椟还珠。说明我们那时刚刚打完游击，对大部头的书，是没有兴趣的。

那一时期，我也只是买一些零散的丛书，但我注意的是丛书的原刻本，我想借一斑窥全豹，约略知道一下这部丛书的版式字体、纸张和印刷。

在我现存的一些木刻本书中，有不少是丛书的零本。例如我有一本《冷斋夜话》是明季毛氏津逮秘书的原刻。一本《瓮牖闲评》，是清武英殿聚珍版丛书原本。一本《封氏闻见记》，是雅雨堂丛书的原本，版式、字体，古朴大方，是在冷摊上买的。《梁溪漫志》，是知不足斋丛书原刻，其纸张、格式,和翻刻本大不相同。知不足斋丛书,是乾隆年间鲍廷博校刊,出到三十集。鲍氏编辑态度非常严肃,每书前后有序跋,校对精审,印刷精良,原版已甚难得。各地翻刻者甚伙,后又有石印本,我也买了不少。他选择书,很有眼光,都是有用之书。版本大小也适中,被称为清代丛书之翘楚。

功顺堂丛书原刻,我有《广阳杂记》,字型很大。海山仙馆丛书原刻,我有《酌中志》和《读书敏求记》,纸张很好,字体稍差。畿辅丛书,我有《典故纪闻》。民国以后的木刻丛书,如峭帆楼,我有《鸡窗丛话》。嘉业堂,我有《顾亭林年谱》等。刘承幹的书,刻印的真不错,无怪鲁迅先生闻讯后,千方百计地去买。

丛书最重校勘,最精者,莫如黄荛圃的《士礼居丛书》。我有天圣明道本《国语》和姚氏本《战国策》。惜非原本,且系油光纸印。然宋本风神,跃然纸上,黄氏风格,略无消减。只去真迹一等。

其实有很多丛书,编得很杂乱,且多有重复,有删节。出书也没有计划,编者、校者,都不是高手。这样的丛书,买全了,也没有多大用处。买零本书,可以选择有用的书,买回来看着也方便。所费无几,是一种乐趣,但也得遇到书籍散落街头的时候。现在,是没处去买这些书了。

"文革"以后,有一位和我熟识的书商,曾到我家中说:"现在,丛书集成的零本,有多少,我们买多少。"他知道我有这种书,大概也听到,我家里的人,在佟楼卖过这种书。他以为我手头上一定很紧,所以找上门来。我没有说什么,就把他打发走了。我虽潦倒,但还没有到衣食不继的地步。另外,我已经发现这个人,不是一个老实买卖人。年老无力与宵小,不管哪行哪业，不老实的人，我都会敬而远之。

我保存了一本《丛书集成初编目录》，除有全部细目外，还有所用百部丛书的提要，很有价值。

附记

　　余向无大志，心中无规模，做事无气魄。表现在购书上，也只是零敲碎打，抱残守阙。此次为文，检阅顾修《汇刻书目》，原书套已虫蛀残破，余买回时，用妻子包袱中的同色破布，给书套打上无数小补丁，呈鹑衣百结之状。今日面对，不只忆及亡人，且忆及一生颠沛，忧患无已，及进城初期，我家之生活状态。呜呼，逝者如斯夫！及至衰暮之季，稍有余裕，余又飘飘然以为自己能作诗；懵懵然以为自己会写字；残存些破书烂纸，有时又自诩为藏书家。此实余晚年不自量力，无自知之明，三件极可笑之事，宜深戒也！

我的农桑畜牧花卉书

一、《齐民要术》

后魏贾思勰著,商务印书馆国学基本丛书简编本,一九三八年六月印于长沙。

前有序,历数神农,后稷,及先圣贤哲,教民耕作,重农桑之言。反复抄引,不厌其详。中多名句,至今引人深思。

淮南子曰:圣人不耻身之贱也,愧道之不行也。不忧命之长短,而忧百姓之穷。是故禹为治水,以身解于阳盱之河;汤由苦旱,以身祷于桑林之祭。神农憔悴,尧瘦癯,舜黧黑,禹胼胝。由此观之,则圣人之忧劳百姓亦甚矣。

农事多神话,所述非帝王之形象,乃农民之形象。

贾思勰做过高平太守,此书当亦教民之言。"起自耕作,终于醯醢",书之内容也。

二、《农书》

元王祯著,商务万有文库本,共三册。

此书,鲁迅先生曾向青年推荐。余另有民国十三年,山东公立农业专门学校图书馆,大字线装本,共四册。首为郭葆琳序;郭,农校校长也。次为张恺题词,为五言长诗,末有句云:"从此世界中,勿笑黄种黄,黄种有农师,山东东平王。"

《四库全书提要》云:"祯字伯善,东平人,官丰城县尹……元人农书存于今者三本,《农桑辑要》,《农桑衣食撮要》二书,一辨物产,一明时令,皆取其通俗易行。惟祯此书,引据赅洽,文章尔雅,绘画亦皆工致,可谓华实兼资。"

余粗读其文,而观其图,除蚕桑之事,颇为生疏;农耕器用,均与儿时所见所用者无异。中国农业之发展,长期近于停滞,原因甚多,农民生活之不得改善,乃其主要者。

三、《农桑辑要》

元司农司撰,末有道光二十年知合肥县事丹徒陆献跋。系据乾隆时武英殿聚珍本重刊,四册,有布套,价三元。

《四库提要》云:"盖有元一代,以是书为经国要务也。"又说:"详而不芜,简而有要,于农家之中,最为善本。当时著为功令,亦非漫然矣。"

书分七卷。卷一,典训,耕垦。卷二,播种。卷三,栽桑。卷四，养蚕。卷五，瓜菜。卷六，竹木。卷七，孳畜。
前有至元癸酉翰林学士王磐序：

> 读孟子书，见其论说王道，丁宁反覆，皆不出乎夫耕妇蚕，五鸡二彘，无失其时，老者衣帛食肉，黎民不饿不寒，数十字而已。大哉农桑之业，真斯民衣食之源，有国者富强之本。王者所以兴教化，厚风俗，敦孝悌，崇礼让，致太平，跻斯民于仁寿，未有不权舆于此者矣。

而陆献跋则谓：

> 孟子言蚕桑详矣，何以论语无一言及此？不知富之者，富之以农桑也；比及三年，可使足民者，足之以农桑也。制田里，教树畜，盖包括其中矣。

耕堂曰：中国历代重农，以为富国强民之本，并以农桑为兴教化、敦风俗之基础。然以农桑致富，则甚不易。余在农村，见到所谓地主富农者，实非由耕作所致，多系祖先或仕或商而得。未见只靠耕作，贫农可上升为中农，中农可上升为富农。而地主之逐渐没落者则常有。农业辛劳，技术落后，依靠天时，除去消耗，所得有限，甚难添治土地，扩大生产。故乡谚云："人不得外财不富，马不得夜草不肥。"古人亦云：稼穑艰难，积累以致之。然积累甚不易。稍有识见之地主富农，多经营商业、作坊，或令子弟读书，另谋发财致富之路。后者虽符合耕读传家之道，然能致富者少。弄不好反倒赔本，是对农业资产的一种削减。因宦途难登，做官多非读书之人也。然商业兴，得利者众，则土地日见分散，乃自然之趋势。

凡农书，大都贬低货殖、贸易。《齐民要术·序》称："舍本逐末，贤哲所非。日富岁贫，饥寒之渐，故商贾之事，阙而不录。"然今之传本，卷七有货殖一篇，首引范蠡之言："计然云：旱则资车，水则资舟，物之理也。白圭曰：趋时若猛兽鸷鸟之发。故曰，吾治生犹伊尹、吕尚之谋，孙吴用兵，商鞅行法是也。"述货殖通变之道及执业之术。又引《汉书》："谚曰：以贫求富，农不如工，工不如商，刺绣文，不如倚市门。"皆与序相矛盾，而又皆为社会现实，不得不承认者矣。

历代牧民之官，皆传刻农书，无见传刻商贾之书者，而其税征所得，从商贾来者，随社会发展，逐日增多。重农之说，遂成一句空话，名存实亡矣。

总之，像司马迁所描写的，"不窥市井，不行异邑，坐而待收，与千户侯等"的地主，在汉朝可以有，我在农村，是很少见到了。

四、《蚕桑萃编》

卫杰著，中华书局一九五六年，据清浙江书局刊本排印，一册。

卫杰是光绪年间，李鸿章当直隶总督时，管理蚕桑局的人。他在保定西关，买了一些适宜种桑的土地，又在他老家四川请了一些工人来，传授植桑、养蚕、织绸等事，先做试验，然后向各州县推广。当时好像很有一些成绩。他编写了这本书，李鸿章、王文韶、徐树铭，先后给他写了序文。

我在保定读书时，河北大学的农场，有很多桑树，长得很好,恐怕就是当时的桑地旧址。另外,幼年时,家乡子文一带,有大片桑园,恐怕也是当时推广蚕桑的遗迹。

关于北方能否种桑养蚕,历来好像有一些争论。李鸿章等人坚信古书记载,及顾亭林"西北高寒,最宜桑枣"之说,认为可以。前面说到的那位陆献,也是这样主张。实践证明,北方种棉则可,蚕桑希望不大。后来连桑树,也很少见到了。

不过,他这本书,编写得很详尽,图谱绘制得也很工致。所表现的工艺,比康熙年间的耕织图进步多了。

我从南京古籍书店,购得康熙御制《耕织全图》一册,价三元五角。据《四库全书提要》介绍,此图系石印本,但我分辨不出是原版,还是后来的翻版。每页正面为图,背面为康熙御制诗。白绵纸印,并有衬页。图内还附有别的诗。宋楼璹撰有耕织图诗,不知是否在内。图也不知道是否根据宋时古本。

我还有一本中华书局一九五六年印的《禆农撮要》,薄薄一册,亦系种桑养蚕之书。陈开沚著。此人系清末寒士,后以桑蚕获利,自述其经验。清末,有识者注重实业开发,有关著述,亦颇不少。

五、《农政全书》

明徐光启著,中华书局一九五六年精装本,上下二册。

《农政全书》,共六十卷,是徐光启汇录历代有关农事之言,及明人著作,参以己见,又经陈子龙等人整理编定的。就其内容来说,称为全书,实不为过。

前有张国维等四人的序。张序最佳,他以天人之学,论说农民、农事:

> 今为末作奇巧者，一日作而五日食。农夫终岁之作，不足以自食也。然则民舍本事而事末作，则田荒国贫之患，谁实受之？故凡农者，月不足而岁有余者也。语亦有之：农之气，杲乎如登于天，杳乎如入于渊，淖乎如在于海，卒乎如在于己。是故此气也，不可止以力，而可安以德，不可呼以声，而可迎以音。非举八政四术之要，以安集而招徕之，则民腹尝馁，民情尝迫，而尚可谕以仁义，慑以刑威乎？且人所以恶雀鼠者，谓其有攘窃之行；雀鼠所以疑人者，谓其怀盗贼之心。上以食而辱下，下以食而欺上。上不得不恶下，下不得不欺上，各有所切也。

张国维的官职是：钦差总理粮储、提督军务兼巡抚应天等处地方。

当时的明王朝已处在总崩溃前夕，暗无天日，百孔千疮。民不聊生，农村骚动，揭竿而起的形势，已经形成。张国维看得很清楚，也知道农民的苦难，农民的心理，农民的要求，农民的力量。大厦将倾，局面已经不可收拾。他还想刊刻这部书，"预为训之戒之，图之策之"，以为亡羊补牢之计。不知此时再讲"农政"，为时已晚。

徐光启著书时，原意亦在此。他曾说："所辑农书，若己不能行其言，当俟之知者。"非只文学，任何著作，都有时代的烙印。此书几乎用了一半的篇幅，大讲荒政，就是当时社会现实的反映。不幸的是，当他的书刊刻出来不久，明王朝就结束了。

张国维在序中还说：

> 今如病尫之人，日行百里，巾箱囊箧，喘汗临深。而犹鞭叱，不令稍止。噫！亦危矣。

和张国维一同刻这部书的松江知府方岳贡，在序中说：

> 嗟乎！治乱无象，农之获安于农与否，是即其象。彼罹房罹寇者，以死亡转徙失先畴而不获安。幸而免此，又以剿饷练饷，急罹房罹寇者之患，而岌岌乎不获安。爱养元元者，其务所以安之哉！

这都是当时农村的实际情况，好像是在替农民说话。在官书的序言中，还是少见的。但这只是官话，他们实际做的，却正与之背道而驰，是没有人相信的，于实际无补的。

历代农书，所记农事，多是农民经验的记录；所介绍的农具，都是已有农具的图形。这都是著书人从农民那里学来的，农民不要看。古代典训，农民看不懂。所以官刻农书，只是一种形式，就像每年立春之时，皇帝在先农坛的活动一样。

徐光启的农书，除去辑录古代典籍之切实可行者，着重输入新的农业观点、新的种植方法、新的粮食品种，以及与农业有关的水利知识、手工业技术。他出身农家，知识丰富，又得西洋技巧之传授，眼界宽，思想开放。因此，他的农学著述，与李时珍的医学著述，同为我国珍贵的文化遗产。

耕堂曰：四库子部农家类，著录无多，其重要者，余皆置备。《授时通考》，已送刘君，前已记述，其他数种，仍在架上。

蚕桑之书，实隶农书之内。此外尚有畜牧书《司牧安骥集》，而所有农书，亦皆包括畜牧。《司牧安骥集》，传为唐人所作，乃兽医古籍，并有相马内容，上绘图，下歌诀，易识易记。集汉唐马政经验，虽备军旅，亦关农作。

另有花卉之书，如明王象晋《群芳谱》，清官修《广群芳谱》，陈淏子《花镜》，及近人所著《花经》。《花经》为精装本，已送李君，而李君不爱书，不读杂书，视书籍为日常用品，等闲之物，想已不知去向矣。《齐民要术》以为，花卉无补实用，摒而不录。其实所有花谱，其中大部仍为农作之物，农书重食用，《花谱》重观赏。正如李时珍之《本草纲目》，米谷枣栗，皆有条目，不过着重谈其药用耳。《本草纲目》，余有商务排印本，阅读甚便，其中亦多农业知识。

余读书不重古本，然重校对。《群芳谱》为明末刊清修本，《广群芳谱》则为殿版之石印者。《四库提要》极力推崇御定之书，以贬低王氏原作，大不公平，王书自有其特色，非官书所能代替。

古代农书，多有占验祝祷，其中自有迷信，然另一方面，也有一些实际经验，且证明古代农民朴实，每做一事，皆认真虔诚，整洁以处。有些祝祭文字，写得还很有水平，如《齐民要术》所载祝䄠文，视六朝骈体，并不稍逊，且有寄托。文人不得志，不能为经世之作；何处何时，不可写寄牢骚？读之慨然。

中国儒家重农思想，乃封建帝王长期重农政治之反映，从而形成以农业为基础的文化意识。然政治重实际效益，儒家又不得不通变，重视贸易。过去的商业，实际是从农业基础上，生出的一个派支，并未形成自己的文化意识，仍以农业文化意识为指针，并受其制约，不断发生矛盾。

中国士大夫，向以农村为根据地，得意时则心在庙堂之上，仕宦所得，购置土地，兼开店铺。失意时则有田园之想，退居林下，以伺再起。习以为常，不以为非。但在言论上，则是重农轻商的。陈子龙在《农政全书》的凡例中说："方今之患，在于日求金钱而不勤五谷。"又说："不耕之民，易与为非，难与为善。"另有人叹息，商贾之兴，将形成"野与市争民，金与粟争贵"的局面。

我购买这些书，原也不是打算研究这门学问，不过是因为来自农村，习于农事，对于农书，易生感情而已。过去也没有认真读过，晚年无聊，乃重新翻阅一次，略记所得如上。

此外，尚购有商务一九五七年印，清吴其濬著《植物名实图考》，和该馆一九五九年印，同一作者的《植物名实图考长编》。两书为植物学著作，皆关系农业。

我的金石美术图画书

初进城时,我住在这个大院后面一排小房里,原是旧房主杂佣所居。旁边是打字室,女打字员昼夜不停地工作,不得安静。我在附近小摊上,买了几本旧书,其中有一部叶昌炽著的《语石》,商务国学基本丛书版,共两册。

我对这种学问,原来毫无所知,却一字一句地读下去,兴趣很浓。现在想来:一是专家著作,确实有根柢。而作者一生,酷爱此道,文字于客观叙述之中,颇带主观情趣,所以引人入胜。二是我当时处境,已近于身心交瘁,有些病态。远离尘世,既不可能,把心沉到渺不可寻的残碑断碣之中,如同徜徉在荒山野寺,求得一时的解脱与安静。此好古者之通病欤?

叶昌炽是清末的一名翰林,放过一任学政,后为别人校书印书。不久,我又买了他著的《藏书纪事诗》和《缘督庐日记摘钞》,都认真地读了。

我有一部用小木匣装着的《金石索》,是石印本,共二十册,金索石索各半。我最初不大喜欢这部书,原因是鲁迅先生的书账上没有它。那时我死死认为:鲁迅既然不买《金石索》,而买了《金石苑》,一定是因为它的价值不高。这是很可笑的。后来知道,鲁迅提到过这部书,对它又有些好感,一一给它们包装了书皮。"文革"结束,我曾提着它送给一位老朋友,请他看着解闷。这是我以己度人,老朋友也许无闷可解,过了不久,就叫小孩,又给我提回来,说是"看完了"。我只好收起。那时,害怕"四旧"的观念,尚未消除,人们是不愿接受这种礼物的。

也好,目前,它顶着一个花瓶,屹立在四匣《三希堂法帖》之上,三个彩绿隶体字,熠熠生辉,成为我书房的壮观一景。还有人叫我站在它的旁边,照过相。可以说,它又赶上好时光、好运气了,当然,这种好景,也不一定会很长。

大型的书,我买了一部《金石粹编》。这是一部权威性著作,很有名。鲁迅书账有之,是原刻本。我买的是扫叶山房石印本,附有续编补编,四函共三十二册。正编系据原刻缩小,字体不大清楚,通读不便,只能像用工具书,偶尔查阅。续编以下是写印,字比较清楚,读了一遍。

有一部小书,叫《石墨镌华》,是知不足斋丛书的零种。书小而名大,常常有人称引。读起来很有兴趣,文字的确好。同样有兴趣的,是一本叫《金石三例》的书,商务万有文库本,也通读过了。因为对这种学问,实在没有根基,见过的实物又少,虽然用心读过,内容也记不清楚。

原刻的书,有一部《金石文编》,书很新,字大悦目,所收碑版文字,据说校写精确,鲁迅先生也买了一部。我没有很好地读,因为内容和孙星衍校印的《古文苑》差不多,后者我曾经读过了。

读这些书,最好配备一些碑版,我购置了一些珂罗版复制品,聊胜于无而已。知识终于也没有得到长进,所收碑名从略。

钱币也属于金石之学。这方面的书,我买过《古泉拓本》、《古泉杂记》、《古泉丛话》、《续泉说》等,都是刻本线装,印刷精致。还有一本丁福保编的《古钱学纲要》,附有历代古钱图样,并标明当时市价,可知其是否珍异。

我虽然置备了这些关于古钱的书,但我并没有一枚古钱。进城后,我曾在附近夜市,花三角钱,买了一枚大钱,"文革"中遗失了,也忘了是什么名号。我只是从书中,看收藏家的趣味和癖好。

大概是前年,一青年友人,用一本旧杂志,卷着四十枚古钱,寄给我,叫我消遣。都是出土宋钱,斑绿可爱。为了欣赏,我不只打开《历代纪元编》认清钱的年代,还打开《古钱学纲要》,一一辨认了它们的行情,都是属于五分、一角之例,并非稀有。但我心里还是有些不安,小大属于文物的东西,我没有欲望去占有。我对古董没有兴趣。它们的复制品、模仿品,或是照片,对我来说,就足够了。我只是想从中得到一点常识,并没有条件和精力,去进行认真的研究。我决定把这几十枚古钱,交还给那位青年友人。并说明:我已经欣赏过了。我的时光有限,自己的长物,还要处理。别人的东西,交还本人。你们来日方长,去放着玩吧。

我还买了一些印谱,其中有陈簠斋所藏玉印,手拓古印;丁、黄、赵名家印谱,陈师曾印谱,汉铜印丛等,大都先后送给了画家和给我刻过印章的人。

关于铜镜的书,则有簠斋藏镜,以及各地近年出土的铜镜选集。

关于汉画石刻,则有《汉代绘画选集》、《陕北东汉画像石刻选集》；还有较早出版的线装《汉画》二册一函,《南阳汉画像汇存》一册、《南阳汉画像集》一册。都是精印本。

《摹印砖画》、《专门名家》，则是古砖的拓本。

我不会画，却买了不少论画的书。余绍宋辑的《画论丛刊》、《画法要录》，都买了。记载历代名画的《历代名画记》、《图画见闻志》、《宣和画谱》以及大型的《佩文斋书画谱》，也都买了。《佩文斋书画谱》，坊间石印本很多，阅读也方便，我却从外地邮购了一部木刻本，洋洋六十四册，古色古香。实际到我这里，一直尘封未动，没有看过。此又好古之过也。

古人鉴定书画的书，我买了《江村消夏录》、《庚子消夏记》。后者是写刻本，字体极佳。我还在早市，买了一部《清河书画舫》，有竹人家藏版，木刻本十二册，通读一过。因为未见真迹，只是像读故事一样。另有《平生壮观》一部，近年影印，未读。

文章书画，虽都称做艺术，其性质实有很大不同。书法绘画，就其本质来说，属于工艺。即有工才有艺，要点在于习练。当然也要有理论，然其理论，只有内行人才能领会，外行人常常不易通晓，难得要领。我读有关书画之论，只能就其文字，领会其意，不能从实践之中，证其当否。陆机《文赋》虽玄妙，我细读尚能理解，此因多少有些写作经验。至于孙过庭的《书谱》，我虽于几种拓本之外，备有排印注疏本，仍只能顺绎其文字，不能通书法之妙诀。画论"成竹在胸"，"意在笔先"之说，一听颇有道理，自无异议，但执笔为画，则又常常顾此失彼，忘其所以。书法之论亦然："永字八法"，"如锥画沙"之论，确认为经验之谈，然当提笔拂笺，反增慌乱。因知艺术一事，必从习练，悟出道理，以为己用。不能以他人道理，代替自身苦工。更不能为那些"纯理论家"的皇皇言论所迷惑。

我还买了一些画册，珂罗版的居多。如：《离骚图》、《无双谱》、《水浒全传插图》、《梅花喜神谱》、《陈老莲水浒叶子》、《宋人画册》等。

水浒叶子系病中，老伴于某日黄昏之时，陪我到劝业场对面古籍书店购得。此外还有《石涛画册》、《华新罗画册》、《仇文合制西厢图册》等，都是三十年代出版物，纸墨印刷较精。

木刻水印者，有《十竹斋画谱》，已为张的女孩拿去，同时拿去的，还有一部《芥子园画传》（近年印本）。另有一部木刻山水画册，忘记作者名字，系刘姓军阀藏书，已送画家彦涵。现存手下的，还有一部《芥子园画传》，共四集，均系旧本，陆续购得。其中梅菊部分，系乾隆年间印刷，价值尤昂。今年春节，大女儿来家，谈起她退休后，偶画小鸟，并带来一张叫我看。我说，画画没有画谱不行，遂把芥子园花鸟之部取出给她，画册系蝴蝶装，亦多年旧物也。大女儿幼年受苦，十六岁入纱厂上班，未得上学读书。她晚年有所爱好，我心中十分高兴。

附记

一九四八年秋季，我到深县，任宣传部副部长，算是下乡。时父亲已去世，老区土改尚未结束，一家老小的生活前途，萦系我心。在深县结识了一位中学老师，叫康迈千。他住在一座小楼上。有一天我去看他，登完楼梯，在迎面挂着的大镜子里，看到我的头部，不断颤动。这是我第一次发见自己的病症，当时并未在意，以为是上楼梯走得太急了，遂即忘去。

本文开头，说我进城初期，已近于身心交瘁状态，殆非夸大之辞。

一九五六年，大病之后，结发之妻，虽常常独自饮泣，但她终不知我何以得病。还是老母知子，她曾对妻子说："你别看他不说不道，这些年，什么事情，不打他心里过？"

那些年，我买了那么多破旧书，终日孜孜，又缝又补。有一天，我问妻子："你看我买的这些书好吗？"

她停了一下才说：

"喜欢什么，什么就好。"

她不识字，即使识字，也不会喜欢这些破旧东西的。

有时，她还陪我到旧书店买书。有一次，买回一本宣纸印刷的《陈老莲水浒叶子》，我翻着对她说：

"这就是我们老家，玩的纸牌上的老千、老万。不过，画法有些不一样。"

她笑着，站在我身边，看了一会儿。这是她第一次，也是仅有的一次，同我一起，欣赏书籍。平时，她知道我的毛病，从来也不动我的书。

我买旧书，多系照书店寄给我的目录邮购，所谓布袋里买猫，难得善本。版本知识又差，遇见好书，也难免失之交臂。人弃我取，为书店清理货底，是我买书的一个特色。

但这些书，在这些年，确给了我难以言传的精神慰藉。母亲、妻子的亲情，也难以代替。因此，我曾想把我的室名，改称娱老书屋。

看过了不少人的传记材料，使我感到，中国人的行为和心理，也只能借助中国的书来解释和解决。至于作家，一般的规律为：青年时期是浪漫主义；老年时期是现实主义。中年时期，是浪漫和现实的矛盾冲突阶段，弄不好就会出事，或者得病。书无论如何，是一种医治心灵的方剂。

我的"珍贵二等"

我自幼读书,多读石印小书,天主教施舍之福音书,以及旧报纸、破杂志等。及长,衣食有余赀,可购书,亦以为读书读的是文字,并非其他,故不重视版本。想看的书,虽会文堂,鸿文堂,启智,益智等小书局,所印之石印本,亦多购存。不想看的书,虽宋刊元椠,亦不顾。当然,这种书也很难见到,见到我也买不起。

我的书发还以后,线装书多贴有书签,油印,钢笔填写。其项目为:书名,册数,来源,备注。此签贴于书籍第一册封面之后。本来,我可以留着,便于检查,图书馆、旧书铺的书,都有书签。但我总觉不雅,也不愿留着这种记忆。旧书纸脆,撕是不行的,乃一一用小刀裁去。

在进行这一工作时,我发现在有些书签备注栏内,写有"珍贵二等"字样,使我为之一惊。

"二等"一词,本无高尚之义。过去妓院之茶室,即称二等。建国后,天津有用自行车后衣架驮人送客者,亦称二等,虽不明义由何来,然不能不叹造词之妙。总之,二等与二级含义相同,皆有贬义。

但前面有"珍贵"二字，这又使我有些高兴，我竟然有了珍贵之书，也不枉当年"书的梦"了。

被封为珍贵二等之书，计有：

一、《郋园读书志》，排印本，共十八册。

二、《太平广记》，宣纸影印明刊本，十套，共六十册。

三、《说郛》，涵芬楼排印本，四套，共四十册。

四、《流沙坠简》，罗振玉印本，二套，共三册。

五、《四六法海》，明刊本，有抄配，共十二册。

六、《梅村家藏稿》，董康刻本，共八册。

七、《国朝书画家笔录》，铜活字排印本，共八册。

八、《新刊全相奇妙注释西厢记》，宣纸影印明刊大本，一套，共二册。

九、《太平御览》，影印精装本，共四册。

高兴之余，我又有些遗憾：难道我的藏书中，就没有一种可以评为一等——即一级的吗？后来一想，恐怕还是有的。落实政策，他们既然把这些"二等"发还了，可见还不是他们眼中之最珍贵者。只有一部《金瓶梅》影印本，他们拖拉不肯发还。经我多次交涉，才不得已还我，还造谣说："他什么都可以不要，唯独不放松《金瓶梅》。"其实，不放松的是他们。因此，我断定他们是给我评了一个"一级"的。虽非职称，也够光荣的了。

谈读书记

在古时，读书记，或藏书题跋，都属于目录学。目录之学，汉刘歆始著《七略》，至荀勖分为四部。唐以后把书籍分为经史子集，藏于四库。这样的分类法，一直相沿到清代。无论公私藏书，著录之时，都对书籍的内容、作者的身世，加以简单介绍，题于卷首或书尾，这就是所谓提要、题跋。把此等文字，辑为一书，就是我们现在谈的读书记了。

我所收藏的读书记，最早的是宋晁公武的《郡斋读书志》（四部丛刊本）和宋陈振孙的《直斋书录解题》（武英殿聚珍版翻刻本）。这两部书，是读书记这类书的鼻祖。其中晁志，所记尤为详实。因时代接近，记录的宋人著作，很是齐备，对作者的介绍，也翔实可信。有很多书，后来失传，赖此志得窥其梗概。后代藏书家，都很重视此书。

晁氏有些论述，也很有见地。如论文集之丛杂，他在集部引言中说：

> 昔屈原作离骚，虽诡谲不概诸圣，而英辩藻思，瑰丽演迤，发于忠正，蔚然为百代词章之祖。众士慕响，波属

云委，自时厥后，缀文者接踵于斯矣。然轨辙不同，机杼亦异，各名一家之言。学者欲矜式焉，故别面聚之，命之为集。盖其原起于东京，而极于有唐，至七百余家。当晋之时，挚虞已患其凌杂难观。尝自诗赋以下，汇分之曰：《文章流别》。后世祖述之，而为总集，萧统所选是也。至唐亦且七十五家，呜呼盛矣！虽然，贱生于无所用，或其传不能广，值水火兵寇之厄，因而散落者十八九。亦有长编巨轴，幸而得存，其属目者几希。此无他，凡以其虚辞滥说，徒为美观而已，无益于用故也。

我不厌其烦地抄了这样一大段书，是因为其中说明了著书立说方面的一些规律。第一，历代作家的文集是很多的。至唐已有七百种，总集已有七十五种。第二，传流下来的却很少。第三，不能流传的原因，主要是虚辞滥说，无益于用。

这里的有用无用，当然不只是像他说的，能否"扶持世教"。晁氏生于宋朝，受理学家的影响，所以这样强调。集子能否流传，主要看它的社会功能。这种功能包括：作者的才智；说理的能辩；文字的美学感染；著作的真诚等等。哲学著作，以才智道理取胜；历史著作，以材料真实取胜；文学创作，以美的陶冶取胜。

作家结集自己作品，都是自信的，都以为自己的作品，已经具备这种功能，可以传之久远。在当时，即使多么无情的批评家，也不会预言这种文集不能传世，阻止他出版。作品能否流传，常常是不能预见的。只有在历史的江河中，自然淘汰。自然的冲刷淘洗，能使当时大显者，变为泥沙；也可以使当时隐晦者，变为明玉。更多的机会是，使质佳者更精粹，使质劣者早消亡。

既然如此，晁氏之所谓"自警"，就很难做到了。人之好名，是一种自然生态。尝见出土的古墓壁画或砖石上，刻有匠人名字。难道他当时不知道，他的作品要永埋地下，曾经想到，有朝一日，会被发掘，重见天日吗？这是创作冲动的满足。劳者歌其事，在自己的劳作成果上，缀上自己的名字，是一种原始现象。儿童就是这样，可以说是生而知之。

在论述传记的写法时，晁氏的见解，也很好。在传记类《韩魏公家传》条内，他说：

> 右皇朝韩忠彦撰，录其父琦平生行事。近世著史者，喜采小说，以为异闻逸事。如李繁录泌，崔胤记其父慎由事，悉凿空妄言。前世谓此等，无异庄周鲋鱼之辞，贾生服鸟之对者也。而唐书皆取之，以乱正史。由是近世多有家传、语录之类，行于世。陈莹中所以发愤而著书，谓魏公名德，在人耳目如此。岂假门生子侄之间，区区自列乎！持史笔其慎焉。

这一段话里的，"庄周鲋鱼之辞，贾生服鸟之对"两句，颇可玩味。这是说，人物传记，不同于故事，更不同于寓言。古人撰写人物传记，不满足于只用那些干枯的官方资料，愿意添进一些生动活泼的记述，乃参考一些野史、家乘，这是无可厚非的。司马迁的人物传记，那样生龙活现，读起来比文学作品还有兴味，就是因为他不只依据官方文献，还寻访了很多地方资料，口碑传说。后来司马光撰写《资治通鉴》，欧阳修撰写《新五代史》，都采用了许多私人的著述，增加了传记的生动性。

但运用这些材料，需要特有的观察、判断、取舍的能力。

历史作品，有时可以当作文学，但文学作品，却不能当作历史。历史注重的是真实，任何夸张、传闻不经之言，对它都会是损害。历史、事实，天然地联结在一起，把历史写得真实可靠，是天经地义的事。当然做起来并不是那么简单。历史，是天地间最复杂的现象。它比自然现象，难以观察，难以掌握得多。它的错综复杂，回曲反复，若隐若现，似有实无，常常在执笔为史者面前，成为难以捉摸、难以窥测的幻境。

撰述历史，时代近了，则有诸多干扰，包括政治的、人事的、名誉的、利害的。时代远了，人事的干扰，虽然减少，则又有了传闻失实，情节失落，虚者实，而实者虚，文献不足征，碑传不可信的种种困难。如果是写人物传记，以上情况就更明显，就更严重。

只根据实录、谱牒、碑碣去写历史，这是传统的做法，也是保守的做法。但开放的写法，即广采传闻野史的写法，也带来了另一种毛病，即晁氏指出的"故事化"或"寓言化"。

特别是人物传记，用开放的写法，固然材料会多一些，事件会生动一些。但材料如果是从亲属得来，其中就有感情问题；如从友朋得来，其中就有爱憎问题。况人之一生，变幻无常，虽取决于本身，亦受制于社会。是非难以遽定，曲直各有其说。盖棺论定，只能得其大概，历史评价，又恐时有反复。要把一个人物的传记写好，确不是容易的事情。

传记一体，与其繁而不实，不如质而有据。历史作品要避免文艺化。现在，有很多老同志，在那里写回忆录。有些人多年不执笔，写起来有时文采差一些，常常希望有人给润色润色，或是请别人代写。遇到能分别历史和文艺的人手还好，遇到把文学历史合而为一的人，就很麻烦。他总嫌原有的材料不生动、不感人，于是添油加醋，或添枝加叶，或节外生枝，或无中生有，这样就成了既非历史，也非文学的东西。而有的出版社编辑，也鼓励作者这样去做。遇到文中有男女授受的地方，就叫他发展一下，成为一个恋爱的情节。遇有盗窃丢失的地方，就建议演义成一个侦探案件。遇有路途相遇，打抱不平的地方，自然就要来一场"功夫"了。

现在有一种"传记小说"的说法，这真是不只在实践上，而且要在理论上，把历史和文学混为一谈了。这种写法和主张，正如有人主张报告文学，允许想象和虚构一样，已经常常引起读者，甚至当事人或其家属的不满。因为凡是稍知廉耻，稍有识见的人，谁也不愿意在自己身上，添加一些没踪没影的事迹的。

当然，野心家是例外的。从历史上，特别是"四人帮"时期，我们可以看到，野心家分为两种。一种是受别人吹捧，坐在轿子里的；一种是抬轿子，吹捧别人的。他为什么鼓吹得那么起劲，调门提得那样高，像发高烧，满口昏话？这是有利可图，可以得到好处的。弄好了，他可以从抬轿子，变成坐轿子，又有一帮人起哄似的吹捧他了。

元、明两朝人，不认真读书，没有像样的读书记。到了清朝，重考证，这类的书就多起来，除很多已成为专门学术著作，如《读书杂志》、《十七史商榷》等书外，标以读书记名目的就不少。《何义门读书记》，寒舍不存；《东塾读书记》，存而未详读之。我最感兴趣的是黄丕烈的《士礼居藏书题跋记》。黄是藏书家，以藏有百种宋版书而著名。他所藏书，也远远不限于宋本。他对书有一种特殊的感情，好像接触的不是书，而是红颜少女。一见钟情，朝暮思之，百般抚爱，如醉如痴。偶一失去，心伤魂断，沉迷忘返，毕其一生。给人一种变态的感觉。这种感情，前代不能有，后代也不能有，只有他那样的时代，他那样的生活，既不能飞黄腾达，又不甘默默无闻，才会有这样的心境，和这样的举动。

他的藏书记，被后人一再辑印。我有三集，前二集是上海医学书局影印，后一集是木版蓝色印本。同样是藏书家，陆心源的《仪顾堂题跋》，读起来就枯燥无味。

其次是李慈铭的《越缦堂读书记》，他的读书记，散见在他的日记中，由云龙辑录出来，商务印书馆出版，白文没有标点，也未详细分类。有一年，我在北京国子监买了一部，纸张很好，共四册。后经中华书局整理、分类、标点，重新出版。

他读书仔细认真，读的书也广泛，非只限于经史，杂书很多。但对像《红楼梦》这样的书，还是有些不好意思，总是说病了闷了才拿出来看看。并说，这部书是托名贾宝玉的那个人，自己写了家世，其他社会风物，则是别人代为完成。这真是奇怪的说法，可备红学家参考。

和他的读书记类似的，有周中孚的《郑堂读书记》，舍间所藏，为万有文库本，此人读书也多也杂，也很认真，我通读一遍。此外，有《鲁岩所学集》，也是读书记，较通俗易读，我有的是木刻本。我另有叶德辉的《郋园读书志》、邓之诚的《桑园读书志》等。

买《太平广记》记

我第一次买得的《太平广记》，是扫叶山房的石印本，共四函，三十二册。其中短缺两册，用两本《人海记》充衬着。书是从天津劝业场三楼藻玉堂买的，当时的掌柜，是深县一带口音，他诚实地告诉了我这个情况，并说："闲看去吧，不好补。"

回到家来，把书装订整理了一下，也没有仔细读，就放起来，"文革"以后，所抄书籍发还，我把这部书，送给了韩映山同志。这部书，我买时价钱五元。

对于这部声名显赫的书，我有了这部残缺的石印本，还是不甘心，后来又在天津古籍书店和平路门市部，即过去的泰康商场楼下，买了一部小木版的《太平广记》，木夹，并八套，六十四册。书是山东开雕的，字体倒也清整，只是纸张不好，是一种很薄的黄色土纸，就像乡下用的烧纸。前两册，还有些圈点、批注，是原阅书人做的，弄得纸面很不干净。书籍发还以后，这部书送给了李克明同志。其实这些同志，并没有版本之好，对于这些古董玩意儿，一定不会喜好的。这部书，我买时，价钱十八元。

这种小木版的《太平广记》，我还见过广东的一种刻本，虽系白纸，但字体漫漶过甚，还不及此本清晰。

买书的欲望，和其他欲望一样，总是逐步升级，得陇望蜀。我又托人民文学出版社，在北京旧书店觅购明刊影印本的《太平广记》。不久，书籍寄来，共十函，六十册，宣纸印刷，磁青书面，丝线装订，雍容华贵，不可言状。价一百元。据书店人称，茅盾同志亦在寻找此书，因我登记较早，故归我所有。此书抄家后，被列为珍贵二等，发还书籍时，示意我"捐献国家"，我当时答称，业务所需，不愿捐献，请按政策办事。执事者遂把书还我，书尚完好，只是碰掉几个骨签。

人民文学出版社排印的《太平广记》，我也买了一部，是一九六一年印本，纸张稍黑。近年我们排印的古籍，虽所据为善本，然因校对工作搞不上去，常常事与愿违，不能令人满意。

此外，在五十年代，天津僻静街道上，常有书摊，在北大关一胡同中，我曾见明刊本《太平广记》十余册，蓝色虎皮宣纸封皮。我有洁癖，见其上有许多苍蝇粪，犹豫未买，遂为会文堂主人买去，失之交臂，后颇悔之。会文堂在夫子庙街，主人为清朝一宦官，时常挟一青包袱，往来于早市冷摊，精于版本之学。

买章太炎遗书记

我先后购买的章氏遗书，计有：

一、《章太炎先生所著书》。上海古书流通处一九二四年石印，所据为浙江图书馆校刊章氏丛书本。共二十册，有光纸，价十二元。其目录为：

《春秋左传读叙录》、《刘子政左氏说》、《文始》、《新方言附岭外三州语》、《小学答问》、《说文部首均语》、《庄子解故》、《管子余义》、《齐物论释又重定本》、《国故论衡》、《检论》、《太炎文录初编》、《补编》、《菿汉微言》。

二、《章氏丛书续编》。成都薛氏崇礼堂木刻本，共四册，价八元。其目录为：

《广论语骈枝》、《体撰录》、《太史公古文尚书说》、《古文尚书拾遗》、《春秋左氏疑义答问》、《新出三体石经考》、《菿汉昌言》。

三、《章太炎先生家书》。中华书局一九六二年影印本。家书共八十四通，系与夫人汤国梨之通信。

此外，还购有《章太炎年谱长编》。章志钧编，一九七九年中华书局版。此书以章氏自订年谱为纲，系以各时期与章氏思想行动有关之资料，收罗丰富，编织有序。不只从一个时代，反映出一个人物的风格，也从一个人物，反映出一个时代的面貌。此书上下二册。

中学时，我买了一本《国故论衡》，可能是国文老师的介绍，是为读章氏著作之始。当时是怎样读的，现在已经记不清，但没有读懂，是可以肯定的。因为就是现在我读起此书，还是很吃力。当时，确是认真读过的，就像我那时读《费尔巴哈论纲》，英文原本《林肯传》，严译《名学纲要》一样，是用一种硬啃的读书法。这种读书法，当时颇具效力，好像是钻进书中去了。但印象不深刻，经过若干年，又都茫茫然。现在，购置了以上书籍，通读能懂的也只有：《文录》、《菿汉微言》及《昌言》（这都是章氏对弟子的谈话记录，多关于历史、人物、时事，文字比较通俗）、家书以及年谱。

章太炎二十三岁时，肄业诂经精舍，受德清俞荫甫（樾）教。曾国藩说过：李鸿章拼命做官，俞荫甫拼命著书，是当时知名学者。严格说，这是章太炎做学问之始，并从此得以成为朴学大师，享名于后。朴学是清朝一种主导的学术，如果不是时局的影响，他可能一生从事这种书斋中的工作。因为排满运动的兴起，他成为革命人物，辛亥革命以后，他又成为民国的元勋，政治和学术的名望，同时有之。实际上，他只以学术文章见长，虽然好参与政治，好谈政治，好作幻想大言，多不切于实际。所以在政治上，名望虽高，却并没有什么实绩，也没有做成什么大官。民国以后，政局屡变，章氏言论态度亦屡变，甚至依附过军阀吴佩孚和孙传芳。后来不能活动，就常常发通电表示政治见解，看来他是一生不甘寂寞的。

章氏幼年即患有眩厥症。应童子试时，即因此病而未终场。他自己后来也常常提到:"予少时多病。"眩厥是一种脑神经疾病,但并不影响读书、作文,且有时表现为灵敏、激越,故章氏文章,锋利如削,有一种奇异色彩,此病理使然。然此病有时兴奋易怒,有时沉郁寡言,显然不宜于理政,所以他虽热心政治,当权者从未委他以重任。袁世凯不得已委他个东三省筹边使,他也没有做出多少成绩,很快就辞职不干了。

章氏为文,好骂人,有些地方,看起来近似人身攻击。如骂吴敬恒"善箍尔袴,勿令舐痈;善补尔裤,勿令后穿"等语,当时称为名句。有一次,竟骂蔡元培为法国人,非中国人。但对人对事,又像并无成见,时有改变,也不记私怨。为友为敌,常有反复,这也是和他的性格有关的。

章氏好铺张,章士钊在一篇回忆文章中说,章太炎好穿奇装异服,招摇过市。另有记载,有一次,他到四川公干,买了一大条红布,制成一幅横标,雇两个人抬着,作为他的前导,以壮行威。

此人很重道义,他为参与缔造民国光荣牺牲的同志,都写了传记,并为他们请封表扬。传记真实地记录了这些人的个性行迹,使我们可以看到清末民初那些志士仁人的形象。如记邹容幼年好雕刻,狱中得弱症,章氏为其诊脉处方等情节,都有班马史传之遗意。

他的学术,因为我不懂,姑且不论。章氏的文章,我以为辩才不及梁启超,然切实过之;深湛不及王国维,然条畅过之。章梁文体,实为后来报章文字之先声,影响新闻界至巨。他的著名文字,如讨满洲檄,我以为写得并不精彩,罗列罪状,有勉强凑数之弊,文字也冗长造作,生动之笔太少。与康有为论难的信,感情就充沛得多了。又好用古字,人多不识,这实际上是限制了自己文字的流传。

　　文人逸事，热闹有趣者多，真实可信者少。章太炎大闹总统府一事，最为当时所乐道。记载颇多，且加演义，以为章太炎如何英雄，袁世凯如何没有办法。其实，在那种场合下，有办法的还是大总统，没办法的还是穷书生，他究竟是被拘留起来了。章氏自记，就平实得多，晚年并称赞了袁世凯的肚量，证明章太炎是一个诚实的人，一个真正的书呆子。

　　章氏晚年，受人馈赠，卖文章，为海上闻人如杜月笙的先人写碑传，为人所诟病。其实这些都是小节，是情有可原的。他的爱民族爱国家的大节，至死是为人们所称道的。

　　他晚年，不承认甲骨文的真实和价值，这是鲁迅说的"专家之悖"造成的，也是情有可原的。人一旦成为某一学术领域的权威，即不知不觉，把自己看成偶像。偶像是要本能地排除自己所不知的新生事物的。

　　古人以能立功、立德、立言者，为名人。章氏有功于民国，虽无大德于民，然亦无亏缺之处。至于言，皇皇大著，更无论矣。成为中国近代史上一大名人，固非投机取巧，沽名钓誉者流可比。然名人都有时代的特点，为历史所铸造，与英雄同。当其一旦成为名人，则追逐者日众，吹捧者日多，军阀官僚商贾皆争先利用之。或赠以高楼，或赠以骏马。黄金不求自得，美女纷至沓来。于舆论优势之外，往往亦得实利。本人亦以不同凡俗自居，人之阿谀，不以为怪，人之厚赠，以为应当。日久天长，主观客观上，名存实亡，变成偶像。言行不顾，见利忘义，有些名人，遂成为不名誉之人。名人既败，毁之者亦众，过去誉之者，必转而造谣，投井下石而后快。此名人兴衰之通则也。

近世之名人，为数甚众，流品角色亦甚杂，根基牢固者少，忽起忽落者多，求如章氏之人品学术贯彻始终者，并不多见。我读他的著作，是怀着虔诚尊教之心的。

发愿写这样一篇文章，时间已有三年。参考书打开又放起，放起又打开，一直未得成篇。此因过去读过的书，都已忘记，年老少精神，又不愿去翻检，知难而退。近日，其他文章不好写，遂决心写出，然亦只是读书的印象断片，不得称为研究文字也。

买《流沙坠简》记

我忘记了从什么地方知道这部书,并为什么想要买它。《鲁迅日记》的书账上,不记得有没有这部书。有很长时间,我是按照他的书账买书的。鲁迅曾经说过,罗振玉印的书是很贵的。

六十年代初,我从北京中国书店,购进这部书。可能只是因为慕名,也因为有些闲钱。书店的标签上定价是一百元,为甲等一级,可见其名贵,也是我藏书中价钱最高的一种。

书共两函,三大册。乌青布套,封面为土黄色,这是象征流沙吧。纸是日本印书用的宣纸,质地很好,国内是很少见的。罗氏的书,很多是在日本印行的。此书除图版外,文字部分全部系书写上版,楷书庄严秀丽,两个序文的字体尤佳。第一册,扉页里面有上虞罗氏宸翰楼印标记。罗序称:古简册出于世,载于前籍者凡三事:一、晋之汲郡;二、齐之襄阳;三、宋之陕右。序末记宣统甲寅,实为一九一四年也。

次为王国维序。略考简牍出土之地:一为敦煌西北之长城(出土者为两汉之物)。二为罗布淖尔北之古城(魏末以讫前凉之物)。三为和田东北之尼雅城等三地(古者汉遗物,近者隋唐之际)。王序末无宣统字样,只书甲寅。

图版分三部:一、小学术数方技书。二、屯戍丛残。三、简牍遗文。

第二函两册,内容为考释及补遗,补遗考释,附录等。

以上,此书内容之大略也。

罗氏此书,虽根据英人斯坦因图版及沙畹考释,然为国内研究汉晋简牍之始。王国维的序及先后考释,内容精确,行文严谨,功力甚厚,为后来研究此种学问者,开辟了一条正确的道路。出土简牍的研究,主要在于汉代及以后的屯戍制度,王国维分为:簿书、烽燧、戍役、禀给、器物、杂事六项。它涉及的是古代西北地理、军事设施及其沿革。

然此书所得简牍甚少,后续有出土。一九三〇年,在额济纳河流域黑城附近,发掘出汉简一万余枚。建国后,用其中两千余图片,汇印为《居延汉简甲编》,我也买了一册。精装大本,价三十元。与罗氏印书相较,书品风格,已大不相同。

陈梦家根据丰富的材料,写了不少研究木简的论文,后汇集为《汉简缀述》一书,一九八〇年中华书局刊行。我也买了一册。较之王国维,陈的考释更为详细具体,研讨方法,仍追踪王氏,行文则比较通俗。陈初为闻一多派诗人,后考订金石,一九六〇年,转治汉简,突飞猛进,成绩可观,然不久即惨死于十年浩劫。以诗人才华,退而考古,终不免死于人事纷扰之中,与王氏同,二人先后以学者之身,死于非命,亦考古一途之厄运也。读其书,不无戚戚之感。

《流沙坠简》一书,初到我家时,完整如新,想来也是爱书人所藏,大概也不经常翻阅,上面连颗图章也没有。"文革"中被抄去,封套略有破损,发还后,我已修整过。我对它，与其说是读书识字，不如说是欣赏印本。几十年来，不过打开过三次，这次是为了写文章，恐怕是最后一次了。想在上面打个印章，想了想，还是前人的作法对，就作罢了。

为了阅读它，我还从北京五洲书局，买了一本斯坦因《西域考古记》，向达译。这本书里，有斯坦因窃取敦煌石窟宝物的详细记述。第十章，有关于这些木简出土的情况。在这本书里，还可以看到，当这个外国人在我国西北行窃时，当地的官员、首领以及无业游民、吸鸦片者，贪图小利，为洋大人所收买驱使，甚至主动帮忙的情景，贪婪、愚昧、无知的心态。抚今而思昔，温故而知新。这当然是文字以外的书、题目以外的话了。

买《宦海指南》记

有那么一段时间,我向外地函购旧书,达到了恣意滥买的程度。存书中竟有这样两部:

一、宦海指南五种。包括:《钦颁州县事宜》、《佐治药言》(续言附)、《学治臆说》(续说附)、《梦痕录节钞》、《折狱便览》。

二、增广入幕须知十种。包括:《幕学举要》、《佐治药言》、《续佐治药言》、《学治臆说》、《学治续说》、《学治说赘》、《办案要略》、《刑幕要略》、《赘言十则》、《办公八字》。

两部书内,有好几种是相同的。我既不想做官,也不想入幕,不知道为什么买了这些书。

即使想做官入幕的人,这些书对他恐怕也没有什么用处,因为都是清朝时的文献。不过,《佐治药言》和《学治臆说》,还有《梦痕录》的作者——汪辉祖,却引起我很大的兴趣。从这里读到他的著作,我是很高兴、很有兴趣、很满意的。

汪辉祖,清乾嘉时浙江萧山人。那一带的读书人,如果科场不得利,多改业佐幕,就是后世所称的绍兴师爷。他的父亲,曾从事过这种职业,但很快就自动不干了,以为"有损吾德"。汪辉祖青年时,在做官的岳父那里,看到那些幕僚们收入不错,可以养家糊口,他也跃跃欲试。当他把这个愿望告诉家人时,他的祖母和母亲同声斥责他,叫他不要忘记父亲的遗言。汪辉祖郑重发誓以后,才正式当了幕宾。他先后在十几个州县官那里当刑名师爷,工作了三十多年,写了《佐治药言》一书。晚年得中进士,自己也做了一两任州县官,很快就退休了,又写了《学治臆说》一书。

他的《佐治药言》,当时就很有名,为人重视,因为都是根据他的见闻经验写作而成,他的文字也很通达简练。

师爷一职,名声本来很坏。汪辉祖也自称,从事这种职业,是"寄人篱下,鸡鹜夺食"。但这种职业,又关系人民的安危生死,至为重要。所以他根据这一行应有的职责道德,著书立说,以教后人。

他的书,一直到清朝末年,还不断为州县官翻印,是有价值的政书。《梦痕录摘抄》,是从他晚年所写的回忆录,摘取有关幕职的片断而成,所以也列在这类书籍之中。

耕堂曰:汪辉祖在当时,既非文化界名流,亦非思想界领袖,不过是州县的一个幕僚。但他的著作,却不只受重视于当时,鲍庭博刻入权威性的《知不足斋丛书》,阮元为之作序,而且被推崇于后世,及至民国,仍为胡适、周作人辈所搜求。汪氏著书之时,不过是为了把自己从事这种职业的经验和见解介绍给同业者或初习者,并非有意邀取评论界的哄抬,或羡慕外国的奖金。当今之世,有文士焉,本无经历,亦乏学识,著书立说,不为社会效益着想,不为读者身心立意,空设玄虚之境,念念巫祝之辞,企图惑群招众,成立流派,自封教主,亦近狂矣。中华民族，并非如此等人所说的，那么愚昧，那么封建。自古以来，中国人对文化对书籍，都是有选择的，有见解的。主要是看你的书，是否实际，是否有用，是否引人向上。如果你写的书，内容无实际，所谈非经验，读后使人昏暗沉沦，即使你虚作声势，亮出旗号，人民也是不买你的账的。

中国人认为有用的书，必须：一、有义理。二、有辞章。三、有事实。如果，你所写的书，与以上三方面都不沾边，那就是无用的书，古人所谓灾害枣梨的书。汪辉祖得著书立说之道，故其书人称为有用之书。

任何工作从事久了，富有经验，都可以写成一部书。这部书如果写得好，就不只对这一种职业有用，也会对其他职业有用。汪辉祖从事的职业目前已经没有了，但他的著作，还是有用处的。

买《汉魏六朝名家集》记

一

之一

这只是初刻,共四十家,分装三十册。起汉枚叔,迄隋炀帝。续刻七十家,未见,恐未出书也。

此书为丁福保字仲祜(一八七四——一九五二年)编辑。丁氏原学医,在上海开办医学书局,他印的医书,我未见过,却购置了他编印的几种文学书。除此书外,有《全汉三国晋南北朝诗》、《唐诗纪事》、《历代诗话》。另买关于古钱的书两种。他还印一些有关佛学的书。

他好像有些资财,从他的笔记中看到,袁世凯的二公子袁克文的一些古籍、古钱,都抵押在他手中。

当然,除去有钱,他还是个有学问的人,不然,就只能印书,不能编书;或所印之书,也都是乌七八糟,坑骗读者之物了。

鲁迅先生,曾经对他编印的书表示满意。他在写给王冶秋的一封信中说，如果想买严可均的《全上古……六朝文》，还不如买一部丁福保的《汉魏六朝名家集》，既简便又实用。

我就是按照先生的意见，买这部书的。书很新，粉连纸，四号字排印。扉页标明：宣统三年七月出版，上海文明书局发行。盖较后印行之本也。

丁氏曾就读于南菁书院，学有渊源，很是用功。从他为此书和其他著述所撰绪言中，可以看出，他的治学方法是很严肃的，趣味学识是很广博的。作为一个出版家，印的书虽不甚多，却给读书界、出版界，留下了很深的印象。较之那种惟利是图、无视社会效益的书店老板，实不可同日而语。

在丁氏之前，汇集古人文章成集，系统编为大书，已有张燮所辑《七十二家集》；梅鼎祚所辑《文纪》；张溥所辑《一百三家》；严可均所辑《全上古……六朝文》。皆因卷帙浩繁，价钱昂贵，购置阅读，均有不便，流传不广。丁氏此编，书型小巧，排印清楚，价钱为中人所及（据丁氏自撰长篇广告，此书定价十元，实价五元），销路可观。书存至今，已成古籍，余甚爱之。

在前人基础上，再出新编，就不能不指出前人的一些缺点及自己的一些优长。丁氏也不能免俗。他在绪言中，特别指摘了张溥所编中的一些错误。其实，也只是枝节，张氏的劳绩，不会因此而被忽视的。

又如从史书、类书辑录残篇断简，零章短句，勉强成篇或成集，是鲁迅先生指出的严可均书中的现象。而丁氏书中，这些现象也存在，他是参考了严书的目录而后成书的。如第一册，枚叔、司马长卿、司马子长，三个人的文章，才薄薄一册。司马子长只有文章四篇，一共四页。能称为集吗？再就是有些作家的文集，过去已有成书，并有序跋，方便读者。丁氏多删汰不录，也是一个缺点。当然，以上所指，也是枝节，不能淹没他的劳绩。

丁书在编辑上的好处是：在全书之前，冠以初刻四十家姓氏录，实为作家小传。每集之前，又有作家在史书上的本传，或录《四库全书》的提要，这就弥补了序、跋缺少的缺陷。

今人对作品的介绍，请作者自述，多阴阳怪气，放荡无根之言，识者笑之，不识者，以为狂徒。编者代言，亦多不着边际，无关痛痒之词，等于没说。此盖一时风气所致，古籍序跋中，从未见也。

此书既出版于宣统三年，则正当民国成立，一切都在变革之时。文运亦然。丁氏在绪言结尾，有一段牢骚文字，抄录于下：

> 窥情万象之际，留连视听之区，既与世而推移，亦随文而升降矣。今者，欧美东渐，变革将及乎文字，附之以东瀛学派，名词既别，涂辙遂殊。舍雅而就郑，将长此滔滔而不返乎？或天未丧文，如昌黎蔚起于巨唐，振八代之衰，而远宗扬马，亦未可知也。嗟乎！湘绮一老，将税驾于桑榆；桐城吴氏，倏已拱乎墓木。茫茫来哲，渺渺予怀，才难然乎？非所逆睹已！

其言词心态，可以说是很伤感的了。其实是一种杞忧。文运如天运，总是向前运行的。阻止新生，既不可能，废弃旧有，也是妄想。高山流水，汇细流而成江河。细流可断，江河之流，万古不断。湘绮何人，吴氏何功？"五四"以来，文学之域，不乏昌黎之才，且有过之。应对前景乐观，不应以泥沙泛起，鱼龙混杂，而疑江河澎湃之势，冲击之力。腐草朽木，浮萍野鹜，终有被淘汰澄清之一日。久处湖海，惯游江河者，固无须望而生畏，更无须悲观也。

虽然如此，历史江河，并不淹没真正之人才。时至今日，昌黎自昌黎，固无论矣。即王湘绮、桐城吴氏，亦自有其文学历史地位，并不因欧化、白话，陈独秀、胡适，而消减其影响。后之视今，亦犹今之视昔。此天地公平，虽有倾倚，不失允正，非以私心邪念作转移之规律也。

丁氏所谓，"大辂讵有椎轮之质，子孙宁留祖父之容"，既不合乎自然规律，也不合乎历史规律。文学总是向前发展的，也总是带有前人的成分的。

之二

前几年，写过一篇读北齐颜之推所著《颜氏家训·文章篇》的笔记，文章收在《秀露集》。近读《汉魏六朝名家集》，每集之前，附有作家本传。我是先读他们的传记，然后再读他们的文章的，就是先知其行事和为人。发见过去那篇读书记，意有未尽，仍待发挥。今日，雨中无事，室内颇静，乃于灯下，对照颜之所指与本传史实，颇多出入，以知文字之事，实难于求是也。

一、颜说："班固盗窃父史。"

《后汉书》本传：

> 父彪卒，归邺里。固以彪所续前史未详，乃潜精研思，欲就其业。

这是子继父业，和司马迁作《史记》的情况是一样的。在过去，这是一种文人美德，怎么能说是"盗窃"？

班固后来得祸的原因是：他依附大将军窦宪，窦败免官。固对子弟、奴仆，教管不严，多有非法，得罪过洛阳令。及固失势，洛阳令把他逮考，遂死于狱中。

历史文人，多有为地方官所苦者，唐之陈子昂，遭遇与固相似。

二、颜说："扬雄德败美新。"

这是指，扬雄写过一篇题为《剧秦美新》的歌颂王莽的文章。

前汉书《扬雄传》，没有提到这篇文章，后来还有人为他辩诬讼枉，说他没有仕莽经历。

前汉书对扬雄的描述，是很客观的：

> 雄少而好学，不为章句，训诂通而已，博览无所不见。为人简易佚荡，口吃不能剧谈，默而好深湛之思。清静无为，少嗜欲。不汲汲于富贵，不戚戚于贫贱，不修廉隅以徼名当世。家产不过十金，乏无儋石之储，晏如也。自有大度，非圣哲之书不好也，非其意，虽富贵不事也。

又说：

> 及莽篡位，谈说之士，用符命，称功德，获封爵者甚众，雄复不侯，以耆老久次，转为大夫，恬于势利乃如是。

这样一个人，后来竟牵连到政治事件中，并投阁企图自杀，还留下一个恶名。

京师为之语曰：惟寂寞，自投阁；爱清静，作符命。

这是什么道理呢？当然，和他的性格有关。前面所引"简易佚荡"，和他在《剧秦美新》一文中自称："臣常有颠眴病，恐一旦先犬马填沟壑，所怀不章，长恨黄泉，敢竭肝胆，写腹心，作《剧秦美新》一篇。"可以看出，他虽有高尚之心，好古而乐道，但缺乏操守之志。看到周围的人，升官晋爵，名利双收，他也就不甘寂寞，跃跃欲试，献文一篇，取悦王莽。

这种情况，在"四人帮"炙手可热、不可一世之时，并不陌生。类似《剧秦美新》之作，也并不少，时至今日，仍从旧日报刊上，常常见到。那些言词的卑污，心态的可耻，较之古人，真可以说是"踵事而增华，变本而加厉"。

我读了扬雄这篇《剧秦美新》，虽不甚懂，感到也不过是一篇歌颂新朝新帝的应酬文字，并没有多大的"政治问题"。就因为他歌颂的是王莽，所以永远背上了黑锅。

至于那些直接间接，委曲、婉转或借古谕今，或将今比古，向"四人帮"献媚献策的文章，戏剧，诗词，小说，多数将作为失误，用覆酱瓶。少数出自名人之手，以后是否被人写入本传，编入本集，就难说了。

从传记里看到，扬雄是个可笑的人物，也是个可爱的人物。他的著作，当然不会因为一篇"美新"，失去全部价值。我还有一本他著的《法言》，四部丛刊本。

《法言》之十三为《孝至》。其文曰："孝莫大于宁亲，宁亲莫大于宁神，宁神莫大于四表之欢心。"

我很欣赏这几句话，愿家有老亲者，深思而力行之，这是孝的最高境界。扬氏著作,言词古奥艰深,然其切合实际,有见有识,类多如此。

三、颜说:"蔡伯喈同恶受诛。"

这是指他和董卓的关系。《后汉书》本传:

> 中平六年,灵帝崩,董卓为司空,闻邕(伯喈名)名高,辟之,称疾不就。卓大怒,詈曰:我力能族人,蔡邕虽偃蹇者不旋踵矣!又切敕州举邕诣府,邕不得已到……
>
> 及卓被诛,邕在司徒王允坐,殊不意言之而叹,有动于色。允勃然叱之曰:董卓国之大贼,几倾汉室,君为王臣,所宜同忿,而怀其私遇,以忘大节。今天诛有罪,而反相伤痛,岂不共为逆哉,即收付廷尉治罪。

蔡伯喈为董卓逼迫,到他那里做了一些事,中间还曾想逃走。可是当董卓死后,他又为他叹了一口气,遇见了王允这种随便加人以罪名的"司徒",就把老命送了。

《后汉书》的作者,在传后,写了一段"论",对蔡伯喈一生的流离坎坷,不幸遭遇,三致意焉,是一段很有感情的文字。

蔡的事迹,还被编为盲词戏曲,千古流传。

文士依附权贵,凶多吉少,多有教训,蔡氏当明此义。既为所迫,迫者已死,即当离去,何以又坐在新的权贵面前,发出叹声?是感情冲动吗?

四、颜说:"刘桢屈强输作。"

《三国志》本传:

其后太子尝请诸文学，酒酣坐欢，命夫人甄氏出拜，坐中众人咸伏，而桢独平视。太祖闻之，乃收桢。桢以不敬竟署吏，减死输作。

这个故事，蒲松龄曾写进《聊斋》。其实是件小事，也谈不上倔强不倔强。太子高兴，叫夫人出来和作家们相见，当然不是为了叫人们都伏下。如果都伏下，那又叫她出来干什么？刘桢可能少个心眼，没想到这是不能平视的，于是就获罪了。可怪的是，出面干涉的不是曹丕，而是曹操。他当然是从政治上考虑的。这与后来王勃的遭遇极相似。

《旧唐书·文苑传》：

沛王贤闻其名，召为沛府修撰，甚爱重之。诸王斗鸡，互有胜负。勃戏为檄英王鸡文，高宗览之，怒曰：据此，是交构之渐。即日斥勃，不令入府。

一篇游戏文字，召来失业。高宗也是从政治上考虑的。

以上，是指颜之推，用寥寥几个字，概括作家的生平行事，多有言过其实之处。

一个人的幸与不幸，固有其个性的原因，但还有历史、环境、所遇，多种原因，也很难分清主次。颜之推为了教育子弟，强调一下个人修养，也是情有可原的。但忽视历史与客观的原因，则使不幸的作家蒙冤更深，对子弟的处世也没有好处。

之三

《颜氏家训·文章篇》：

> 夫文章者……朝廷宪章，军旅誓诰，敷显仁义，发明功德，牧民建国，施行多途。

古时，宦途和文途是不分的。文章写得好，就可以做官。封建王朝，长期以文章取士。唐宋以前，文学大家，都有官职。一边做官，一边写作。文章好，官声益隆；官越大，文章也更为人贵重。元明以后，渐渐有了不想做官，只想写文章的布衣、隐士。各人情况不同，也时有变化。观其主流，仍以做官为目的。

其实，做官、作文都好，主要根据自身的才能。做官，利民、教民的机会更多一些，效果也更大一些。但自从有了专业作家，为数虽甚少，却使宦途与文途时分时合。身在文途，自鸣清高，却不忘仕进；身在宦途，也不忘以文途为退身之路，失意之后，又拿起笔来。

这样，也就出现了文学与政治的关系问题，并在近代形成了文艺理论上的一大难题。有的文艺评论家，瘁毕生之力，反复谈论，也没有谈出人人同意的结果。

这是因为时代和环境，在不断推移。

二

古时文人，并不忌讳政治。历代作家，没有和政治发生过纠葛或牵连的，几乎没有。他们以居官为荣，立功立言并重。古文之一大宗为碑、传、序。这些文章，都以官衔为重，求文者如此，撰文者也都把自己的官职爵位，堂皇地列于文前或文后，读者也不以此为不清高。

民国以后，最初，还是这样。虽然封建形式的文章减少了一些，但文人不轻视官职，仍如从前。即如鲁迅先生，也直截了当地说："佥事这个官儿，并不区区。"对袁大总统颁发的文虎章，也写入日记。

对官职的轻视，和对政治的反感，是在军阀混战，以及北伐战争之后，因国事日非，官场黑暗，使人民失去了信心，才出现的。

左翼文学兴起，最初，很强调政治作用，革命者以为当然，社会上却有些阻力。三十年代初，出现了"第三种人"和"自由人"的文学。所谓自由人文学，当时的理论家是胡秋原。他在上海神州国光社编辑刊物，提出的口号为"勿侵略文艺"。即政治不要干涉文艺。在论争时，他还使用了国骂："管你什么屁党鸟派。"

其实，当时的神州国光社，也是有政治背景的。胡秋原在文化界出名之后，不久就当上了十九路军发动组织的福建人民政府的委员。后来又当上了三青团的中央委员和国民党的中央委员。

这样就给人留下了一个印象：文人的言论、主张，和他的实际行动，常常是两回事。从文场进入官场，这是历代文人无可争议的、一贯的醉心之路。这种道路，已经不是政治侵略文艺，而是文艺侵略政治了。

三

我们的文坛，在过分强调政治若干年之后，出现了反思，要淡化政治。因为政治体现在生活各方面，又提出淡化生活。也有人进一步提出：文学的起源，不是劳动；文学的基础，也不是生活。比当时自由人的主张，更倒退了好几步。当时的胡秋原,还是崇拜普列汉诺夫的,写过一部很厚的《唯物史观艺术论》。

过去大谈政治的文艺评论家,现在绝口不谈政治了。甚至也羞于谈深入生活,不得已,则请作家们去贴近现实。贴近当然比远离好,就像恋爱一样。但如果只是到赞助笔会资金的工厂去参观一下,接受一点纪念品,和经理一同照个相,这种贴近,必然还是两张皮。

在作品中,政治可以淡化,生活也可以淡化,但作家的生活欲望,不能淡化。他的衣食住行都要改善:要现代化。住房,坐汽车,安电话,自己解决不了,还得给省长、市长写信求助。作品,希望得个头奖;团体,希望当个理事;室内,悬挂奖章、证书;机关,争取评上高级职称……这些都与政治有关,作家本身的政治,也淡化不了,而且,有越来越浓化之势。

作品品格的高下,不在作品里有没有政治,浓淡如何,而在于作者的用心。李斯的《谏逐客书》、贾谊的《过秦论》、诸葛亮的《出师表》,通篇都是政治,却是千古流传的名文。

其实,你愿意谈也好,不愿意谈也好,浓化也好,淡化也好,政治永远不会忘怀文艺;文艺也不会忘怀政治的。

四

欲提高作品格调,必先淡化作家的名利思想。但这是很难的,不是每个人都能做到的。

《晋书·陆机传》:

> 夫贤之立身,以功名为本;士之居世,以富贵为先。然则荣利人之所贪,祸辱人之所恶。

陆机是东吴大将陆逊、陆抗的后代。但他不是一个将才，是一个真正的文才。他的诗文，不只在当时，而且在以后，也是无与伦比的。他入仕晋朝以后，不能绝意于功名，以文材而领受大将之职，忘其所以，全军覆没，自己被杀不算，还牵连上两个弟弟。

所以传记又接着说：

> 故居安保名，则君子处焉；冒危履贵，则哲士去焉，是知兰植中涂，必无经时之翠；桂生幽壑，终保弥年之丹。

这都是自相矛盾的话，也就是事后静观的话，与当事人的处境心情，常常是风马牛不相及的。

这些教训，不只在古代文书里，就是在陆氏昆仲的文集里，也不知说过多少遍了。为什么事到临头，不能起作用呢？这就是传记所叹息的："睹其文章之诫，何知易而行难"了。

当时，一般的文人，最初，也不过做极小的官，如参军、记室、舍人等等。这都是依附权贵的官，安分守己，还好一些，不然一遇政治变化，就会受到牵连。如日常在待人上，在文字上，得罪的人多，危险就更大。

五

官做得最显赫的，莫如沈约。这人，好像很有做官的才能，会弄点权术。《梁书》本传，有一段精彩的描绘：

> 时高祖勋业既就，天人允属，约尝扣其端，高祖默而

> 不应。他日又进曰……高祖曰：吾方思之。对曰：公初杖兵樊、沔，此时应思，今王业已就，何所复思？……高祖然之。约出，高祖召范云告之，云对略同约旨。高祖曰：智者乃尔暗同，卿明早将休文更来。云初语约，约曰：卿必待我。云许诺。而约先期入，高祖命草具其事，约乃出怀中诏书，并诸选置，高祖初无所改。俄而云自外来，至殿门不得入，徘徊寿光阁外，但云咄咄！约出，问曰：何以见处？约举手向左。云笑曰：不乖所望。有顷，高祖召范云谓曰：生平与沈休文群居，不觉有异人处。今日才智纵横，可谓明识。云曰：公今知约，不异约今知公。

用简短文字，在谋划禅代的紧要关头，生动而活泼地写出三个做特大政治交易的人的嘴脸，不愧为史传杰作。最后所引范云的两句话，尤千古发人深思！《梁书》为唐姚思廉撰。

沈约虽以劝进之功，晋爵三公，但结果亦不佳：

> 帝以其言不逊，欲抵其罪，徐勉固谏乃止。及闻赤章事，大怒。中使谴责者数焉。约惧，遂卒。

可见依附皇帝，也不保险。

在宦途上，最失败的，要算谢灵运。他本来不是做官的材料："为性褊激，多愆礼度，朝廷惟以文义处之，不以应实相许。"这本来很好，可以尽情游山玩水，安心写作了。他却不认命，以为不见知，常怀愤愤，言行不检，到处招摇，得罪官吏，最后，竟以莫名其妙的罪名，被弃市了。

附录

亡人轶事

一

　　旧式婚姻,过去叫做"天作之合",是非常偶然的。据亡妻言,她十九岁那年,夏季一个下雨天,她父亲在临街的梢门洞里闲坐,从东面来了两个妇女,是说媒为业的,被雨淋湿了衣服。她父亲认识其中的一个,就让她们到梢门下避避雨再走,随便问道:

　　"给谁家说亲去来?"

　　"东头崔家。"

　　"给哪村说的?"

　　"东辽城。崔家的姑娘不大般配,恐怕成不了。"

　　"男方是怎么个人家?"

　　媒人简单介绍了一下,就笑着问:

　　"你家二姑娘怎样?不愿意寻吧?"

　　"怎么不愿意。你们就去给说说吧,我也打听打听。"她父亲回答得很爽快。

　　就这样,经过媒人来回跑了几趟,亲事竟然说成了。结婚以后，她跟我学认字，我们的洞房喜联横批，就是"天作之合"四个字。她点头笑着说：

"真不假，什么事都是天定的。假如不是下雨，我就到不了你家里来！"

二

虽然是封建婚姻，第一次见面却是在结婚之前。定婚后，她们村里唱大戏，我正好放假在家里。她们村有我的一个远房姑姑，特意来叫我去看戏，说是可以相相媳妇。开戏的那天，我去了，姑姑在戏台下等我。她拉着我的手，走到一条长板凳跟前。板凳上，并排站着三个大姑娘，都穿得花枝招展，留着大辫子。姑姑叫着我的名字，说：

"你就在这里看吧，散了戏，我来叫你家去吃饭。"

姑姑的话还没有说完，我看见站在板凳中间的那个姑娘，用力盯了我一眼，从板凳上跳下来，走到照棚外面，钻进了一辆轿车。那时姑娘们出来看戏，虽在本村，也是套车送到台下，然后再搬着带来的板凳，到照棚下面看戏的。

结婚以后，姑姑总是拿这件事和她开玩笑，她也总是说姑姑会出坏道儿。

她礼教观念很重。结婚已经好多年，有一次我路过她家，想叫她跟我一同回家去。她严肃地说：

"你明天叫车来接我吧，我不能这样跟着你走。"我只好一个人走了。

三

她在娘家，因为是小闺女，娇惯一些，从小只会做些针线活；没有下场下地劳动过。到了我们家，我母亲好下地劳动，尤其好打早起，麦秋两季，听见鸡叫，就叫起她来做饭。

又没个钟表，有时饭做熟了，天还不亮。她颇以为苦。回到娘家，曾向她父亲哭诉。她父亲问：

"婆婆叫你早起，她也起来吗？"

"她比我起得更早。还说心痛我，让我多睡了会儿哩！"

"那你还哭什么呢？"

我母亲知道她没有力气，常对她说：

"人的力气是使出来的，要伸懒筋。"

有一天，母亲带她到场院去摘北瓜，摘了满满一大筐。母亲问她：

"试试，看你背得动吗？"

她弯下腰，挎好筐系猛一立，因为北瓜太重，把她弄了个后仰，沾了满身土，北瓜也滚了满地。她站起来哭了。母亲倒笑了，自己把北瓜一个个拣起来，背到家里去了。

我们那村庄，自古以来兴织布，她不会。后来孩子多了，穿衣困难，她就下决心学。从纺线到织布，都学会了。我从外面回来，看到她两个大拇指，都因为推机杼，顶得变了形，又粗、又短，指甲也短了。

后来，因为闹日本，家境越来越不好，我又不在家，她带着孩子们下场下地。到了集日，自己去卖线卖布。有时和大女儿轮换着背上二斗高粱，走三里路，到集上去粜卖。从来没有对我叫过苦。

几个孩子，也都是她在战争的年月里，一手拉扯成人长大的。农村少医药，我们十二岁的长子，竟以盲肠炎不治死亡。每逢孩子发烧，她总是整夜抱着，来回在炕上走。在她生前，我曾对孩子们说：

"我对你们，没负什么责任。母亲把你们弄大，可不容易，你们应该记着。"

四

一位老朋友、老邻居，近几年来，屡次建议我写写"大嫂"。因为他觉得她待我太好，帮助太大了。老朋友说：

"她在生活上，对你的照顾，自不待言。在文字工作上的帮助，我看也不小。可以看出，你曾多次借用她的形象，写进你的小说。至于语言，你自己承认，她是你的第二源泉。当然，她瞑目之时，冰连地结，人事皆非，言念必不及此，别人也不会作此要求。但目前情况不同，文章一事，除重大题材外，也允许记些私事。你年事已高，如果仓促有所不讳，你不觉得是个遗憾吗？"

我唯唯，但一直拖延着没有写。这是因为，虽然我们结婚很早，但正像古人常说的：相聚之日少，分离之日多；欢乐之时少，相对愁叹之时多耳。我们的青春，在战争年代中抛掷了。以后，家庭及我，又多遭变故，直到最后她的死亡。

我衰年多病，实在不愿再去回顾这些。但目前也出现一些异象：过去，青春两地，一别数年，求一梦而不可得。今老年孤处，四壁生寒，却几乎每晚梦见她，想摆脱也做不到。按照迷信的说法，这可能是地下相会之期，已经不远了。因此，选择一些不太使人感伤的片断，记述如上。已散见于其他文字中者，不再重复。就是这样的文字，我也写不下去了。

我们结婚四十年，我有许多事情，对不起她，可以说她没有一件事情是对不起我的。在夫妻的情分上，我做得很差。

正因为如此,她对我们之间的恩爱,记忆很深。我在北平当小职员时,曾经买过两丈花布,直接寄至她家。临终之前,她还向我提起这一件小事,问道:

"你那时为什么把布寄到我娘家去啊?"

我说:

"为的是叫你做衣服方便呀!"

她闭上眼睛,久病的脸上,展现了一丝幸福的笑容。

1982年2月12日晚

图书在版编目（CIP）数据

野味读书 / 孙犁著；黄德海编. -- 上海：上海文艺出版社, 2019.5
ISBN 978-7-5321-7040-1

Ⅰ.①野… Ⅱ.①孙… ②黄… Ⅲ.①散文集－中国－当代
Ⅳ.①I267

中国版本图书馆CIP数据核字(2019)第030897号

发 行 人：陈　征
策 划 人：黄德海　肖海鸥
责任编辑：方　铁
封面设计：好谢翔

书　　名：野味读书
作　　者：孙　犁
编　　者：黄德海
出　　版：上海世纪出版集团　上海文艺出版社
地　　址：上海绍兴路7号　200020
发　　行：上海文艺出版社发行中心发行
　　　　　上海市绍兴路50号　200020　www.ewen.co
印　　刷：上海盛通时代印刷有限公司
开　　本：880×1240　1/32
印　　张：13
插　　页：5
字　　数：297,000
印　　次：2019年5月第1版　2019年5月第1次印刷
ＩＳＢＮ：978-7-5321-7040-1/I.5632
定　　价：75.00元
告 读 者：如发现本书有质量问题请与印刷厂质量科联系　T:021-37910000